本书为中国社会科学院登峰战略重点学科建设
"中国神话学"的阶段性成果

吴晓东 著

神话、故事与仪式
排烧苗寨调查

学苑出版社

图书在版编目（CIP）数据

神话、故事与仪式：排烧苗寨调查 / 吴晓东著. -- 北京：学苑出版社，2020.10
　ISBN 978-7-5077-6028-6

　Ⅰ. ①神… Ⅱ. ①吴… Ⅲ. ①苗族—民间故事—文学研究—三都水族自治县 Ⅳ. ①I207.73

　中国版本图书馆CIP数据核字(2020)第181206号

责任编辑：	陈　佳
出版发行：	学苑出版社
社　　址：	北京市丰台区南方庄2号院1号楼
邮政编码：	100079
网　　址：	www.book001.com
电子邮箱：	xueyuanpress@163.com
经销电话：	010-67601101（营销部）　010-67603091（总编室）
经　　销：	全国新华书店
印　刷　厂：	北京建宏印刷有限公司
开本尺寸：	710×1000　1/16
印　　张：	25
字　　数：	320千字
版　　次：	2020年10月北京第1版
印　　次：	2020年10月北京第1次印刷
定　　价：	55.00元

目录

前　言 1

第一章　　排烧苗寨概况 001

第二章　　排烧的自然神话与故事 013
第一节　　对立模式的神话与故事 016
　　一、狗—山羊 017
　　二、狗—猪 027
　　三、太阳—蚯蚓 032
　　四、猴子—蚂蚱 039
　　五、猫头鹰—耗子 045
　　六、青蛙—鸭子 047
　　七、人—鱼 051
　　八、马蜂—蜜蜂 064
　　九、水牛—杉树 069
　　十、水牛—螃蟹 077
　　十一、雷公—黄牛 087
　　十二、人—马 090

第二节	非对立模式的神话与故事	094
	一、洪水之后	094
	二、蜈蚣	101
	三、虹	104
	四、抽烟	108
	五、魔芋与蚂蚱	109
	六、人的起源	111
	七、穿山甲	129
	八、蛇郎	130
	九、屎壳郎	132
	十、猴子	135
	十一、太阳与月亮	137
	十二、马桑树	138
	十三、星星与萤火虫	152
	十四、细腰蜂	153
	十五、蚂蚁	155

第三章	神话与故事的认知调查	159
	一、以前的动物都会说话:拟人与历史	162
	二、对洪水神话的认知	168
	三、对"雷公—黄牛"故事的认知	174
	四、对"太阳—蚯蚓"故事的认知	180
	五、对"人—鱼"故事的认知	185
	六、对"田螺姑娘"故事的认知	188
	七、对"狗—猪"故事的认知	190
	八、对"水牛—螃蟹"故事的认知	192
	九、对"猴子—蚂蚱"故事的认知	193

　　　　十、对"老鼠取粮种"故事的认知·················196
　　　　十一、对"蜈蚣"故事的认知·····················199
　　　　十二、对寻找居住地故事的认知·················200

第四章　神话与故事的传承演变··························207
　第一节　流传度的问题································209
　第二节　认知语境在传承演变中的作用··················250
　　　　一、心理图式······································250
　　　　二、讲述目的：同一故事类型的不同讲述角度········272

第五章　神话、故事及相关习俗··························283
　　　　一、狩猎与狩猎词的濒危·························286
　　　　二、粽粑节与吃粽粑的故事······················289
　　　　三、留谷穗习俗与老鼠取粮种的神话故事·········294
　　　　四、吃鼓藏习俗及其神话故事····················299
　　　　五、保寨树习俗与保寨树的传说故事··············327

第六章　民间信仰与祭仪······························335
　　　　一、祭水井娘娘···································344
　　　　二、祭小娘娘·····································346
　　　　三、祭魂魄娘娘···································348
　　　　四、祭买卖娘娘···································350
　　　　五、祭豆腐娘娘···································352
　　　　六、祭猎神·······································354
　　　　七、添命仪式·····································356

    八、祭搬家鬼 ·· 358
    九、引魂仪式 ·· 360
    十、砍板凳仪式 ······································ 366
    十一、破胎仪式 ······································ 368
    十二、祭娃娃神 ······································ 370
    十三、天河水仪式 ··································· 372
    十四、移坟 ·· 374
    十五、驱山邪仪式 ··································· 376

附录：资料归档编号与存档 ························ 379
    一、访谈录音编号 ··································· 379
    二、祭词录音编号 ··································· 381
    三、录像编号 ··· 382
    四、图片编号 ··· 382

后　记 ·· 384

前　言

这项调查选定贵州省黔南州三都县的排烧苗寨作为调查点，主要关注与自然有关的神话与故事，除了搜集这些相关的口头文本外，还试图在以下几个方面做一点尝试。

一、以访谈原话的形式来呈现调查所得到的神话与故事

我们看到早期搜集来的神话与故事，最后呈现出来的往往与讲述者的版本有很大的差异，以往这类文本往往靠后期记忆整理而成。导致这种差异的原因无外乎两种，一种是由于记忆偏差所造成，即搜集者难以完全记住讲述者所讲述的所有细节；另一种是搜集者有意整理所造成。即使不靠回忆，而是靠录音的誊写，搜集整理者也会按照自己的一些意图进行整理，这不仅是因为故事的讲述添加了一些与故事无关的词汇，发生一些口误等等，而且一般的讲述会出现一些逻辑的不连贯。整理者往往使用自己的语言来呈现文本，使之更通顺、更"符合逻辑"。这样呈现出来的文本，我们往往难以了解到讲述者的文本原样。本书完全以访谈的形式，以文本原样来呈现，将"第一手资料"呈现给研究者，并且保存录音，便于以后的查证。以往我们有这样一种观念，认为用自己搜集来的资料就是第一手资料，用别人搜集来的就是第二手资料，这多

少有一些不正确,其实,真正的第一手资料,不是看谁搜集来的,而是看这些资料是否被整理、修改过,未动过手脚的才是第一手资料。

本文的访谈语言除了与罗铃等几个学生用普通话之外,其余都是用当地汉语方言,录音工具是用自带的 MP3 录音笔。每一次访谈笔者都记录下了访谈对象、访谈地点、访谈时间、访谈情境、其他在场人,并为每一则录音编了号。一次访谈所涉及的内容一般都比较庞杂,往往包括被访谈者所讲述的多个神话与故事,本书在呈现一个故事的时候,会从一次访谈中摘取相关的对话片段来呈现,并保留以上的访谈信息,以试图将不同的异文完整记载下来。

本书的访谈录音都是笔者于 2005 年 1 月 15—27 日,7 月 28 日—8 月 13 日两次在排烧田野作业中搜集的。主要搜集的是与自然有关的神话与故事,涉及不同的文类,文中有时沿用神话、故事等文类分类,有时又统称为故事或叙事。同一民间口头故事,不同的讲述者会产生不同的文本,同一个讲述者在不同的时间其讲述也会发生变异,所以本书把对不同被访谈人所讲述的相关内容并列放在一起来呈现。

二、调查人们对故事的认知与态度

传统上我们一般将口头叙事分为神话、传说、故事等,马林诺夫斯基(Malinowski)在调查梅兰内西亚人时,发现当地的人们对待这些不同文类的故事的认知有所不同,比如当地人相信传说是真的,而神话是一种神圣的故事。或许由于马林诺夫斯基调查时当地土著所处的是一个文化长期稳定且发展缓慢的社会,致使当地土著对某一则口头叙事的认知一致。笔者在排烧苗寨调研时,尝试调查当地人对某一则故事的认知,却发现各人对同一则故事的认知可能完全不一样,不仅在判断某一则故事是否为历史真实的问题上存在很大差异,在认为故事的神圣与否——也存在不同。一个人是把一个故事当作真的历史还是仅仅以为是一则故事，主要取决于他的知识结构以及判断、辨别能力，而每个人在这方面是有很大差异的。

探讨对待一则故事的态度这个问题上，不仅存在当地人的认知与态度问题，还涉及学术圈里学者的认知与态度问题。无论是哪一种，其实都很难取得一致。如果要以故事讲述人对待故事的态度来进行这则故事的文类判断，这种做法几乎没有可操作性。笔者在调查中发现，排烧人对故事的认知与态度与笔者以及学界所持的认知与态度有很大的差异，比如《田螺姑娘》的故事，一般都是作为一个民间故事来对待的，可是排烧这里一些人却把田螺姑娘作为一位神来对待，有专门祭祀田螺姑娘的仪式。

对同一则故事，不同的人所持的态度差异很大，这一点从笔者的调查访谈中可以明白无误地看出来，所以这是非常难以把握的，将一则口头叙事说成神话、传说抑或故事，人们的态度只能是参考，通常采用的做法更多的只是根据故事里所涉及的内容，再加上传统上的约定俗成。比如对牛郎织女之文类的判断，传统上延续了"中国四大传说之一"的说法，其实，只有少数几个地方将其地方化，当地人将其视为真实人物的传说，在绝大多数区域里，故事人物在故事里都很虚化，且神话的元素更为浓厚。本书也延续了传统的文类名称神话与故事，但实际具体到某一则叙事上，则很难区分。

三、调查一个神话或故事在某一个点的流传深度与广度

排烧是一个在整个黔南州都算比较大的苗族村寨，按理说其口头传统的保存较其他小村寨要更好一点，但在调查中笔者发现并非如事先期望的那样，虽然人口并不算少，但民间艺人不多，而且年龄偏大。当

然，笔者的目的并不是纯粹去搜集神话与故事，不是去发现什么新的故事类型，而是想比较全面地理解这些神话与故事在当地的状况，以及了解相关的民俗文化，看看两者是怎样互动的，比如相关的民俗对与其相应的民间口头叙事的保留在多大程度上起作用。因此，笔者除了从被访谈人口中获得故事，也会给被访谈人讲故事，以此试图了解一个故事在同一个村寨里的流传广度与深度。以往我们很少去关注一个故事在一个地方的流传度问题，一旦有人从一个地方搜集到了一则故事，我们便知道这个地方有这个故事存在，同时也只知道这一点，至于这个故事在当地的流传状况，其广度与深度，我们则很少关注。总之，这项调查不仅要了解一个故事"有没有"的问题，更主要的是要了解一个故事"现在怎么样"的问题。

四、调查与故事相关的习俗

回顾以前的田野作业，我们一开始多以纯粹的搜集文本为主要目的，这是口头文学研究很重要的一项基础性工作，在这项工作中，很自然地以发现新的文本为乐事，也是工作成果大小的衡量标准之一。将各地搜集到的文本汇集起来，编撰中国的故事类型工具书，能使研究者比较全面地把握中国故事类型状况，也在一定程度上了解中国故事类型的分布状况。在这项工作基本结束之后，我们发现在做这项工作的同时，忽视了对语境的关注与记录。近些年来，无论是史诗的搜集，还是神话传说以及民间故事的搜集，都尽力弥补这一方面的缺陷，将文本赖以生存的文化语境加以记录，以便读者与研究者更深入地了解文本的内涵与对文本的解读。文本的语境不仅仅是文本产生时的情境，我们不仅要记录文本讲述时的现场状况，更重要的是要了解当地的文化，比如节日、信仰等等，了解文本是怎样与这些文化现象相结合的。在民族志方法的影响下，口头叙事的研究者越来越注重语境的研究，试图将抽出来的文本放在其生存的语境中来加以阐释，以达到一种"在水中看鱼"的效果。语境的介入，是为了更好地阐释。

在分析故事的时候，我们也要考察与这则故事相关的文化事项，在本项目中，笔者主要考察了与神话、故事相关的民俗事项。本课题调查的主要是与自然相关的神话与故事，与之相伴随的，主要有一些与自然相关的民俗。这些民俗有的表现为节日，有的表现为禁忌。排烧这一带吃粽子的习俗很不统一，有的村子吃有的村子不吃，因此排烧产生了解释这种现象的故事传说。关于粮种的来源，排烧苗寨传说是一种耗子帮取来的，为此他们从前有一种习俗，就是在田里割稻谷的时候总要把最后的几蔸留下不割，留给耗子。这里解释人为什么要吃鱼的原因是鱼在水里拉屎拉尿，把人要喝的水弄脏了，为此人们在钓鱼的时候也不能往水里拉屎拉尿，这种禁忌的逻辑显然是，鱼拉屎拉尿给人吃，人就要吃鱼，那人怎么能拉屎拉尿给鱼吃呢？这里有崇拜保寨树的信仰，为此传说保寨树是女神的住所，传说砍了保寨树会流出血来，将古树神秘化。很多故事与习俗相互联系，相伴相随。有的习俗已经消失，故事依然流传，有的故事已经不再流传，但习俗依然存在。那么，故事与文化语境的关系是怎样相互依存的？这也是值得注意的一个问题。

五、尝试利用认知语境来分析所搜集的文本资料

语境研究大致经历了四个阶段。语境一开始是指上下文。单独看一个词或一句话，可能会出现歧义，或含义不明确，将这个词或句子放在上下文中来看才能确定它的含义。比如，I am going to the bank 这句话，可能是指"我要去银行"，也可能是指"我要去岸边"，其确切意思可以从说话的上下文得以确定。如果上下文提到钱，则可能是指去银

行，如果上下文提到河、船等词，则可能是指去岸边。那么，上下文便构成了这个句子存在的环境，即语境。上下文语境，是语言本身。

  1923年人类学家马林诺夫斯基在研究太平洋岛屿部落语言的时候发现上下文语境阐述有局限性，便提出了情景语境（context of situation）的概念。[①]有一些话语只有在具体的情景语境中才能理解。比如"把这个拿去"中的"这个"，仅仅根据上下文语境（包括口语时的前言后语）可能也推测不出它的确切所指，而在具体的情景语境中它的意思则可能很明确，比如说这句话的时候说话人拿着一个刚摘下的野果，那"这个"指的就是野果。情景语境已经不是语言本身了，它是语言发生时的周围情境，是语言之外的东西。这样，语境的研究视野大大地扩展了。在将情景语境具体化方面，弗斯（Firth）和海默斯（Hymes）都做了比较深入的研究。弗斯的语境包含参与者的言语行为和非言语行为、相关事物及非语言性、非人格性的事件，即相关客体，还有言语行为效果。海默斯的语境构成则包含话语的场景、参与者、目的、顺序、基调、交际手段、规范以及文类等内容。

  马林诺夫斯基没有直接提出文化语境（context of culture）这样一个术语，但他已经看到了文化对语言的作用，他认为情境与文化都能帮助理解说话者的言语。语言哲学家兼语用学家瑟尔（Searle）把语境理解为话语必要的背景知识总和，人类就是靠这种背景知识思考判断话语并获取话语的意义。[②]这说的其实也就是文化语境。

  认知语言学的发展，使语境的研究进入到了认知阶段，提出了认知

[①] 许葵花：《语境研究的认知渐进性探源》，载US-China Foreign Language, Volume3, No1, Jan.2005。

[②] 许葵花：《语境研究的认知渐进性探源》，载US-China Foreign Language, Volume3, No1, Jan.2005。

语境（cognitive context）的术语。认知语境是一种心理性的语境，按语言学家的说法，语境在头脑里。认知是人类获得知识的过程。一个人从出生开始，就慢慢对外界进行感知，不断地根据自己的直接经历和间接学习对物质世界形成认识。这样，头脑中就形成了无数的概念，比如，什么是草，什么是走，什么是做买卖，等等。这些储存于人脑里的对外界事物的认知，对人们的言语交流起着决定性的作用，当某些认知在言语交流时起到阐释语义的作用时，我们便将它们看作一种语境，即认知语境。我们以"讲故事"为例，人们在具体的生活中会逐渐对讲故事这一行为形成认知，也就是形成"讲故事"的概念，知道讲故事是怎么回事。但对"讲故事"的认知本身还不是语境，只有当这一认知对其他语句的理解起到辅助作用的时候，它才成为语境，也就是认知语境。认知语言学学者强调认知语境的作用在言语理解方面要远远大于具体的情景语境。

认知语境与上下文语境、情景语境以及文化语境关系密切，它其实就是这些语境在头脑中的投射。前者是储存在人头脑里的东西，而后者是一种客观存在。需要强调的是，储存在大脑里的世界与客观世界不完全等同，这一方面表现在大脑可以形成比较抽象的概念，而客观世界都是具象，比如世界上没有抽象的河，只有一条条具体的河。另外也表现在个人的差异性，还是以"讲故事"为例，在人们的认知中，讲故事的大致情境是一个讲述者给另一个人或几个人讲述一则真实或虚构的事情，但当"讲故事"这个概念被激活时，每个人所想象的不一定相同。有的人想象一位老者坐在火塘边给几个小孩讲，而有的人可能想象的是大家围坐在炕上讲，个人都会将之与自己最熟悉的场景联系起来。所以，同坐在上海某大学的教室里，来自西北的同学与来自西南的同学在听一个与讲故事有关的语篇时，其理解可能产生差异。

认知语言学认为，言语交流中，起决定性作用的，不是具体情景语境或较为抽象的文化语境，而是认知语境。比如，在完全黑暗的房间里，两个人也可以通过语言交流；我们听收音机，没有什么手势等具体的情景语境的情况下，我们也能理解话语。这就是认知语境在起作用。同样，对具体的口头文本或书面文本的理解，以及对某一文本的复述过程，主要是靠个人的认知语境在起作用。一部电影，音也有了，境也有了，可你不一定能看得懂。一个异文化族群的仪式录像，不可以说其语境不完善，可你也不一定能看得懂其含义，关键就在于认知。所以，如果把口头叙事当成一种话语，一种交流行为，那我们在关注具体的一些语境的同时，也必须把认知语境纳入我们的研究视野中来。语境，无论是一开始语言学里的概念，还是人类学、民俗学对它的意义延伸，都是为了更好地理解或阐释。认知语境，能帮助我们更好地理解一则包括神话在内的口头叙事文本，也能帮助我们更深入地洞察其演变规律。在此项调查中，笔者尽量利用心理图式来分析所搜集的文本资料，从而揭示这些文本变异的内在机制。

为了最大限度地呈现原材料，本书以访谈的形式来呈现神话或故事文本内容。访谈采用的标注方法为：1.圆括号"（　）"内的字段表示当地生僻方言词汇和民族语的注解；2.方括号"[ ]"内的字段表示动作、体态或副语言的表达；3.字与字之间的一字线"—"表示拖长的音节；4.省略符号"……"表示叙述中的省略；5.破折号"——"表示解释，两个破折号之间的字段表示讲述人在叙述中的插叙，或对叙述的修正和补充；6."〈　〉"表示叙述中应补足的内容；7."~"表示叙述中犹豫、不连贯；8."/"表示他人打断或插话，"//"表示几个人同时打断或插话；9."＿＿＿"表示无法听清或不能辨别的话语。

此外，因行文分析的需要，部分故事文本会有重复引用的情况，特此说明。

第一章

排烧苗寨概况

排烧原来是贵州省黔南州三都县拉揽乡的一个行政村,包括排烧大寨、排烧小寨、校引三个自然村。2016年拉揽撤乡,并到三合街道。排烧大寨有300多户人家,全部是苗族,本书所说的排烧或排烧苗寨指的便是排烧大寨。排烧大寨共有五个姓:吴、罗、王、席、石。排烧小寨是一个40户人家的水族寨子,离排烧大寨大概只有半里路。据村里的人说,排烧大寨很多人虽然绝大多数时间都是使用苗语,但都会说或听得懂一小点水话,这可能是因为排烧所在的三都是一个水族自治县的缘故。排烧大寨的苗族以前从来没有与后面的小寨通过婚,但后来有所改变。本书涉及的田野调查主要在排烧大寨,排烧小寨与校引也有涉及,但不多。

从三都县城沿公路往从江方向走,也就是沿着都柳江往下游走,大概十公里,就到了原来的拉揽乡政府所在地。乡政府在都柳江的北岸,这里有一座石桥,跨过石桥,一边是去瑶人山原始森林公园,另一边便是去排烧苗寨。从桥头一直爬坡,徒步走两个小时,爬到山顶,便是排烧苗寨了。排烧苗寨是黔南最大的苗寨。它有多长的历史,老人们已经不太清楚了。据说这里原来是瑶族人居住的地方,"排(pai^{53})"是山坡的意思,"烧(suo^{33})"有三种意思,即花椒树、棕榈树、驱赶。这里没有棕榈树,将排烧解释为花椒坡倒是讲得通。但也有倾向于解释为驱赶的,意思是把瑶族人赶走了的山坡。从这一名称看,这里似乎曾经发生过一场族群间抢夺地盘的争斗。但在采访中老人又说,一开始是一位

排烧苗寨

祖先因为抢了他人的妻子,怕别人报复,便从本县的北边迁徙过来,后来才逐渐增加了一些姓氏与人口,形成这个村寨。这与从"排烧"一词的解释似有矛盾,单凭一户人家的力量,不太可能赶走在此居住的瑶族人,或许族群的争斗确实发生过,而关于那位为了躲避报复的祖先的传说或许只是小群体范围内的家族传说而已。也或许并没有赶走瑶人的历史发生过,瑶人是自己离开的,因为瑶人大多过着游耕的生活,在一个地方生活不了多久就会因土地肥力的减弱而主动迁徙。

  站在排烧苗寨,可以看见对面的瑶人山。陪同我一起调查的三都民族中学老师平立豪说,那里原来有瑶人居住,后来瑶人不知道迁徙到哪里去了。现在瑶人山上还有一些瑶人居住过的痕迹,房基还在。瑶人山是黔南第三高峰,海拔1365米,是这一带下雪结冰最早、融化最晚的地方。享酿($\varcirc ian^{24}nian^{51}$)① 在祭祀时常有这样的歌词:"瑶人山是最高

---

① 排烧苗语对祭司、巫师一类神职人员的称呼。

的山，但比不上我师傅高；瑶人山是最大的地方，但比不上我师傅大。"瑶人山不仅高，而且有一些神秘色彩，据说山顶上有一圈不生草的地方，关于这一奇怪的现象，当地人传说那是神在那里拉着手跳月，所以踩了一个圈。从山寨背面，则可以看见一些很远的山峦，以及一些半山腰上的山寨，有的已经属于黔东南州了。

都柳江曾经是贵州省会贵阳通往广西地区的主要通道，据说贵州的第一部汽车便是从这条河用船航运上来的。在河的沿岸曾经有一条栈道，现在还有一些痕迹。虽然山脚便是都柳江，但排烧人几乎没有得到这条美丽河流的滋养，排烧苗族没有沿岸的水田，无须这里的河水来浇灌。在2003年政府拨款及集资从山对面接引了山泉自来水之前，排烧的饮用水主要来自一口水井。水井在村寨的后面，寨子里的妇女经常在那里洗衣洗菜，每当自来水断水的时候，来这里担水的人便非常多。在村寨中央的路边上，原来挖了一个储水池，将这口井的水引下来，以便大家挑水，这个储水池后来干枯废弃了。从县城方向来村寨的路上，也

云雾中的排烧苗寨

有一个山泉，水流不断，但离村寨稍远，很少有人去那里担水，只是路过的时候时常饮用。另外，在大寨后面的小寨附近，也有一口水井，不过水量很少。排烧人对这些水井多少存在一些敬畏，认为水井里住着水井娘娘，祭拜水井娘娘在这里是一个很常见的仪式。

排烧苗寨四周的森林并不算很茂密，很多树林都是近些年人工育种的，树种比较单一，以杉树为主，次之是青冈木、麻栗，松树很少。杉树是这里最主要的木材来源。笔者调查时的森林管理方式是将森林划分给各家各户，由大家自行管理，每次赶集，都有一些人家砍了一两根自家的杉树扛去换一些钱。这里的青冈树分厚皮青冈、薄皮青冈、水青冈和岩青冈。岩青冈木质很硬，一般可以用来做木匠的刨子等器具。排烧苗族对一些木种的感悟很深，比如哪一种树木当柴烧比较暖和，哪一种不暖和，他们心里都有数。冬天在火堂里烧来烤的柴火他们就喜欢用青冈木，说烤起来比较暖和，而且比较耐烧。他们烧炭也主要用青冈树，各种青冈树都可以。这里也人工种植青冈树，直接将它的种子种到土壤中就可以了，十几年也可以长蛮高大的。砍这种树作柴烧的时候，一般只砍树的枝桠，不全部砍掉，第二年它自己又发起来了。

排烧人已经完全不狩猎了，上年纪的老人们说他们年轻的时候打猎是家常便饭的事情。据说以前排烧苗寨周围有过老虎、人熊和狗熊等大型野兽。罗鸿德老人说他打过狗熊，是在1948年，那大概是排烧苗寨打过的最后一只狗熊，以后就再也没有打过了。罗鸿德老人回忆，那一次共打了三十多枪，狗熊才死。他还说，狗熊全是肥肉，不好吃，像吃棉花一样。打得了狗熊要祭祀酬谢兽神，在狩猎之前也要先祭祀山神、猎神，但这些习俗已经完全消失了，与之相生相伴的那些祭词也将永远消失了。

在饮食方面，排烧的主食以大米为主，玉米、土豆等为辅。蔬菜种类很多，南瓜、苦瓜、丝瓜、辣椒等是这里常见的。在排烧苗寨调研期间，给我印象比较深的就是，排烧不太炒菜，而多是吃火锅，据说一年四季都是这样。冬天大家可围在火塘边，一边吃火锅一边聊天。这里有一种非常特别的桌子，用木板做成，桌面为环形，能围绕火塘半圈或一圈，有的可以拆开，人多的时候围一圈，人少的时候围半圈。夏天，也是把菜煮好，放凉了再吃。因为一年四季都吃火锅，所以它们需要做蘸水的料比较多，其中一种就是木姜树的花果。木姜是排烧特别喜欢的一种作料，常用来做蘸水用。木姜子在这里一共有5种，吃花的3种，吃果的1种，还有一种什么也不能吃。吃果子的那种叫咀夹别，吃花的有两种叫一样的名字，都是咀夹务，另一种叫菬夹留菬或菬夹于菬，叫咀夹凿的不能吃。吃花的在三月间，吃果子的在五六月间。排烧对木姜树的利用比较多，他们有很多的民间歌谣赞美木姜最香。

　　因为此调研主要是与自然有关的，笔者也就特别注意排烧苗族一些与自然相关的饮食。在植物方面，排烧这里有一种藤叫"古老话"，分公母，公的叶子形状瘦小，而母的叶子形状肥大，苗语叫 $mog^{33}cong^{33}$，汉语叫凉粉丝藤，可用它的果子加工成粉，用水调制成凉粉，可解热清火。排烧这里的菌子有多种，冬天有香菌、冻菌，春天有毛菌、红菌，夏天有松毛菌，另外还有伞把菌、青冈菌、木耳等。他们认为大多菌子都能吃，只是有的地方土壤不好，菌子吃了容易发病。青冈木上容易生青冈菌，在二三月间生，三月份特别多。枫香菌生在砍倒的枫香树上，腐烂发霉的树最容易生。灵芝菌也专门生在腐烂的枫香树上，为了养灵芝菌，也要砍倒枫香树，让它腐烂。树越大，生得越多，所以要砍大树。腐烂的枫香树肯定能生菌子，但正月、二月砍倒的更容易生灵芝菌，其他时间砍倒的不容易生。就部位而言，枫香树根容易生灵芝菌，而末部容易生冻菌、木耳等其他菌。排烧的野果有杨梅、杨桃、野葡萄、樱桃、杨梅豆（小杨梅）、板栗、丝栗、毛栗、刺花。排烧在以前粮食紧张的时候，曾用刺花酿过酒。在昆虫方面，排烧苗族喜欢吃青冈木里面的柴虫。在砍这种柴的时候，常常会发现里面有虫，这种虫淡黄色，可以生吃或者烧吃，烧吃更香。烧吃可以自己出油。据老人说，以前生活苦，没有油，也用这种虫子的油炒菜。有一种地蜘蛛，这里叫地哲（keu^{44}ce^{44}），白黄色，很瘦，可以炒着吃。这种地蜘蛛长在新地里，老地里一般没有。狗崽虫（keu^{44}vu^{22}）是生活在泥巴里的一种小动物，耙田地的时候（大概农历三四月）才有，黑色，长大以后可以飞，有点像螳螂，可入药，治一岁以下小孩子的天花。如果被刺刺了，也可以用这种虫子敷上后将刺拔出。狗崽虫可以烧吃和炒吃。

除了外出打工，这里的主要经济来源有一段时间靠卖木材，后来卖木材受到限制。木材最主要的就是杉木，其他木材也卖，但不多。竹子是其次的，但基本上不加工，只是砍成一节一节的，卖给别人做一次性筷子。本地人只用来做扁担、箩筐等，用不了多少。冬笋，也是排烧苗

笔者（右）与吴光耀合影

族的一项经济来源，他们常常挖来卖。2005年笔者调查的时候，排烧有300多人出去打工，30多岁的出去最多，40以上的也有一些。打工成了最主要的家庭经济来源。不过也有人出不去，因为家里没有人照顾老人与小孩或干农活。

去大城市打工的历史并不是很长，所以故事的失传与否不能轻易地归结到这一表面现象上来。总的来说，在调查期间，笔者感到在排烧会讲故事的人并不多，主要集中在几个老人，其中一个是享酿（ɕiaŋ²⁴niaŋ⁵¹）吴光耀。排烧的民间信仰依然很浓厚，几乎每天都有人家请吴光耀做一些祭祀仪式，所以他也很忙。

另外一位会讲故事的老人叫罗鸿德，笔者调研期间，罗鸿德拿了一份他自己的简历给我看，是这样写的："慈父元命于1930年系于民国二十年辛未年建生。于1940年在排烧读'四书'三年时间，完诗经、幼学，1945年在三都高小毕业；1947年在三都肄业。1949年解放任排烧会计，任土改组组长，任老师；1954年在三都城关粮管所工作。"另外，他还为自己写了一首诗，我第二次到排烧调查的时候他又主动拿给我看，诗是这样的：

> 六十花甲手中轮，坐满花甲有几人？
> 荣华好似高山雪，富贵犹如眼前灯。
> 我经看破红世景，不如山中去修行。
> 闲来无事观花景，闷在山中听鸟音。
> 虽然不得神仙做，也是消遥自在人。
> 不愿朝中换紫袍，但愿山中去砍樵。
> 砍得柴来市上卖，一头换来一头烧。
> 不愿朝中争名利，争名夺利是非多。

罗鸿德（左）与儿子罗文先

在一个偏远的山区苗寨，能写出这样的汉文诗实属不易。或许因为他曾经读过私塾，有些文化，罗鸿德可以算是排烧苗族中比较会讲故事的一个人。不过很多人不服他，认为他喜欢自己编，不符合传统的说法。

我2005年在排烧调研的时候，罗鸿德已经73岁了，但头脑还很清醒。可能是因为他在外工作过，所以他讲话口音我比较容易听得懂，而且他也比较能听懂我的话。当我要村支书帮找一个比较会讲故事的人聊聊时，他便把我带到罗鸿德那里了。罗鸿德也是一位比较喜欢交际的人，当我第一天到排烧寨，在一户人家聊天的时候，他便主动过来与我们聊，而且还拿了一棵接骨茶，要主家儿媳给我们熬了喝。

因受父亲的影响，罗鸿德的儿子罗文先也比较会讲故事。罗文先1963年生，有两个女儿，大女儿叫罗铃，小女儿叫罗春琴。

第二章 排烧的自然神话与故事

排烧苗寨位于黔南州，它的神话与故事是这一区域的一分子，这里搜集的主要是与自然相关或接近的一些神话与故事。它分为两部分，一部分是故事结构呈对立模式的，另一部分是非对立结构模式的。

很多神话、故事都是解释大自然的，排烧苗寨的神话、故事也不例外。那么，排烧苗寨有多少关于自然的神话与故事流传呢？这是一个很难回答的问题。并不是因为搜集工作的难以穷尽，最主要的是在调查中发现，故事是没有名称来限定的，而且很多故事内容可以在讲述的时候根据情况随意组合，可分开讲，也可以组合到一起讲。分开了是一个完整的故事，组合起来也是一个完整的故事。比如关于太阳的神话，在排烧苗寨的太阳神话内容涉及射日、太阳与月亮以及太阳与蚯蚓等内容。这类内容都常常被讲述人单独叙述，有时也合起来叙述，这样便给故事数目的统计带来很多不便。另外，更重要的是，同一个文本，既可以从这一个角度来讲述，也可以从另一个角度来讲述。讲述的目的不同，侧重点不一样，这算一个故事还是几个故事呢？

"一个"内容大致相同的叙事，既然可以从不同的角度，为不同的目的来讲述，那么这个神话或故事取什么样的名称，就应该由讲述者所讲述的角度和目的来定，所以在此笔者只用叙事中涉及的最主要元素来取代神话或故事名称，比如"狗—山羊"。这个故事在具体的讲述中，可能是以"狗为什么会撵山羊？"或"山羊的蹄子为什么会臭韭菜？"等不同的角度来呈现。

第一节　对立模式的神话与故事

在调查中逐渐发现，排烧所流传的与自然相关的神话故事中，很大一部分都是采用同一种结构模式。这种模式似乎是由同一种思维定式产生的，就是在解释两种动物或人与某种动物的关系时，总是以对立的模式来出现。这些神话或故事大多是为了解释自然现象，如蚯蚓为什么颈部有一白圈？人为什么要吃麻雀？人为什么要吃鱼？狗为什么要撵山羊？等等。

生活中充满着矛盾，二元对立是生活中最基本的一种现象，这些现象难免会渗进到故事中来。正像列维-斯特劳斯从土著人文化中提炼出"生"与"熟"的对立来，中国古人从生活中提炼出阴阳对立来一样，神话故事也极为容易以这种对立模式来叙事。在排烧，与自然有关的神话、故事很多便是这种对立的模式，当地人称之为"打冤家"。

对立模式的说法只是针对故事结构，不考虑故事内容。而故事类型则两个因素都考虑了，也就是说，同一故事类型，不仅形式上基本一致，内容也是基本一致的，如果内容相差太大，往往就不能归为同一故事类型了。这里所呈现的一些神话或故事，只是故事结构一致，内容都各不相同，分别属于不同的故事类型。

在排烧，神话或故事的另一种重要结构模式是排列模式。比如关于洪水之后的神话，天神派雾去平地，雾向天神要报酬；天神又派麻雀去平地，麻雀也向神要报酬；后来又派老鼠去，也是一样。另一则故事说人出生之后，第一次派癞蛤蟆去为人找地方居住，第二次派乌鸦去为人找地方居住，第三次派老鹰去为人找地方居住，每一次都是解释一种自然现象。动物们轮流状告人的故事也属于这一模式。这种模式往往可以无限延伸，成为一种开放式的模式。这种模式所占比例没有对立结构模式那么普遍，以下分别介绍一些在排烧比较流行的对立结构模式的故事。

一、狗 — 山羊

在排烧寨子里走走，你会时时碰见狗。排烧所养的狗几乎都是农村最常见的黄狗，当地也叫土狗。这种狗以前可以用来打猎，现在已经没有野兽可打，它们白天到处闲逛，只是夜里为主人看家。当地人认为纯色的狗最好，比如纯黑、纯黄、纯白，最差的是花狗。

狗在排烧仅仅是一种家畜，没有任何关于崇拜狗的信仰。虽然与苗族属于同一语族的瑶族、畲族有关于盘瓠的崇拜，湖南湘西的部分苗族也有狗崇拜，有《狗父神母》的神话，而且排烧苗族据说以前曾经毗邻瑶族而居，甚至现在的居住地也曾经是瑶族居住过的地方，但两者当时并没有和睦相处，甚至传说"排烧"一词的来源就是将瑶族赶走的意思，二者没有通婚关系，这种狗的信仰丝毫没有影响到排烧的苗族。

在排烧，与狗有关的故事有两个，一个是"狗 — 山羊"；另一个是"狗 — 猪"，都是对立模式故事。前者主要解释狗为什么要撵山羊，这其实是解释狗为什么狩猎的具体化。后者解释狗为什么吃饭而猪为什么吃糠。前一个叙事者往往取名《狗为什么撵山羊？》，而后者叙事者往往取名《猪开田，狗吃饭》。"猪开田，狗吃饭"在当地也成了一句谚语，意思是傻笨的人干活，狡猾的人占便宜坐收渔利。

狗撵山羊的故事梗概是这样的：过去，在一次聚会中，山羊伤害了狗的孩子，两者结仇，狗从此要撵山羊。以下是笔者在访谈中搜集到的不同文本。

文本一

访谈对象：　罗鸿德（73岁，男，读过私塾、完小，曾在三都粮食局工作）

访谈时间：　2005年1月21日上午

访谈地点：　罗鸿德家（他与儿子罗文先一起住）

其他在场人：平立豪（三都民族中学老师）、罗文先（40多岁，男，罗鸿德的儿子，有两个女儿）等多人。

访谈情境：　大家围着火塘烤火，聊天。我买了半边猪头，罗文先在烧猪头准备饭。不时有人进来玩。我按照准备的提纲问罗鸿德

录音编号：　20050121排烧苗族口头文学访谈01[①]

吴晓东：　有没有狗的故事？

罗鸿德：　有！样样都有故事，只是有的我们不会讲了。

吴晓东：　那狗的故事是哪样子的？

罗鸿德：　这个嘛，过去，仙人叫狗、山羊各式各样的动物来一起跳月，跳三天三夜。山羊跳不好，不小心踩死了狗的崽。狗就到狮子、海里的龙王那里去告状。

[①] 每次访谈录音所包括的内容一般都很杂，里面可能包括了很多个神话、故事，以及一些别的内容，这里只是从录音中摘除相关的内容来呈现。下同。

山羊认为狗要赔得太多，就说："那我到山上去住算了。"狗偷偷趁山羊睡觉的时候，把洋葱敲碎，放在山羊的蹄子夹夹里。这样，狗就能闻到葱的气味，找着山羊了。

文本二

访谈对象：　吴农爹（孤寡老人，60岁，男，不识字）
访谈时间：　2005年7月30日晚上
访谈地点：　吴农爹的小房子里
其他在场人：无
访谈情境：　吴农爹在自己的黑暗的小房里做饭，没有灯，几乎是摸黑。我路过，他叫我进去坐，我就去了，找了块板子坐下。我们两个，加上他喂的几只鸡和一个几块石头搭起来的锅，小房子就满了。边看他煮菜边与他聊天，等适应了之后便开始问他故事[①]
录音编号：　20050730排烧苗族口头文学访谈05

吴晓东：　你爱摆故事？
吴农爹：　哪个讲那种哦。
吴晓东：　不讲了？
吴农爹：　不会讲客话，讲苗话讲点，讲客话我们讲不成。你要哪些故事呀？

---

① 在调查的时候，语言多少有一定的影响。在排烧，人们虽然都会一定程度的汉语，但平日里互相之间还是以说苗语为主。我在调查的时候，只能用汉语，而他们在说故事的时候，也直接用汉语说。

吴晓东：　嗯。

吴农爹：　哦，我们一个讲一个的话，一个不懂一个的。

吴晓东：　那个狗为哪样要撑山羊的故事你晓得吗？

吴农爹：　那个狗撑山羊？听老人讲句把，一个～这种，人不是一样人，讲不同话，你讲客话我讲苗话，讲不成。

吴晓东：　你听老人讲过一点点？

吴农爹：　嗯，过去人都讲，老人讲，以前开天立地来，他们跳月，跳鼓藏了嘛。

吴晓东：　哦。

吴农爹：　跳鼓藏好玩，好玩老火。狗才踩那个山羊的崽，①山羊讲，你踩我的——哦，狗讲——你踩我们的崽。那山羊讲，不晓得了，狗讲你还我们，你退我的狗崽，那山羊讲我没法还了，没法退了。还不了了，那我跑去坡上躲。山羊②讲，你去，我来撑你。你过～过～韭菜地，你踩韭菜地，你的脚脚，这里[吴农爹指了指自己的手指间，来比喻山羊的脚丫]，香那个，香韭菜。狗讲，今天你去，明天我还要来撑得你。昨天山羊去也好，今天，狗去闻，狗去撑得。——嘿嘿，你爱讲那个故事，我们听老人讲点，一个讲一个的话，我们不会讲，讲不成。——

吴晓东：　那不要紧，你讲得蛮好！

吴农爹：　打伙跳鼓藏，那山羊踩狗的崽崽。狗讲，你踩我的

---

① 这里明显讲反了，从逻辑上讲，应该是山羊踩狗的崽。

② 这里又讲反了。

崽崽，你赔我，你还我。山羊讲，哎哟，那样多，我还没到（赔偿不起），拿去放哪点（哪里），我还不起了，我跑去坡上了。狗讲，你过韭菜去，你踩韭菜，你的那个脚脚臭，今天你去，明天我要来撑得你。这刚（现在）狗才撑山羊。

文本三

访谈对象：　吴光耀（享酿，男，61岁，在排烧上完六年级）
访谈时间：　2005年8月2日晚上
访谈地点：　石有高家门前的走廊上
其他在场人：石有高（村支书，男，38岁）
访谈情境：　刚在石有高家吃完饭，我们坐在走廊的美人靠上休息，田里的蛙声接连不断。吴光耀讲故事讲得兴致很高
录音编号：　20050802排烧苗族口头文学访谈08

吴光耀：　山羊呢，以前大家来跳舞，来吃鼓藏。吃鼓藏呢，不管哪样野兽都来跳舞，野猪也来，山羊也来，样样都来，狗也来，样样都来跳舞。狗的崽崽也来，那些山羊和那些野猪呢，它们跳得很高兴。耍把戏，边跳边耍。好了，耍把戏呢，踩了那个狗崽。狗崽哭！站着哭，又睡在地下哭，哭得不得了。狗讲，你踩我的崽了，坏了。评理，看你怎么搞，评理呢，

要多多钱。____① 要那么多嘞，山羊就怕了，野兽就怕了。山羊讲，要这么多，哪个给得了你！我干脆跑算了。你跑嘛，我还比你狠！你先跑，每天我马上找你，你过人栽那个韭菜，你臭韭菜；你过那块栽大葱大蒜的地，你臭大葱大蒜。我闻那个来找你。山羊的脚夹绿绿茵茵的，臭那个。

[接着，他又用苗语对石有高讲一遍。]

吴晓东： 现在山羊这里绿茵茵的？
/石有高： 开叉那里嘛。
吴光耀： 绿的。
吴晓东： 也有气味吗？
吴光耀： 臭那个，踩韭菜就臭韭菜，踩大葱大蒜就臭大葱大蒜。那个气味三四天以后过去了，一天呢闻还得，久了闻不到。

文本四

访谈对象： 吴昌文（男，80岁，吴祖明的父亲，参加过抗美援朝）
访谈时间： 2005年8月8日上午
访谈地点： 吴祖明家门前的走廊上
其他在场人： 无
访谈情境： 当天吴光耀为吴祖明家做娃娃神仪式，此仪式的祭品是一只小狗。在他们处理狗期间，我采访了吴昌

---

① 此处发音听不清，既像"牛"，也像"你"。

文，他年纪虽大，但头脑特别清楚，也比较轻松自如

录音编号：　20050808 排烧苗族口头文学访谈 02

吴晓东：　那个狗为哪样要撑山，撑山羊呢？

吴昌文：　撑山羊，为哪样？以前，人和〈动物〉统统都是一样。以前～摆那个～打伙跳月。打伙跳月呢，跳七天七夜，热热闹闹的。狗喽，山羊喽，猪喽，牛喽，人喽，一起，打伙热闹，就这种了。所以那狗的话呢，生小孩了。狗又生小孩，旁边～所以的话呢～那个那个那个～山羊呢拿脚踢它的崽。踢它崽崽呢，它妈的，你在这里热热闹闹，你在这里养崽在这里不好。踢那个山羊的，山羊才踢它的崽崽了嘛。踢狗的崽崽哩，你妈的，它气胀，它讲，你妈的，它告状，告呢，告不赢，告不赢狗。狗的话呢，狗讲，你搞死我的崽的话呢，你去三天我慢来，我不怕你。你过哪里哪里要臭的。所以你去七天八天我来引，引得你。你这个山羊的话，到哪里的话呢，狗慢慢地理，理就理撞它，撑它妈的，撑死撑活了嘛。嘿嘿嘿嘿。讲成钱哦，讲千千万万的钱，山羊讲，你讲成那么多钱，我看，还你哦，我该你的账，老子跑！我就跑去山去。躲避钱了嘛。老子不管，搞成那么多钱，老子跑。狗讲，你跑？你跑哪里哪里要臭那个～那个那个葱。我就引得你，你去七天八天我慢来。这刚拿狗去撑山的话，去几天几夜，

狗也要擂到它。引到起那个气气。以前踩那个狗的崽了嘛，狗要擂，擂它。意思是这种哦。

从访谈中所得到的文本我们可以看出，即使是在同一个村子，不同的人所讲的也有很大差异，比如山羊的蹄子为什么会有味，罗鸿德所讲的是狗偷偷趁山羊不注意的时候放了洋葱；吴农爹所讲的是山羊过韭菜地才有臭韭菜味道；吴光耀所讲的既有韭菜也有葱；石有高所讲的则又加了大蒜。无论细节上有何变化，整个故事的结构基本一致。

排烧流传的这个关于狗的故事，都不是其所独有。"狗—山羊"的故事在当地附近有较为广泛的流传。在一本苗族民间故事集中就收录有两则同一类型但稍有变异的故事，如下：

狗为什么撵山[①]

很古以前，一切动物和野兽都从"登山鸟，吒蚱沼"（传说中的一个打山洞）来的。而奶奶喂的都在家，公公喂的都在外面，三天不赶一次，五天不撵一回，任它们自由。一天，公公把它们撵回家，撵也撵不来，你撵这边，它跑那边；赶这坡，它们跑那坡，跑得满山都是，公公没有办法，就回家了。

第二天，公公向奶奶借了狗去撵。狗撵了一阵，又找不着了。公公气得瞪瞪眼，把狗喊回了家。从此，奶奶喂的就成了今天的家禽家畜；公公养的就成了今天山中的动物野兽。

有一年，公公在"熬坡呢"（传说中的一个地方）举行踩鼓、跳芦笙，各种各样的动物野兽都来参加，人山人海，热闹得很。鼓

[①] 中国民间文艺研究会贵州分会、贵州省苗族民间文学讲习会编印：《民间文学资料》第五十一集（苗族民间故事），1982年，第486页。

场越跳越大，围圈越来越宽，你一脚我一脚把狗崽踩去又踩来，滚得一身泥。野兽们个个睁着双眼说："哼，我们山中的，生了一个晚上就开眼，三个晚上就跑遍山山岭岭；家中生的，生了好多天了，眼睛还眯眯，真是不成器。"狗恨在心头，公公也看在眼里。跳鼓结束了，大家纷纷走开。公公说："你们等一等，我有个事情要交代一下。我每一个送一把韭菜，你们夹在手指慢去，卡在脚丫再走。"过后，公公又叫狗去把它们撵回。这回，它们想跑也跑不脱，想躲也躲不了，韭菜始终给狗留有一股股引路味儿，狗也恨透了它们，非追到不可，非咬死才丢。成了今天狗撵山的来历。

这一故事的流行地区没有在资料集里交代，但肯定是在贵州地区。这一故事相对于流传在排烧的来说，其变异是人在动物的脚里夹韭菜，而且是针对所有的野兽，而不仅仅是山羊。笔者推测这一故事类型一开始应该是解释狗为什么撵山，即帮助人狩猎。狗狩猎时针对所有的野物，而不仅仅是山羊。相对来说，这个故事文本更为原始。但是，关于狗通过韭菜来寻找野兽的情节，很可能是来源于山羊蹄子的特点，排烧讲此故事的人都很肯定山羊的蹄子是有一点绿的，对这一特点的观察，才会产生相应的情节。当然，并不是所有的野兽蹄子都带有绿色。

狗追山羊还角[①]

狗只要闻到山羊气，就要撵。为什么狗这样恨山羊呢？

传说古时候，狗、羊和公鸡是好朋友，它们都很爱美。有一天，公鸡请狗和羊去做客。狗和羊路过一条清幽幽的河，狗往水里

[①] 中国民间文艺研究会贵州分会、贵州省苗族民间文学讲习会编印：《民间文学资料》第五十一集（苗族民间故事），1982年，第494、495页。

一看觉得自己有一对角配在脑壳上，很是威风，高兴得很。羊呢？往水里一看，发觉自己三尖脑壳上只有一双耳朵，不及狗好看，和狗走在一起，自己就显得更丑。羊觉得老天爷太不公平，只送狗一双角，为什么不送自己一双角？一路上，又见狗总是抬着脑壳，雄纠纠地大摇大摆走在前面，羊对老天爷的不满就渐渐变成对狗的不服了。

到了公鸡家，公鸡用很好的酒肉招待了两位好朋友。狗嘴巴馋，肚皮大，也不客气，一碗一口干，一口一挟菜地大吃大喝，十分干脆。羊有羊的心计，并不贪吃，等狗喝醉得差不多了，羊就端起酒碗，一声一个"狗大哥"地劝狗喝酒，狗吃麻了嘴，也不觉得苦，接了就喝。就这样，狗就醉倒了。

深夜了，公鸡要挽留狗大哥和羊二哥过夜。羊故意讲："我醉酒了，怕吐在你家不好。"硬要走野路赶回家。狗听了，也要充好汉，歪歪倒倒地站起来也喊要回家去。公鸡生怕狗跌下高坎深沟去，一再挽留不送走。羊见公鸡不送走，就拍着公鸡的肩膀说："请老弟放心，一路上有我扶着哩！"

回到半路上，狗醉倒在路边了。羊见狗昏迷不醒，便顺手取下狗角，往自家脑壳上一戴，就朝山上跑走了。从此不敢回家，就变成山上的山羊了。

天亮了，狗才醒酒。一摸脑壳，角不在了。只好赶紧跑回公鸡家去，说："我的角丢在你家，快拿给我！"公鸡说："昨晚羊二哥扶你走时，角一直戴在你脑壳上，你咋个反而来问我要？"狗一听就火了，说："不管咋个，总是你和羊商量着，把我灌醉，就把我的角偷了。"鸡不承认，狗就咬公鸡，公鸡感到委屈，边飞边叫"咯咯……不是我偷你的角"，便飞上山去了，以后就变成野鸡了。

　　狗没咬到公鸡，就去撑羊。羊见了狗就往山林里跑，狗拼命撑。从此以后，狗和羊就成了冤家，它们之间的仇恨也就传到了后代。

此故事注释里说明流传于凯里、黄平一带，讲述人为杨告金，收集人是杨光全。此故事虽然也是解释狗为什么要撑山羊的，但与前面的故事已经不是同一类型了。与"人—马"故事属于同一类型，即某一种动物借走了另一种动物的某一样东西不还，因此生恨。在贵州其他地区，也有借角不还的故事，其中一则便是蜈蚣借走了公鸡的角不还，公鸡因此痛恨蜈蚣，见到就要啄。

二、狗—猪

文本一

访谈对象：　罗文先（男，40岁，罗鸿德的儿子）
访谈时间：　2005年1月22日上午
访谈地点：　罗文先家
其他在场人：罗鸿德、平立豪、吴光耀
访谈情境：　大家围着火塘烤火聊天，我按提纲来问罗鸿德，罗文先觉得讲得不好就补充。这是我与陪同人平立豪老师第三次到罗文先家，人已经比较熟悉了，聊得也比较随便
录音编号：　20050122排烧苗族口头文学访谈02

罗文先：　人让猪和狗去开田。开田呢，太阳天，狗就去躲阴

在树下，猪老老实实地拱田。天黑后猪开好了田，猪回家去报主人，说狗不开田。狗跑得快，听见了，狗把猪的脚印踩了，让人去看，见是狗的脚印，就说："是狗开田，让狗吃一顿稀饭，一顿干饭。"干饭打苗话就是 ka^{33} 了嘛，因为没有听清，听成了 qa^{33}，就是"屎"了嘛，现在狗就吃屎了。

文本二

访谈对象：	吴祖祥（原村支书，50多岁，男）
访谈时间：	2005年8月3日上午
访谈地点：	吴祖祥家大门前的走廊上
其他在场人：	无
访谈情境：	因村子里的水池坏了需要修理，吴祖祥从牛棚回家来处理这事。在水来之前他没事，闲着，于是我们两个坐在大门前的凉竹沙发上聊天，我根据自己知道的一些故事逐一问他
录音编号：	20050803排烧苗族口头文学访谈02

吴晓东： 狗和猪开田的故事呢？

吴祖祥： 哦，那个，我也听老人摆一点。狗，原来狗是刁（狡猾），狗去，可能是他们打伙去，是哥弟呢还是哪样，打伙去开田。狗去到坡上，狗去睡觉，躲阴（乘凉）啊，去睡觉去了。猪整天整天做活路，去开。好！猪老老实实地做。猪来了，来家了（回家了），狗去踩，拿脚印去踩猪开好的那个。来家来报给老人，狗滑头，狗拿脚印来踩，踩多多的脚印，狗的脚印把猪的脚印盖完了。然后它回家来报，今天猪没做活路嘞。猪讲，没做？今天你丢一天去，睡，去做玩意（去玩耍），去睡，躲阴，我一天都做嘞。狗讲，那我们去看哪个的脚印有。好！一看，全部都是狗的脚印，猪的脚印没见了。在家的老人说，真的，狗做的，不是猪做的。你做的脚印没有嘛，有狗的脚印嘛。好！那种啊，狗做活路，送饭给狗吃，猪呢，你没做，你你，嘿嘿，你吃糠哦。把糠拿给猪吃，狗才得饭。狗做活路，狗滑头嘞，狗没做活路，狗刁。所以呢，它是这种。——我听摆这点。——

文本三

访谈对象：	石光全（50岁，男）
访谈时间：	2005年8月3日下午
访谈地点：	石光全正在建的新屋
其他在场人：	吴祖松（石光全女婿）、石光能（40多岁，石光全堂弟）
访谈情境：	当时他们正在装新房的楼板，锯木板的杂音很大。我在他们那里先聊天，然后问一些故事传说。石光全边劳作边给我讲
录音编号：	20050803排烧苗族口头文学访谈05

石光全： 故事是讲它们合伙开田。狗懒，躲阴。开成了一

块，猪回家，狗又去踩，踩那块田，就有狗的脚印。好，来家，问你们开成了没有，猪讲开成了，它讲狗懒老火，狗不爱开。狗就讲，猪不爱开。它们两个就争。狗习，狗就讲，那我们去看，有猪的脚印还是有狗的脚印。看那块田，是有狗的脚印了，嘿嘿。——我们听老人讲点点，我们摆不出。——

文本四

访谈对象：罗铃（11岁，女，小学生，罗鸿德的大孙女）
访谈时间：2005年8月5日下午
访谈地点：罗铃家走廊上
其他在场人：罗春琴等
访谈情境：我去找罗鸿德老人，他不在家，碰见他孙女罗铃、罗春琴以及其他小女孩在一起玩，于是便问她们一些故事。她们都很乐意和我说话，并且用的是普通话
录音编号：20050805排烧苗族口头文学访谈03

吴晓东：猪和狗开田的故事你知道吗？

罗　铃：哦！我公也讲过。

吴晓东：你公也讲过？

罗　铃：那个猪和狗去挖田的时候，狗懒狗去睡觉，猪挖一天的田，猪来吃饭，狗去〈田里〉转来转去，那个狗回来的时候，不知道是谁问那个狗，说，猪耙田你不耙田是不是？它说，不是呀，你们不信去看有

谁的脚印。好啊，他们回去〈看〉的时候，都是狗的脚印。——是不是呀？——

吴晓东：　嗯！好像是这样的，好像我也听说是这样的。

文本五

访谈对象：　石有高（村支书，男，38岁）
访谈时间：　2005年8月2日晚上
访谈地点：　石有高家大门口前
其他在场人：　吴光耀
访谈情境：　吃完晚饭，石有高、吴光耀和我坐在走廊上聊天讲故事，下面是一片竹林。天已经黑了，青蛙叫声不断。石有高的妻子与孩子在家里看电视
录音编号：　20050802排烧苗族口头文学访谈07

吴晓东：　还有那个猪和狗开田的故事，晓得吗？

石有高：　嘿嘿嘿嘿，这个猪和狗开田呢，那是开天立地的时候，是这样，因为是猪也想吃饭了，狗也想吃饭。所以有个古老的奶奶，她讲，你们去耙田，哪个耙田哪个吃饭。好了，本是猪去耙田，真的是猪去耙田，可是猪太重了，一踩下去，就没有脚印了嘛。其实是猪去耙田犁田，好了，其实狗没耙。在来家（回家）汇报的时候呢，它讲，我也耙，猪也耙狗也耙。人说，个个都争吵，没有办法，我们只有看脚印。狗反应快，狗讲，有哪个脚印哪个就吃饭。好了，去看一看呢，其实猪犁田，猪太重了，猪踩下

	去脚印就看不见了，只看见狗的脚印，所以狗才得饭吃，猪不得吃，猪只能吃糠。哈哈，是这样。
吴晓东：	这个故事你记得还比较清楚。
石有高：	当时我听见摆，个个都争吃饭了嘛，个个都不爱吃糠。没有办法了，在家调解就不好搞了，后来才讲，没有办法了，个个都争吃。在家的那些讲看脚印，狗反应快，我们看脚印，确实狗又轻，狗踩在上面，都是狗的脚印。后来只有狗吃饭、猪吃糠，哈哈哈哈。

　　这个故事可以从不同的侧重来叙述，比如侧重解释狗为什么吃饭而猪为什么吃糠的现象，或侧重于狗狡猾而猪憨厚。在细节上产生变异的是脚印问题，比如是狗故意"把猪的脚印盖住了"还是"猪太重了，脚印太深看不见"。

　　狗耕田是一则在中国流传非常广的民间故事，但排烧的"狗—猪"故事显然与狗耕田类型有很大差异，只是借用狗耕田的内容来解释自然现象，比如狗吃屎、猪吃糠。"狗—山羊"的故事并没有被收入到丁乃通的《中国民间故事类型索引》里，也不见于艾伯华的《中国民间故事类型》，而"狗—猪"的故事则与艾伯华《中国民间故事类型》里的"猫与狗结仇"有些相似之处，不同之处是狗的角色恰恰是狡猾的，与"猫与狗结仇"正好相反。

三、太阳—蚯蚓

　　在排烧苗寨没有发现太阳崇拜的遗迹，没有将太阳作为神的概念。排烧苗族的太阳神话故事主要有三个类型，与其他地区的太阳神话故事没有很大区别。其中一种类型是射日神话，另一种类型是关于太阳与月亮的运行时间的解释，还有一则是关于太阳与蚯蚓的。

关于太阳与蚯蚓的这则神话在艾伯华的《中国民间故事类型》与丁乃通的《中国民间故事类型索引》都未曾见到。在排烧，射日故事之后的发展方向有两个，一个是"太阳—蚯蚓"。太阳的热给人们造成的影响在口头叙事中最明显的有"射日"神话，而在排烧苗寨，将太阳的热与蚯蚓联系起来。这一情节对蚯蚓特点作出了解释：太阳一出来，天热，蚯蚓跳出土外，被晒死。蚯蚓的头部有一圈是白的，那就是太阳的项圈。另一个发展方向是"太阳—马桑树"，这一方向解释马桑树矮的特点。至于是太阳还是雷公踩矮了马桑树，又是这一方向的分歧点。

文本一

访谈对象：　吴光耀（享酿，男，61岁，在排烧上完六年级）

访谈时间：　2005年7月31日晚上

访谈地点：　吴祖松（20多岁，吴光耀的三儿子）家

其他在场人：吴祖松、吴祖帮（吴光耀的二儿子，30岁）、吴往报等多人

访谈情境：　晚上在吴祖松家吃晚饭，大家围在一起喝酒，吴光耀喝酒后更喜欢讲故事了，其他人也很愿意讲

录音编号：　20050731排烧苗族口头文学访谈12

吴光耀：　以前呢，有七个太阳，七个月亮。七个太阳七个月亮呢晒在地面上草都不生，人呢想干活出不去了。这才射掉了六个，剩下一个。太阳是女的，月亮是男的。月亮讲，我是男的，随便你，你去白天，晚

夜我又去，你去晚夜，白天我又走。好了，太阳讲，我是女的我走白天，可是白天我又害羞，夜晚我又怕。太阳死活都没来了，太阳讲，哎，我是个女的。——你们还没听到嘛，我和家门①摆这个太阳，——以前呢，有七个太阳七个月亮，晒在地面上呢草都不生了。好了，②

/吴往报： 拉活路了。

吴光耀： 射掉了，太阳只留一个，月亮只留一个。月亮是男的，太阳是女的。太阳呢，晚夜我又不敢去，白天不敢走。白天见我了害羞。好了，打个项圈给你嘛。打项圈给太阳呢，你是女的，打个项圈给你，打扮漂亮点你自个去了嘛。蚯蚓呢，蚯蚓就讲，偷偷，悄悄偷偷摸摸的，偷了那个太阳的项圈去了。偷了太阳的项圈呢，哎，她讲，我更加不去了，人家打项圈给我，＿＿＿偷了我的项圈。

吴晓东： 哪个偷了项圈？

吴光耀： 蚯蚓。

/吴往报： 现在蚯蚓有个把有项圈。

//吴祖帮： 看到发一种亮光，是一圈圈，发一种亮光。在太阳天你挖到蚯蚓的时候你看到一圈圈亮光它是反光，肉眼可以看得到的。

吴光耀： 蚯蚓偷我的项圈，我就不去了。

---

① 吴光耀与笔者同姓，故称笔者为家门。
② 吴光耀和我两个人在摆这个故事，喝酒的人在一边说别的，所以吴光耀又再给他们重复一下。

吴晓东：　她要去哪里呢？

/吴祖松：　白天太阳走，晚上月亮走，那个意思了嘛。

吴光耀：　蚯蚓得了项圈蚯蚓钻泥巴了。以后我＿＿＿＿它，你照样去嘞。太阳讲，好！你打项圈给了我，我照样去。以后我把地面上撒石尘，五六月间我搞得热得不得了蚯蚓自己会跳来的，蚯蚓一跳来我晒得干它就死了。现在五六月间干旱蚯蚓在路上死了。太阳讲，我最怕害羞了。好嘛，你怕哪样子害羞嘛，拿针给你，他看你你就拿针刺他眼睛，就看不见你了嘛。

吴晓东：　是哪个给那个针？是月亮？

吴光耀：　不是月亮。

/吴祖松：　叫太阳去的那个人。

//吴祖帮：　老天爷。

吴光耀：　就是那个射掉七个太阳的＿＿＿＿。

文本二

访谈对象：　吴光耀（享酿，男，61岁，在排烧上完六年级）

访谈时间：　2005年8月1日晚上

访谈地点：　吴祖松家

其他在场人：吴祖松、吴祖帮、吴祖明等多人

访谈情境：　我们从牛棚回来，大家一起喝酒。白天就讲了不少故事，晚上继续讲

录音编号：　20050801排烧苗族口头文学访谈10

吴光耀： 那个蚯蚓讲话我讲给你了吗？
吴晓东： 蚯蚓讲话？没有。
吴光耀： 以前蚯蚓也讲话。以前有七个太阳七个月亮。晒在地面上草都不生了。人都在晚夜做活路，白天做不成，辣老火烫老火（烫得很）。有一种树高老火，爬那个树拿枪射掉它去，太阳也只剩一个月亮也只剩一个。好了，太阳和月亮不满意了，不爱来了，天天都黑，晚晚都黑。你们还是来，黑了我们做不起活路我们没得吃。〈太阳月亮〉讲，你们射了，我们去了。月亮是男的，太阳是女的。月亮讲，〈如果〉白天你去，晚夜我就去；〈如果〉晚夜你去，那白天我就去。月亮是男的，月亮由太阳选。太阳讲，白天去人家见我我又害羞，去夜晚我又怕，我不敢去。你又害羞，哎，不怕，打个项圈给你打扮好点，打扮好点你自去，白天你不去。打项圈给太阳，太阳也同意了。蚯蚓呢，蚯蚓讲，打项圈给太阳它不满意，它悄悄给偷去了。太阳讲，我不去了，蚯蚓偷我的项圈去了，没有办法。太阳讲，我不去了。项圈被偷去了，你不去我们白天没得做活路，黑老火了。有的就想办法，讲，我们送针给你，哪个看你你就刺他，就看不见你了。

吴晓东： 这就是蚯蚓的故事？
吴光耀： 嗯，蚯蚓和太阳的故事。这是蚯蚓讲道理偷人家的————，嘿嘿。

与第一次讲述不同，第二次讲这个神话故事的时候吴光耀完全是从"蚯蚓会讲话"这个角度来开始的，从内容上看，前面部分是射日神话的内容。可是，他已经给这一内容安了两个名称：一、蚯蚓会讲话；二、蚯蚓和太阳的故事。因为他给出这样的题目，所以，他在讲述的时候便有了一定的侧重，把射日的内容简化了，只一句带过。

将蚯蚓偷太阳项圈的情节作为射日神话的延续我只在吴光耀这里听到，也可能是他的个人行为，在其他访谈者那里我没有听到，他们往往只是说太阳用针来刺人们的眼睛，如以下的访谈：

文本三

访谈对象：　罗铃（11岁，女，小学生，罗鸿德的大孙女）
访谈时间：　2005年8月5日下午
访谈地点：　罗铃家走廊上
其他在场人：罗春琴等
访谈情境：　我去找罗鸿德老人，他不在家，碰见他孙女罗铃、罗春琴以及其他小女孩在一起玩，于是便问她们一些故事。她们都很乐意和我说话，并且用的是普通话
录音编号：　20050805排烧苗族口头文学访谈03

吴晓东：　有"蚯蚓偷太阳的项圈"这个故事吗？
罗　铃：　没听说过。
吴晓东：　又说那个什么太阳是个女的，她很害羞，不敢走夜路。
罗　铃：　那个不是啊！我听说太阳是女的，月亮是男的。太

	阳说，我是女的，我不好走白天，可是我不走白天，晚上我又不敢。那么个什么？
吴晓东：	神仙？
罗　铃：	是啊，那个神仙跟她，跟太阳说，我们拿针给你，等人看上来，你就刺他的眼睛，他就不敢看上来了。这样，太阳就走白天，月亮就走晚上了。

文本四

访谈对象：	吴昌文（男，80岁，吴祖明的父亲，参加过抗美援朝）
访谈时间：	2005年8月8日上午
访谈地点：	吴祖明家门前的走廊上
其他在场人：	无
访谈情境：	当天吴光耀为吴祖明家做祭娃娃神仪式，此仪式的祭品是一只小狗，在他们处理狗期间，我采访了吴昌文，他年纪虽大，但头脑特别清楚，也比较轻松自如
录音编号：	20050808排烧苗族口头文学访谈02

吴晓东：	就是可以钓鱼的那种。
吴昌文：	哦，长蛇。
吴晓东：	长寿？
吴昌文：	虫蛇。
吴晓东：	它这里，脖子这里有一圈一圈的？
吴昌文：	有圈圈，有有。

吴晓东：　　　听说是它偷太阳的项圈？

吴昌文[笑]：哈哈，晓得，可能是有的事。那里面有项圈哩，真正有哩！有那种，起码有几个圈圈。

吴晓东：　　　说它是偷太阳的项圈？

吴昌文：　　　没晓得，没听摆过。

四、猴子 — 蚂蚱

关于蚂蚱，排烧这里流传两个故事，一个是蚂蚱吊颈，是解释蚂蚱在秋天为什么会死后吊在稻谷叶子上或者草叶上；另一个是关于蚂蚱与猴子打架的。蚂蚱即蝗虫，是一种对庄稼危害比较严重的昆虫，蝗虫危害庄稼，有的时候是灾难性的，可是在排烧这里的故事却关注蚂蚱的另一面，赞扬蚂蚱的灵活机动。故事如下：

文本一

访谈对象：　吴祖祥（原村支书，男，50多岁）

访谈时间：　2005年8月5日晚上

访谈地点：　吴祖祥家

其他在场人：吴祖祥、吴光耀

访谈情境：　我一个人在做饭，吴祖祥从牛棚回来，于是一起做。当时电路有问题，就叫来电工罗运辉帮修，正好吴光耀也来找我，于是大家一起喝酒，一直到晚上12点

访谈编号：　20050805排烧苗族口头文学访谈07

罗运辉：　　猴子和蚂蚱的故事我听太公摆过，我们没有见过，

但猴子怕是真的。

[罗运辉用苗语摆这个故事之后]

吴祖祥[用汉语给我解释]：原来呢，蚂蚱和猴子是对敌。蚂蚱看起来又小，猴子看起来又大。它们约好了，到哪时候我们打一回。蚂蚱说，起码太阳出来，起码八九点钟以后。

/罗运辉：光是我们两个打没有意思，起码人多来看输赢才晓得。

吴祖祥：蚂蚱又快当，猴子又大，猴子又笨。后来猴子又去砍那个棒棒，天天削那个棒棒，准备打蚂蚱，天天去削，天天去削。削好了它说，我的武器准备好了，通知蚂蚱来打一回。蚂蚱说，哎呀，猴子啊，你说这个不是时候啊，你要等到八九点钟太阳出来以后我们才来过招。我们过早搞呢，没有过路的，没人看见，不知道我们两个的本事〈哪个大〉。那猴子就准备它的武器，锤子、棒棒那些。没出太阳有雾罩的时候，雾捆住蚂蚱的翅膀，它飞不远，太阳一出来，它的翅膀干了，就可以乱飞了。它们打的时候，蚂蚱一跳，跳到太公那里。太公讲，哎呀，它来搞我。蚂蚱一棒过去，好了，太公倒了。可能你没有本事，你力气蛮大。蚂蚱又飞到舅侄那里，舅侄讲，它又飞到我这里了！你站好了，你不要动，一棒过去，它又走了。你又说，哎呀，我又说，哎呀，它又跑了。你不要动，一棒过来，我又倒了。倒去倒来，就剩太公一个，猴子的主力。

文本二

访谈对象： 张文兴（男，排烧小学老师，水族）
访谈时间： 2005年8月7日傍晚
访谈地点： 吴光耀家
其他在场人： 吴光耀、石光全
访谈情境： 白天我买了半边猪头，晚上在吴光耀家煮吃，在排烧小学当老师的张文兴与吴光耀的亲家石光全也一起来吃，开饭前我们一起聊天讲故事，小孩打闹声大，电扇杂音大，录音效果欠佳
录音编号： 20050807排烧苗族口头文学访谈04

吴晓东： 水牛和螃海（螃蟹）的故事有吗？水族那里？
张文兴： 没听有。
吴晓东： 没听有？
张文兴： 还有个故事嘞。
吴晓东： 还有个故事，你讲。
张文兴： 说猴子与蚂蚱，这，这两个。
吴晓东： 嗯，你说。
张文兴： 但是这个故事现在没有了，讲得少了。本来猴子和蚂蚱争吵在平地，都在平地方，哪个都想在平的地方，哪个愿在山里面？那么蚂蚱和猴子呢它两个说，那么如果我们打架，看谁打赢谁，哎～我打赢你的话，我就在平地；谁输呢，_____山上。那么，蚂蚱就提出，对猴子讲，那打就打。它说，现在不能打，要等太阳出来以后，天亮了，我们再打。那么，

太阳出来以后呢,那个蚂蚱呢,它~它就可以活动,可以活动。猴子如何做呢,猴子是拿木把把,它的这个这个武术棍,打! 蚂蚱呢,就跳它猴子的这个这个,这个这个这个~

/吴晓东: 脑门。

张文兴: 脑门,脑门这里。猴子一看见蚂蚱在那里,在那个呢,拿着它的金箍棒就打了。就打蚂蚱,打嘞,蚂蚱就跳了。结果打没〈打〉着蚂蚱,就打着自己本~本~本人的这个猴子。后来打去打来呢,＿＿＿[小孩在笑,听不清],这个敲哦,去那一个,那个看一棒打一个。一打,没打着蚂蚱,＿＿＿＿后来你看呢,猴子打没(不)过蚂蚱呢,现在猴子住山上,蚂蚱在田里面,平的地方。嘿嘿嘿嘿。

文本三

访谈对象: 吴光耀(享酿,男,61岁,在排烧上完六年级)
访谈时间: 2005年8月5日晚上
访谈地点: 吴祖祥家
其他在场人: 吴祖祥、罗运辉
访谈情境: 我一个人在做饭,吴祖祥从牛棚回来,于是一起做。当时电路有问题,就叫来电工罗运辉帮修,正好吴光耀也来找我,于是大家一起喝酒,一直到晚上12点
录音编号: 20050805排烧苗族口头文学访谈07

吴光耀： 猴子说，明天早上我们打架。蚂蚱不肯。早上打霜了蚂蚱不狠①，它说早上煮点点饭吃了再打。等出太阳之后它才狠。猴子去拿来打铁的锤子打架，蚂蚱先跳上一只猴子的脑壳，一只猴子一锤子打过去，那只蚂蚱马上跳开，那一锤子便打在了猴子的脑壳上，那只猴子就死了。蚂蚱又跳到另一只猴子的眼睛上，那只猴子又是一锤，蚂蚱一下又飞走了，结果又锤死了一只猴子。这样，猴子承认蚂蚱厉害老火，从此以后呢，猴子最怕蚂蚱。我们小时候，耍把戏的来我们寨子，带来猴子，我们用树叶包一蚂蚱，丢给猴子，猴子一打开，见是蚂蚱，吓得要死，马上丢开。

这次的故事没有说明为什么猴子要与蚂蚱打架。但大家对"猴子怕蚂蚱"这种现象给予了肯定，认为猴子真的很害怕蚂蚱。吴光耀认为"猴子怕蚂蚱"的"文化"是一代传给一代的，他说，我们人没有多少见过老虎，但是大家还是不敢走那些树林里，因为我们一代传给一代。猴子也是一样。吴光耀说，如果用布裹着一只蚂蚱给猴子，它剥开一看见是蚂蚱，便会马上扔掉，特别害怕。吴光耀的故事是基于对人们对这一现象的观察，是解释这种"猴子怕蚂蚱"的现象，而张文兴的讲述解释蚂蚱住在平地，猴子住在山上。张文兴是水族，吴光耀是苗族，但都属于同一区域。因是孤例，也不好判断这一差异是民族的差异。

排烧苗寨流传的很多神话与故事在其他地区的苗族或其他民族也

---

① 因为早上蚂蚱的翅膀被雾水打湿了，张不开。

有流传，通过比较，发现有的还是有很大的变异，有的情节丰富了，有的情节简化了，不一而足。在排烧，笔者听到的《蚂蚱吊颈》的故事与"猴子—蚂蚱"故事都是分开独立的，在黔东南流传的《蚂蚱吊颈》①里，"蚂蚱与猴子打架的故事"只是作为其中的一个情节来出现。《蚂蚱吊颈》讲述的是蚂蚱为什么在秋天会"吊"死在稻谷叶子上或草叶上，说是天神安排它与毛毛虫结婚，它升起了就与天上的神兵打了起来，最后为了躲避天神降大雪的惩罚，才在降雪之前的秋天自己吊死在稻谷叶或草叶上。其中与神兵打架的情节便是猴子与蚂蚱打架情节的翻版，即跳到一个神兵的头上，说"我在这里"，让另一个神兵去打，结果打到了神兵头上。

在贵州黔东南苗族还流传有另一个版本的故事，叫作《猴子、蚂蚱打冤家》②，是唐德海讲述，王秀盈整理的。唐德海讲述的这一故事比笔者访谈到的这一故事要复杂很多：四、五、六月包谷叶子长得正好的时候，蚂蚱成群结队把叶子啃得精光，猴子们不满；秋天，猴子们又将包谷棒子掰了个精光，蚂蚱也不高兴。于是两者相约一个时间打架。两者都去固央③那里请教怎样打，固央是人，人既不喜欢蚂蚱毁坏庄稼，也不满猴子糟蹋粮食，就从中使坏。第一次让蚂蚱使用"跳额趴鼻"的招数，让猴子用棍子打，结果猴子大败，即类似笔者访谈所得到的文本；第二次固央让蚂蚱飞到草丛里去，又让猴子放火烧山，将蚂蚱全烧死。从这个故事看，人们似乎"将蚂蚱与猴子打架"的原因归咎到争抢包谷

---

① 中国民间文艺研究会贵州分会、贵州省苗族民间文学讲习会编印：《民间文学资料》第五十一集（苗族民间故事），1982年，第458、459页。
② 收录在燕宝编的《苗族民间故事选》，上海：上海文艺出版社，1981年，第481、482页。
③ 即苗族祖先姜央。

这种粮食作物，而着重点是在炫耀人类的智慧，说的是人怎样利用两种动物的自相残杀来达到庄稼不受破坏的目的。人们是否津津乐道蚂蚱这种小动物怎样打败猴子这种大动物，可能还要取决于人们对蚂蚱的喜好程度。

五、猫头鹰 — 耗子

猫头鹰吃耗子是一种常见的现象，在排烧也流传有解释这种现象的故事。笔者访谈了不少人，但故事的情节都比较简单。在笔者的询问下，罗文先说原来听说过关于猫头鹰的故事，现在说不很全了。说原来猫头鹰三更半夜叫，耗子以为是谁肚子痛，就去看，就被猫头鹰吃了。原来猫头鹰与耗子是朋友，后来它们两个打冤家，闹矛盾，于是猫头鹰就哄骗耗子，三更半夜装病。以下是石有高与吴祖祥两人在访谈时讲述的，大致一样：

文本一

访谈对象：　石有高（村支书，男，38岁）
访谈时间：　2005年8月2日晚上19点
访谈地点：　石有高家
其他在场人：吴光耀，石有高妻子与儿子
访谈情境：　他邀请我和吴光耀一起到他家吃晚饭，我们一边吃饭一边聊天
访谈编号：　20050802排烧苗族口头文学访谈08

吴晓东：　猫头鹰为哪样要吃耗子的故事？
石有高：　好像是耗子感冒了，耗子感冒猫头鹰做甜酒送给那

个耗子吃还是什么？嘿嘿。[笑]耗子感冒了，不肯吃饭了，喊那个猫头鹰去做甜酒，送给那个耗子吃。猫头鹰呢刁（狡猾），它的嘴巴长，把那个甜水抽干了还是哪样鬼（什么），后来造成打架了还是哪样鬼（什么）。我听摆这种。——有点忘记了，忘记了。家里事情比较多，外面事情也比较多。——

这时候石有高不是不肯说，而是生怕自己说不出来。所以要解释一下。

文本二

访谈对象：　吴祖祥（原村支书，50多岁，男）
访谈时间：　2005年8月3日上午
访谈地点：　吴祖祥家大门前的走廊上
其他在场人：无
访谈情境：　因村子里的水池坏了需要修理，吴祖祥从牛棚回家来处理这事。在水来之前他没事，于是我们两个坐在大门前的凉竹沙发上闲聊天，我根据自己知道的一些故事逐一问他
录音编号：　20050803排烧苗族口头文学访谈02

吴晓东：　还有猫头鹰和耗子的故事。
吴祖祥：　那个——我也没懂好多。我只懂得猫头鹰它原来没有瞌睡，它去那些树桠上去住，没有瞌睡它就叫，喔——喔——，好！耗子不晓得，耗子以为它瞌睡

了打呼噜。耗子想去吃它，耗子一去它就啄耗子了。它叫那个喔——喔——，它是哄那个老耗。老耗没晓得，老耗以为它瞌睡了，要去抠它眼睛了嘛。它是刁，它没瞌睡，它是叫那种，哄那个耗子，耗子一来它就啄了，啄吃。它吃耗子啊，耗子又想抠它眼睛，耗子爱抠眼睛啊，它眼睛又大大的。一个想吃一个了嘛。——这种，我懂得不长，只懂得点点。我懂一个就讲一个，不懂就不懂。——

后面这句话可能是吴祖祥的特点所在，他能讲的，一般是比较熟悉的，不太熟悉的，他就不讲了。

六、青蛙 — 鸭子

鸭子是喜欢水的家禽，一般都是在水里找食物，稻田里、水沟里经常可以看到它们的踪影。因此，鸭子在排烧也是水的象征，如果看见彗星，就要举行"扫火星"仪式，仪式中就要用一只鸭子。排烧有一个"天河水"仪式，是祭祀田螺姑娘的，也要用与水相关的鸭子。鸭子在水中找食物，经常会吃小鱼小虾，同时也吃小蝌蚪，这就有了"青蛙—鸭子"这一冤家式的故事：

文本一

访谈对象：　吴光耀（享酿，男，61岁，在排烧上完六年级）
访谈时间：　2005年8月1日上午
访谈地点：　野外，吴光耀家的牛棚处
其他在场人：吴祖培

访谈情境： 当时天已经黑了，我们从野外回家。一路沿着一条小溪水，两边都是稻田。当时青蛙在叫个不停，于是我开始问关于青蛙的故事

录音编号： 20050801 排烧苗族口头文学访谈08

吴晓东： 这是青蛙叫吧。青蛙有故事没有？

吴光耀： 有嘞。

吴晓东： 青蛙有啊，好像我还没有听你说过青蛙的故事。

吴光耀： 一刚（一会儿）我摆给你听嘛。

吴晓东： 现在边走边摆嘛。

吴光耀： ……

吴晓东： 青蛙的故事是不是与老蛇有关系？

吴光耀： 没是（不是）。各是一样的。

吴晓东： 那青蛙的故事是讲哪样的？

吴光耀： 青蛙呢和鸭子它们两个有意见。

吴晓东： 和鸭子有意见？

吴光耀： 嗯。青蛙呢它恨鸭子。它下崽崽[1]在田头呢，它下崽崽在田头鸭子去蓬。它下崽崽了它就不管了，它跑去这里跑去那里。跑了以后它找不到它崽崽了，它讲，你们见哪个吃了我的崽崽去了？它拉一蓬有这么大的崽崽，鸭子看见，鸭子就喝完了。

吴晓东： 吃完了是吗？

吴光耀： 鸭子吃它的崽崽完了。它讲，唉，你们哪个吃我的

---

[1] 指蝌蚪。

崽崽了。〈看见〉放牛的他讲：放牛的，见没见哪个吃我的崽崽？他讲没见噢，我天天放牛没见噢。问哪个哪个也讲，问那些放……问那个放鸭的他讲，哎，我没见我认得是哪个，我看见它的脚像，脚像瓢那种，它的脚子像瓢，一个瓢那种。它的那个嘴巴呢，生像饭勺那种，它吃你的崽崽去了。它才跟鸭子要，鸭子呢又快，过河呢，鸭子去了，它落下去了，它搞不赢鸭子。摆起来好笑噢。

/ 吴祖明：　它的嘴巴像饭勺（ɕau^{33}）[1]。[吴光耀走在我的前面，吴祖明走在我的后面，他补充。]

吴晓东：　它的嘴巴像哪样？

吴祖明：　嘴巴像饭勺（ɕau^{33}）。

吴晓东：　饭 ɕau^{33} 是哪样？

吴祖明：　舀饭的那个呢。

吴晓东：　噢。饭勺（sau^{31}）。

吴祖明：　鸭子的嘴巴呢，嘿嘿嘿嘿，像饭勺呢，它的脚呢，又像那个，嘿嘿嘿嘿，瓢舀汤呢。脚像瓢舀（wa^{51}）汤，嘴巴像饭勺。哈哈。

吴晓东：　是哪个跟它说，放牛的那个？

吴祖明：　放鸭的哪个嘞。[吴祖明又用苗语问了一下吴光耀，以确认一下。吴光耀说"是是是"。]

吴祖明：　守鸭的讲哪种了嘛。

吴晓东：　他说的？

---

[1]　勺字在当地念"箫"的音，当时我没听懂。

吴祖明：　他说那句话了嘛。他编成歌嘞。

吴晓东：　他怎么编的？

吴祖明：　他像这种编。啊～嘴巴像饭勺，脚像瓢舀汤。那个吃你的崽去了。嘿嘿。那个喝你的去了。

吴晓东：　然后呢？

吴祖明：　[问吴光耀]他讲他喝你的，喝你的～竟①啊？

吴光耀：　嗯。

吴祖明：　他喝你的竟去了。我没晓得是哪一个。对吗？[吴祖明又征求一下吴光耀的意见。]

吴光耀：　嗯。他讲，噢，嘴巴像饭勺（ɕau³³），脚像瓢舀汤。噢，那个肯定是鸭子了，他看那个鸭子脚脚，那个鸭子嘴巴像了。

吴祖明：　他认不到鸭子了嘛，啊？所以讲这种。你吃我的崽，连那个胞衣也吃去了。

吴光耀：　青蛙小，田鸡大，一般不太吃青蛙，只吃田鸡。青蛙也好吃，但青蛙小多了，懒得弄。

吴晓东：　你们是怎样捉呢？

吴祖明：　拿鞭子打，捉很难捉。

吴晓东：　你们钓吗？像钓鱼那么的？

吴祖明：　钓也得。

吴晓东：　田鸡你们是什么时候抓？

吴祖明：　晚上，用鞭子，用那个手电筒照。

吴晓东：　钓是在白天钓？

---

① 竟：苗语，孩子的意思。

吴祖明：　　　钓那个田鸡不吃，青蛙才吃。

七、人—鱼

排烧苗族是一个山顶民族，捕鱼的机会不是很多。在我调查的人家，没有见谁有渔网。我在采访75岁的老人罗鸿恩的时候，他说有的人家有，在涨大水的时候都到柳江去捕鱼。排烧人也在水田里养鱼，主要有鲤鱼（包括红、白、花三种）、草鱼。鱼可烤、炸、煮来吃，酸汤鱼是当地人最喜爱的。其他野生鱼有角鱼、花腰鱼、白叉鱼、鲶鱼、蛇鱼、贝鱼、板岩鱼、鳍青鱼、团鱼、七星鱼等。板岩鱼会吸在石头上，当人把石头抬起的时候，它还会粘在石头上，这时可以赶快用簸箕接住。泥鳅主要是用手抓，看见田里有洞眼，就用手顺着洞眼去抓。排烧人经常这样捉鱼：先选一处放好一些石头，过几天，用篾将这些石头围住，在篾边留一出口，放一箩篓，然后人去翻圈里的石头，鱼无处躲藏，就会从留下的口子逃跑，这样就进了箩篓里了。

在排烧，关于鱼与人的故事主要情节是说人吃鱼，鱼便到仙人那里去告状，说："人为什么要吃我们？我们与人同样都是命呀。"人说："因为我们喝水，而你们在水里拉屎拉尿，你们拉屎拉尿给我们吃，所以我们要吃你们。"鱼又说："那你们吃我们一百，我们就发一千，你们吃我们一千，我们就发一万。"这样，鱼发展很快。排烧苗族人结婚，要用鱼敬祖宗，原因就是认为鱼发展快。在苗族很多地区，都有鱼的图案，是一种求人口兴旺的社会表征。另外，排烧曾经有一个禁忌，到河边打鱼，不能往河里拉屎拉尿，他们相信，如果拉屎拉尿到河里，那一天都打不到鱼。

这个故事讲述者有时候会命名为《人为什么要吃鱼》，也是对立结构模式的一种故事类型。这个故事的特点就是，它可以成为一个独立的故事，也常常与别的故事一起讲，成为整个故事的一部分。

关于这个故事的访谈如下：

文本一

访谈对象： 石有高（村支书，男，38岁）
访谈时间： 2005年8月2日晚上19点
访谈地点： 石有高家
其他在场人： 吴光耀、石有高妻子与儿子
访谈情境： 他邀请我和吴光耀一起到他家吃晚饭，我们一边吃饭一边聊天
访谈编号： 20050802排烧苗族口头文学访谈08

吴晓东： 人为哪样要吃鱼？

石有高： 这个我没听讲过。哦，好像听讲过，记得。怎么回事情呢？我记得，鱼呢，它去水头屙屎，水头屙屎给人吃。到那个阴～① 到那个，那个告状的时候就没有办法了，人就必须要吃鱼了。那时候讲吃鱼呢，他讲，人告状人才不得输了。人讲，在法庭告状的时候他讲，因为你屙屎屙尿给人吃。我们喝这个水。鱼输在这里来。鱼讲，没有办法了，我们又没有害人的哪样子，只能怪这里了，人要吃我们。鱼讲，

---

① 他明显想说阴间，但只说了一个字就打住了。可能他在脑子里有一种到阴间告状的意念，但可能意识到鱼还没有死，不是在阴间。那么，人与其他动物打官司的地点一般有哪几种呢？

我们死都不瞑目。——我听摆过一段。——

吴光耀[接着补充]：死都不闭眼。人为什么要吃鱼呢？个个都去告人，麻雀啊，耗子啊，样样都去告人。人敲我们吃！那种。有一样米麻雀，它吃人的东西呢，它背在背上了。它告〈状〉它讲我一点哪样都没吃，你看我这个胳膊光光的没有哪样子，人也打我吃。燕子讲，没嘞，它也吃，它背在背上了。那个仙人一摸，哦，你也吃人的东西，人打你是应该的。后来呢，鱼讲，人的一点哪样我都没吃，我就喝水。人也来打我吃，这个——人差不多输给它了，人讲，对了，你在水里拉屎拉尿给我们吃，要不你上来拉屎拉尿。鱼说，我来不了，我一上来我就死了，我到岸上来拉屎拉尿我来不成，我不敢来。嘿嘿，那人说，那对不起，我们就得吃你。鱼说，唉，我死我也不闭眼，再一个嘛，我背鸡~① 背蛋多多② 的，我下得多多的，我的肚子里有千千万万的〈卵〉。你吃一条我发它十条，你吃十条，我发它一百条，你吃一百条我发它一千条。我的肚子总是下总是有，吃不完我，我多得很，肚子里有数不清的那个崽崽，嘿嘿嘿嘿。牛也告，我们输给牛是真的。所以我们不给牛讲话。牛讲，唉，原先我吃那些潲水，拿我耙田一天一天，又敲我吃！＿＿＿，牛说，你越吃我的肉，你就越瘦，不比我们肥，

---

① 吴光耀差一点误说鸡蛋，但他马上意识到不是鸡蛋，而是鱼卵。当地将卵都统称为蛋。

② 背蛋多多：身上怀很多鱼卵。

我们比你肥。

文本二

访谈对象： 吴祖祥（原村支书，50多岁，男）
访谈时间： 2005年8月3日上午
访谈地点： 吴祖祥家大门前的走廊上
其他在场人：无
访谈情境： 因村子里的水池坏了需要修理，吴祖祥从牛棚回家来处理这事。在水来之前他没事，于是我们两个坐在大门前的凉竹沙发上闲聊天，我根据自己知道的一些故事逐一问他
录音编号： 20050803排烧苗族口头文学访谈02

吴晓东： 我这里搜集了一些民间故事，我问一下你，看，看你晓得没。

吴祖祥： 嗯。

吴晓东： 就是人和鱼啊，人为哪样要吃那个鱼？这故事有吗？

吴祖祥： 嘿嘿，嘿嘿，我又搞不清楚，嘿嘿，我这一发人我又……那，有一些人可能晓得，他懂。

访谈编号： 20050803排烧苗族口头文学访谈03（与02是同一次访谈）：

吴晓东： 我听说是鱼在水里拉屎拉尿给人吃。

吴祖祥： 听讲过，你拉屎拉尿给我们吃，我们就吃你。鱼好

吃多了，我们民族留有一句话就是："乃里来侯沟沓。"因为鱼你好吃，你就死。证明你没有哪样罪，但是你太好吃了。这句话是在好心不得好报的情况下说的。我为了你好，你又反过来骂我。鱼因为太好吃了才死。

我单问吴祖祥人为哪样要吃鱼的故事，他说不知道，我再提醒他关于鱼在水里拉屎拉尿给人吃的事，他又说听过。虽然吴祖祥最终没有讲出这个故事，但他讲了一个当地的俗语，即"乃里来侯沟沓"（鱼你好吃你就死），这个俗语阐释了"人—鱼"故事中那种"欲加之罪何患无辞"的根本原因。

文本三

访谈对象：　罗运辉（50多岁，男，电工）
访谈时间：　2005年7月31日上午
访谈地点：　罗运辉家堂屋靠近大门口处
其他在场人：无
访谈情境：　我在罗运辉家给电器充电，顺便对他进行访谈。他儿子罗转富在家，但没有一起聊
录音编号：　20050731排烧苗族口头文学访谈01

吴晓东：　人为哪样要吃鱼那个故事你会讲吗？
罗运辉：　哦，就是因为它看人太小了，它屙屎给人吃。
吴晓东：　你是说什么太小了？
罗运辉：　以前人嘛比较聪明点，爱抓它做玩意（玩耍）。它

看人好像看小了，① 它讲不管怎么样也好，你吃的水，都是我屙屎出来的你才吃。把那个人气得！你这样说，我要把你吃掉。

虽然罗运辉也讲述了鱼拉屎拉尿给人吃这一内容，但他的重点不在这里，而在于"小看人"，所以说他的讲述其实发生了性质上的差异。

文本四

访谈对象：　吴光耀（享酿，男，61岁，在排烧上完六年级）
访谈时间：　2005年8月1日晚上
访谈地点：　吴祖松家
其他在场人：吴祖松、吴祖帮、吴祖明等多人
访谈情境：　我们从牛棚回来，大家一起喝酒。白天就讲了不少故事，晚上继续讲
录音编号：　20050801排烧苗族口头文学访谈10

吴晓东：　人为什么要吃那个鸟？
吴光耀：　哦，那个故事吗，我摆给你听。以前呢，不管哪样都去告人。牛去告人，牛讲，人拿我们去耙田，拿我们做这样、做那样给你〈做〉活路，你拿那个潲水给我们吃，到时候又敲（杀）我们吃。我们〈打官司〉输给牛了。牛讲，那可以。有一本书讲，哪个吃牛肉，牛讲，哪个吃我们，哪个比会我们瘦点，不会比我们肥的，牛骂人也是那种。麻雀，米麻雀

---

① 指不把人当一回事。

啊，有一样麻雀，它吃那个米背在后面。米麻雀也去告——耗子也去告——它①讲，哎——，人吃我们啊，他／它／她讲，仙女讲，仙人讲，②哎——，你讲那种。③燕子也去讲，燕子讲，人做的是对的。人呢他不会敲你的，如果你不吃他的。我去他家梁上做窝，我吃那个蚊子，我根本没吃他的，他根本没敲我，你告〈他是没有理由的〉，样样都会告人。猴子也告人，④样样告人。人讲你吃我们的，我们才打你们来吃。鱼呢，鱼来告人，鱼讲，哼，人吃我空（没有理由），我是喝水哦，我又没吃人的哪样子，人来敲我死。人输给它，人讲，好，是的，你没吃我们的，但是你拉屎拉尿在水里给我们吃，你上岸来拉屎拉尿，你拉屎拉尿给我们吃，那么对不起，我们照样吃。鱼说，哎呀，上岸来拉尿，上岸来拉尿，我们来不得，我们在河里拉屎拉尿〈习惯了〉，让我们上岸来拉我们来不得。人讲，那你不上岸来拉屎拉尿，吃你们是应该的。它⑤讲，好，你吃我一个，我发它十个，你吃我一条，我发它十条，发它一百条，

---

① 这里是指米麻雀，在这句话前面，口述者又联想起耗子，于是就加了那么一句。
② 这里分明讲述者没有一个明确的主语，一会儿说她／他／它，一会儿说仙女，一会儿说仙人。总之，是一个判案子的。在这里，应该是最容易出现不同文本的地方。
③ 吴光耀在这里没有深入讲下去，他停了一会儿，可能是有点忘记了。其实这里有关于米麻雀吃了人谷子而将之藏在背后，后来被说出来，它没有告赢这场官司，吴光耀在另一个地方把这一细节讲出来了，这里他马上将话题转到了燕子等动物。
④ 在排烧没有搜集到"猴子告人"的故事，可能是讲述口误。
⑤ 指鱼。

	一千条，我的肚子背多多的，随便你吃，吃不了我，吃不完我，鱼就是这种。
吴晓东：	嘿嘿。
吴光耀：	嘿嘿[跟着笑]，哎，讲着好笑，就是那种。人吃鱼，没有哪样子罪。全部都罪，燕子不能吃，真的。燕子，人的东西一样我都不吃。燕子讲，我到他梁上做窝，他也没打我，他也没骂我，他也没吃我。燕子呢，我们没吃过，真的。它吃那些蚊子，它也没吃我们哪样子。

文本五

访谈对象：	吴农爹（孤寡老人，60岁，男，不识字）
访谈时间：	2005年7月30日晚上
访谈地点：	吴农爹的小房子里
其他在场人：	无
访谈情境：	吴农爹在自己的黑暗的小房里做饭，没有灯，几乎是摸黑。我路过，他叫我进去坐，我就去了，找了块板子坐下。我们两个，加上他喂的几只鸡和一个几块石头搭起来的锅，小房子就满了。边看他煮菜边与他聊天，等适应了之后便开始问他故事
录音编号：	20050730排烧苗族口头文学调查05

| 吴农爹： | 你去洗澡，拉屎给人吃，你到岸来住。鱼说来不成，那样，人说，你来不成，我们钓鱼，捉你来吃，鱼说，你们要一个，我们发十个百个一千个一万个， |

你们要一个，我们发十个百个，你们要十个，我们长一千一万个。搞不完鱼。

文本六

访谈对象：　吴祖松（男，20多岁，吴光耀的三儿子）

访谈时间：　2005年8月1日上午

访谈地点：　吴光耀家的牛棚处

其他在场人：吴光耀、吴祖帮、吴祖培

访谈情境：　与吴光耀等人去修牛棚，重新盖屋顶，我也帮一些忙，大家一边干活一边聊天，我趁机访谈吴祖松

录音编号：　20050801排烧苗族口头文学访谈07

吴晓东：　我上次是听哪个说，说那个鱼拉屎拉尿嘛，给我们吃。然后又是哪么的？后来的人去钓鱼的时候不往水里拉尿了？有这种习惯吗？

吴祖松：　没听说。只是鱼拉在河头了，鱼说，鱼告人的状了嘛，我们一样没伤害人，人吃我们。人说，你在河头拉屎拉尿，我们喝水，喝你的尿，那你不是害我们了嘛。要不你上岸来拉，它又来不得，只有你们吃。你们越吃我们越发展。

文本七

访谈对象：　罗春琴（女，小学五年级学生）

访谈时间：　2005年8月5日下午

访谈地点：　罗鸿德家走廊上

其他在场人： 罗铃等
访谈情境： 我去找罗鸿德老人，他不在家，碰见他孙女罗铃、罗春琴以及其他小女孩在一起玩，于是便问她们一些故事。她们都很乐意和我说话，并且用的是普通话
录音编号： 20050805排烧苗族口头文学访谈03

吴晓东： 人为什么要吃鱼的故事你知不知道？
罗春琴： 哦，知道，我公他们也讲过了。
吴晓东： 那是怎么的？
罗春琴： 因为鱼拉尿给我们吃，我们才吃鱼的呀。
吴晓东： 哦，这样的。
罗春琴： 是呀。
吴晓东： 就完了？
罗春琴： 是呀。

文本八

访谈对象： 张文兴（男，排烧小学老师，水族）
访谈时间： 2005年8月7日傍晚
访谈地点： 吴光耀家
其他在场人： 吴光耀、石光全
访谈情境： 白天我买了半边猪头，晚上在吴光耀家煮吃，在排烧小学当老师的张文兴与吴光耀的亲家石光全也一起来吃，开饭前我们一起聊天讲故事，小孩打闹声大，电扇杂音大，录音效果欠佳

录音编号：　　　20050807 排烧苗族口头文学访谈 04

吴晓东：　　苗族的那个人为哪样要吃鱼的故事水族有吗？
张文兴：　　哦！对！鱼死了不闭眼睛的来历。鱼啊，
[这时电扇倒下，大家忙乱一会儿，访谈中断]
吴晓东：　　好，你继续摆。
张文兴：　　那个鱼，啊，死不闭眼睛就是说，~人和它是怎么吵架的，它讲我们在水里面吃，我们又不吃你们的哪样东西，我们只喝水。哎，喝水。那么，[咳嗽]你们要赖说我们做坏事，我们做哪样坏事呢？人说，你呀，我们喝水，你在水里面虽吃水不吃人的什么东西，但你就拉屎在里面呢，我们喝水，我们就上当给你了。哟，如人真的是要赖我，那我们以后死都不闭眼睛，嘿嘿嘿，所以现在鱼死不闭眼睛的来历。①嘿嘿嘿嘿，嘿嘿嘿嘿……
吴晓东：　　这故事在你老家那里都是这么说的？
张文兴：　　嗯。

在排烧苗寨只流传"人—鱼"对立结构模式的故事，在黔东南流传一则被搜集人命名为《水獭捉鱼的故事》，是"水獭—鱼"对立结构模式的故事，故事是这样的：

　　水獭原来是生活在山坡的野兽，它为什么会钻进水里捉鱼呢？这里有一个故事：从前，有一天一只水獭妈妈出门去找食物，

---

① 排烧人一般是强调鱼发展很快，而张文兴强调鱼死不瞑目。

喂养小水獭。找得食物，回家的路上突然刮起大风，下起大雨。雨越下越大，没有多久平地起水，满坡满岭洪水冲来，把水獭妈妈卷进了河里。

小水獭在家等啊等啊，等了几天也不见妈妈回家，着急得满坡满岭地找，九坡十八岭都找遍了也没有找到！唯独只有河里没有找，小水獭想绝了就不顾一切地钻进了河里，从上游一直往下游找。找了好几天，小水獭才找到了妈妈，妈妈的肉早都被鱼吃光了，只剩了一堆骨头。小水獭见鱼还围着妈妈骨头啃，心痛极了，大声说："你们这些没有良心的东西，吃我妈妈，那好吧，我要叫我家子子孙孙报仇，吃你们！"

从那以后，水獭日夜守在河边，见鱼就捉，见鱼就吃，成了水獭捉鱼吃的由来。①

故事末尾注释有这则故事流传在黔东南的台江一带，由王应光讲述，屠旭匀搜集整理。这个故事与排烧苗族所流传的"人—鱼"是否为一个类型难以判定，因为差异比较大，但两个故事又都是以鱼被吃为中心，为叙事对象。我们可以试图找这两个故事的过渡故事，也就是变异过程。吃鱼的主角由水獭演变成人，或反过来由人演变成水獭，由于主角发生了变异，其吃鱼的理由也要发生变化。

我们再看其他一则关于鱼被吃的故事。这则故事被注释为流传于黔东南凯里地区，由刘锡忠口述，吴培华搜集：

鱼死后，从来没有瞑过目。即使把它煮熟来吃，也是一样，

---

① 中国民间文艺研究会贵州分会、贵州省苗族民间文学讲习会编印：《民间文学资料》第五十一集，1982年，第467页。

不信你买几尾来煮食看看。这是什么道理呢？我们苗家有一个故事：

传说在古老的时候，世上各种动物，不管是天上飞的、陆地走的、水里游的，都很自由自在地生活着、繁衍着。后来由于陆地上能充饥的东西慢慢减少了。各种动物为了自己的生存，便产生了你争我夺的混乱现象。

鱼嘛，本来就在水里自由自在地生活着。后来"带虾"（即獭猫），竟敢下河干扰它们生存。接着人就制网来打，用钩来钓，弄得所有鱼类，惶惶不可终日。为了要生存下去，各种鱼类就委派飞鱼去天上请示天王，看采取什么样地护身法。飞鱼受大家的委托，不敢怠慢，一口气就飞到了天上。

当时，天王已经吃了早饭，正在庭院里散步。飞鱼看到天王，立忙下跪。说："天王爷爷，我们本来自由自在生活在水里，不犯哪样法，为什么獭猫来捉我们，人用网来捕我们，用钩来钓我们？大家为了活下去，特来请天王爷爷吩咐……"天王听了鱼的申诉后，昂脸大笑道："只可惜你来晚了点，要是早点，你可以做我的早饭菜。"鱼一听不好，慌忙往后退。天王说："你不要害怕，事已如此，你们要是真怕死的话，大白天就少出来点。等天黑了出来，安全些。"

飞鱼听了天王的吩咐，闷闷不乐从天上飞回水里。各种鱼类听说飞鱼回来了，都来探听天王咋个吩咐。飞鱼把天王的吩咐给大家重述了一遍。大家听了，很是气愤。于是集体发誓道："我们要求生存，天王不但不给，反而要吃我们。从此以后，我们不管哪个死了，也不能瞑这个目！"所以从那时起，鱼就是死了，也没有一个瞑目的。

不过，为了一线生存，所有鱼类直到现在，仍然遵照这天王的吩咐，白天很少出来游，到了晚上，特别是上下旬月亮小的时候，才出来活动。怪不得人们常说："神仙难打午时鱼。"这不是没有根据的。①

这个故事与排烧流传的"人—鱼"故事的一个异文的共同之处就是阐释鱼死不瞑目，以及鱼状告人或其他动物而最后没有胜诉。从这些故事的比较来看，故事之间的关系就像一张网，之间的关系极其复杂，远不是用类型就能梳理清楚的。

八、马蜂—蜜蜂

排烧人对蜂类的认知很深入详细，笔者有一次问年轻人吴祖帮关于蜂的问题，他竟然说出了 20 种不同的蜂种，这里且用国际音标罗列出来，后面的解释是吴祖帮对他所说的蜂类的大致描述：

$gə^{22}mo^{31}$　蜜蜂。

$gə^{22}ni^{44}$　钻地下的，与蜜蜂差不多，大老鹰喜欢吃它，乌黑色。

$gə^{22}no^{22}fə^{53}$　钻地下的，黄的，无毛，筷子头一样大小，蜇人。

$gə^{22}niaŋ^{22}ə^{31}$　窝一般在地下表面，不钻到地下去，乌黑，蜇人厉害得很。

$gə^{22}niaŋ^{22}maŋ^{44}$　在大树上，蜇人厉害，追人追得很远，板栗色，有细毛。

$gə^{22}lio^{22}gə^{53}a^{35}$　窝小，钻地下，蜇人厉害，腰黄，头与尾巴黑。

$gə^{22}tsie^{44}neŋ^{44}$　它的窝是条形状的，像蛇一样，所以就这样叫，

---

① 中国民间文艺研究会贵州分会、贵州省苗族民间文学讲习会编印：《民间文学资料》第五十一集，1982年，第465、466页。

nen⁴⁴是蛇的意思。窝一般在小树林里，最高一米左右。淡黄色，身子细小，蜇人。发展快，一窝有几百只。无毛，光滑。

gə²²tsie⁴⁴fəu³⁵　像筷子头一样大小，窝喜欢安在楼房脚下，人出入少一点的地方。在山上也有，不高，两米不到。黄色，蜇人，无毛。

gə²²tsie⁴⁴ou²²　四五月间最凶；六月就不凶了；七八月少见了。冬眠。黑色，有点点毛，身子不是很大。

gə²²go³⁵nie⁵¹　喜欢钻木板缝，吹火筒，有时会堵塞吹火筒，它们用泥巴来堵，一层层地留在洞口。淡黑色，带淡白圈，黑白分明，无毛。身子有筷子头大小。有两公分长。不蜇人，只有人抓起它来才蜇人，弄它的窝也不蜇人。

gə²²bəu²²o²²gou⁵³　喜欢钻干树洞，自己打洞到里面去住，单独住，或最多10个一起住。洞中一节是仔，一节是蜜糖；再一节是仔，一节是蜜糖，一共有五六节。采花吃。与这种同名的又分另一种，那种喜欢钻泥巴，这种大一些。那种很难与钻树洞的这种区分，细看钻树洞的这种毛要多一小点。钻泥巴洞的那种在洞里也有蜜糖。

gə²²niaŋ²²io⁵¹　身子小小的，专门在有点缝、树叶比较密的树上，比较阴黑的林子里。蜇人。

gə²²tsie⁴⁴ghəu⁴⁴a³⁵　窝建在泥巴里，板栗色，无毛。

gə²²mo⁴⁴lai²²　窝在地底下，黄色，身子小，无毛，一般人走动它不蜇人，抠它的洞它才蜇人。

gə²²liu⁴⁴lio⁵¹　大马蜂。板栗色，蜇人厉害。窝在地下，特别大。

gə²²liu⁴⁴lio⁵³mo⁵³　小马蜂。板栗色，比大马蜂小点，窝很大，与锅子一样大。有点毛。

gə²²liu⁴⁴lio⁵³cu³⁵　板栗色，窝在地下。有毛，蜇人厉害，人一到它的洞口它就蜇人。

gə²²liu⁴⁴lio⁵³1lio⁴⁴　板栗色，窝在地下，有毛，比 gə²²liu⁴⁴lio⁵³ cu³⁵ 大一点，其余相同。

马蜂是蜂类中比较凶猛的一种，马蜂蜇人的事情时有发生。村支书石有高的一位亲姐姐就被马蜂活活蜇死。吴光耀的大儿子说："当时支书的大姐在捡板栗，那蜂窝在一棵板栗树上，开始是来几个，以为是过路的蜂子，哪晓得，来来来来来，来了一大拨，就把她蜇死了，当时就死在树底下。"他说是四十多年前，大概是一九五几年。他又说是支书大伯的姑娘，不是亲姐姐。吴光耀说是亲姐姐，她的名字叫农苟。吴光耀的大儿子7岁的时候也被蜂子叮过，十几年后其伤疤依然存在。

排烧人有吃蜂子的习惯，幼蜜蜂可以煮吃，蜂窝也可以煮，可出油，把那油拿出来，可做蜡染。据他们说，他们曾掏出70多斤的蜂窝。因为蜂子的凶猛，所以蜂窝常常被挂在家门上方，用以驱邪。除了马蜂窝，用以驱邪的还有带刺的木棍、蛇皮渔网、狼萁草、白鸡毛、一种当地叫芒豆的野豆和镜子。

在排烧，人们的认知中，马蜂是一种凶猛的蜂种但有勇无谋，而蜜蜂虽小但比较智慧，从他们流传的故事中可以看出这一点：

文本一

访谈对象：　石有高（村支书，男，38岁）
访谈时间：　2005年8月2日
访谈地点：　石有高家
其他在场人：吴光耀
访谈情境：　石有高叫我和吴光耀到他家吃饭。他原来有个大姐，被马蜂蜇死，他谈他大姐被马蜂蜇死的事情，之后才说到马蜂与蜜蜂的故事

录音编号：　20050802 排烧苗族口头文学访谈 05

石有高：　当时在野外就死了。当时我大姐头上插有一把木梳子，马蜂把那把梳子抬到了马蜂窝里面去了。后来一位老人去把树砍了，把马蜂窝烧了，看见那把梳子在窝里面。这是一种小马蜂，当地苗语叫"苟酿料"，这种马蜂来的时候黑压压的一大群。当时有两个人，另一个也被蛰了，但最后跑掉了，我大姐跑不动了，最后被蛰死了。

……

[石有高说他们家一共有六兄妹，他排第五，大哥叫石有文，50多岁了。他说他们家族有24个字辈，但

用马蜂窝与带刺的枝桠挂在门上辟邪

他背诵不了，他属于有字辈。吴光耀听到这里，便背诵了吴家的20个字辈，接着又主动说马蜂与蜜蜂的故事］

吴光耀：　支书还不晓得那个马蜂和蜜蜂的故事。蜜蜂哄马蜂说，我们做崽崽的窝，我们把它吊下来，盖下面缝，像盖房子那种。马蜂把崽崽嘴巴吊下来，直的那种。它自己的呢，它的是横的，它让它的崽崽睡横的。马蜂发现后，说，你妈的，你让你的崽崽睡横的，让我的崽崽睡直的，掉下来。

文本二

访谈对象：　罗鸿德（73岁，男，度过私塾、完小，曾在三都粮食局工作）

访谈时间：　2005年8月4日早上

访谈地点：　罗鸿德家

访谈情境：　清早没有什么安排，我就去罗鸿德家玩，他一个人在家，就我们两个聊天。我选了一些与动物有关的话题问他，大概一个小时左右

录音编号：　20050804排烧苗族口头文学访谈01

罗鸿德：　马蜂和蜜蜂是对敌。过去马蜂不会做窝，它去问蜜蜂怎么做窝。蜜蜂讲，你把你的小个①的脑壳倒下来，我也是这样做。现在蜜蜂它的崽崽是横睡像人

---

① 孩子。

睡的那种，它那恩恩脑壳不会掉下来，那个马蜂的恩恩是掉下来的。马蜂和蜜蜂两个相走，一个走一个，我走来看你家是怎么样，你家是怎么样。来看你，蜜蜂那恩恩横起睡。你妈的，你个子小，主意大，你技术高，你让你的恩恩横起睡，让我的恩恩脑壳掉下来，二天①我要吃你，二天你下恩恩我要吃你的恩恩。蜜蜂讲，你要想办法吃我的恩恩，我去挨人住，你来吃我的恩恩，人就用鞭子刷你。

笔者第一次听到"蜜蜂与马蜂的故事"是在罗运辉家里，罗运辉也是讲得最好的一个，他所讲的故事是一个开放式的，蜜蜂不仅骗了马蜂，还骗人、骗狗等等。② 笔者在其他人的访谈中，都只有"蜜蜂骗马蜂"这一情节，比如罗鸿德所讲的这个故事便到此结束了。

九、水牛—杉树

杉树皮可当瓦盖房。在排烧，原来当瓦不够的时候，喜欢用杉木皮来充当。杉木皮很厚，耐用，而且比较容易拔下来。现在排烧人多是砍去杂木，栽上杉木，杉木是经济树木，但这样据说也会在一定程度上改变生态。杉木、松木生长的地方，地下杂草很少，野兽也就少。

排烧苗族多用杉木建房子，在建房子时有很多讲究。比如选中柱，要叶子青的，旁边发有小树的。如果被雷公霹过的、被认为他人放过鬼的（有一条直线从上到下）、尖部断的、叶子黄的都不要。选好树之后，在砍树的时候要用一只鸡、香、纸等去先祭祀，然后再砍。杉木是排烧

---

① 以后。
② 这个没有录音。

最好的木材，不容易被虫蛀，浸水也不容易腐烂。起房子，做梁，做地板，做方，做壁板，都喜欢用杉木。罗鸿德老人家的地板是用麻栗木做的，他儿子罗文先说杉木肯定要好一些，但他们家的杉木不够多，只好用麻栗木做。

在三都苗族地区，房子立好了，即将上梁时把客人送来或自备的梁柱放在新房底层的木马上，由师傅钉梁、包梁。把客人送来的彩布及一只雄鸡挂在梁柱上，然后主家把一桌酒席端来，主人和送梁的客人，宾主围席。师傅念完祭梁词，双方对饮结束，师傅才叫把梁柱拉上去，这叫"祭梁"。

在排烧有这样的传说：水牛经常碰杉木，人说："你碰坏了杉木，我没有木头建房子，我要杀你敬杉木。"所以排烧苗族建房子的时候多杀水牛，杉木要人杀水牛敬它。

按照故事主角的组合关系，在排烧与水牛有关的故事可以分为"水牛—杉树""水牛—彩虹""水牛—螃蟹"和"水牛—枫木"等四类。杀牛送祖与"水牛—杉树"以及"水牛—枫木"的故事有关，在当地，棺木都是用杉木做成的，水牛与杉木的关系，体现在水牛与杉木都同时出现在杀牛送祖的祭仪中，其实，杉木与水牛都是"受害者"，可是故事却将水牛的"受害"原因解释为由杉木而起。以下是有关故事的访谈实录：

文本一

访谈对象：　石光全（村民，50岁，男）

访谈时间：　2005年8月3日下午

访谈地点：　石光全正在建的新屋

其他在场人：吴祖松（石光全女婿）、石光能（40多岁，石光全

堂弟）

访谈情境： 当时他们正在装新房的楼板，锯木板的杂音很大。我在他们那里先聊天，然后问一些故事传说。石光全边劳作边给我讲

录音编号： 20050803排烧苗族口头文学访谈05

吴晓东： 水牛为哪样要吃杉树的尖尖？

石光全： 听老人讲，死了一个就要一根木头，就要杀一头牛。牛生气，说，怪你，才杀我。它现在才吃它的尖尖。

吴晓东： 你也相信这个故事是真的吗？

石光全： 听老人讲，可能也是有这么回事。

文本二

访谈对象： 吴农爹（孤寡老人，60岁，男，不识字）

访谈时间： 2005年7月30日晚上

访谈地点： 吴农爹的小房子里

其他在场人：无

访谈情境： 吴农爹在自己的黑暗的小房里做饭，没有灯，几乎是摸黑。我路过，他叫我进去坐，我就去了，找了块板子坐下。我们两个，加上他喂的几只鸡和一个几块石头搭起来的锅，小房子就满了。边看他煮菜边与他聊天，等适应了之后便开始问他故事

录音编号： 20050730排烧苗族口头文学调查05

吴晓东： 牛为哪样要吃杉树的叶子？

用杉木做房架

吴农爹： 那个，听老人讲，人死去，要那个杉树来做老木（棺材）装人，还要杀一头牛。牛才讲，哦，要你去埋人，要你去做老木埋人，你要我的～我吃你的叶叶。——那个不大好吃，一咬它就锥，一咬它就锥你，吃不得。你一吃，它就锥你。——

文本三

访谈对象： 吴祖松（男，20多岁，吴光耀的三儿子）
访谈时间： 2005年8月1日上午
访谈地点： 吴光耀家的牛棚处
其他在场人： 吴光耀、吴祖帮、吴祖培
访谈情境： 与吴光耀等人去修牛棚，重新盖屋顶，我也帮一些忙，大家一边干活一边聊天，我趁机访谈吴祖松
录音编号： 20050801排烧苗族口头文学访谈07

吴晓东： 水牛为哪样要吃那个杉树？
吴祖松： 吃杉树？那个是我们民族，民间兴这种。死一个老人，拿一条牛来敲。死老人你必须拿那个杉树，必须拿那个老木，老木就是用杉树来搞的。它①讲，哦，你们害得我们，死了着了你们去，还着我们来。人死了着到你们还着到我们。我们在坡上吃你们，吃你们去，没有你们我们就不会着（不会被人杀死），没着人敲。那个锥老火（刺锋利得很）了

---

① 指牛。

　　　　　　　嘛，刺多多的，它硬吃。死了一个人，就用老木装
　　　　　　　着，还要敲一条牛，敲牛那牛就气那个杉树。
吴晓东：　　那个杉树的刺它也要吃？
吴祖松：　　多它也要吃嘞。高的它还要刮皮子。高的它就刮皮
　　　　　　　子，矮的它就吃。高的它嘴巴递不到上面，吃不到
　　　　　　　那个叶叶，它就拿角去打咯，碰咯，刮的刮咯。它
　　　　　　　气那个杉树多了（对杉木非常生气）。因为它说，该
　　　　　　　是你们就是你们着，着了你们还害了我们。

文本四

访谈对象：　吴祖祥（原村支书，50多岁，男）
访谈时间：　2005年8月3日上午
访谈地点：　吴祖祥家大门前的走廊上
其他在场人：无
访谈情境：　因村子里的水池坏了需要修理，吴祖祥从牛
　　　　　　　棚回家来处理这事。在水来之前他没事，于是我们两个坐
　　　　　　　在大门前的凉竹沙发上闲聊天，我根据自己知道的
　　　　　　　一些故事逐一问他
录音编号：　20050803排烧苗族口头文学访谈02

吴晓东：　　这个你看听说过吗，水牛为哪样要吃杉树尖尖，叶
　　　　　　　子啊？
吴祖祥：　　哦，那个我晓得一点点。水牛呢，它是，那个杉树
　　　　　　　啊，杉树一长大呢，就拿它来做棺材，棺材呢，装
　　　　　　　老人。老人死呢就放进棺材。装进棺材以后，好！

又敲牛了。牛讲，他妈的，你大了用你装那个人死，又敲我！我要吃你的那个尖尖去，你才不长大，你一长大，拿你去装那个人啊，一装人，又敲牛了！牛气了，吃它的尖尖。——我就懂得这一点点。——

从吴祖祥所讲的这两个故事，可以看出他讲故事的表达能力很强，除非不知道，一知道就讲得很完整，逻辑性很强。在他的表述中，水牛吃杉树尖尖，不仅是牛报复杉树，主要是为了不让杉树长大，不让长大，才吃尖尖。

文本五

访谈对象：　石有高（村支书，男，38岁）、吴光耀

访谈时间：　2005年8月2日晚上19点

访谈地点：　石有高家

其他在场人：吴光耀、石有高妻子与儿子

访谈情境：　他邀请我和吴光耀一起到他家吃晚饭，我们一边吃饭一边聊天

访谈编号：　20050802排烧苗族口头文学访谈08

吴晓东[问石有高]：牛为什么要吃杉树的尖尖？

石有高：　　　～

吴光耀[主动接腔]：那个呢，那种。以前，老人死要做一个杉树老木（棺材）。老木讲，要我来埋老人，最好拿一头水牛来杀配合，最热闹。人就讲，真的真的，得一个老木，应该杀一头牛。牛讲，妈的，要你去埋，还要

我去陪伴。于是，牛一见杉木就专门吃那个尖尖。它讲，你搞啊，让人杀我们，恨你！现在牛一见杉木就吃尖尖。

这一故事的变异在排烧不是很大，只是细化与否的区别，比如访谈四中的文本比较细化：水牛吃杉树尖尖，不仅是牛报复杉树，主要是为了不让杉树长大，长不大，就不会被拿去做老木。另外，只有访谈五中的文本解释同时要杀牛的原因是杉木提出的。

文本六

访谈对象：	吴昌文（男，80岁，吴祖明的父亲，参加过抗美援朝）
访谈时间：	2005年8月8日上午
访谈地点：	吴祖明家门前走廊上
其他在场人：	无
访谈情境：	当天吴光耀为吴祖明家做祭娃娃神仪式，此仪式的祭品是一只小狗，在他们处理狗期间，我采访了吴昌文，他年纪虽大，但头脑特别清楚，也比较轻松自如
录音编号：	20050808排烧苗族口头文学访谈02

吴晓东：　那水牛为哪样要吃那个杉树尖尖？杉树的叶子？

吴昌文：　哦，吃那个杉树的叶子呢，这个意思呢是有。意思是~意思是~这种，这个意思呢，人的话呢，要死一个人的话呢，人就要棺材，棺材就要杉木。要杉木的话呢，他妈的，它讲，死一个人，还要棺材来，它生气了。它生气了它讲，日你妈的，怪你的话，人死你～生气它就有意撞，撞杉木它要吃。死一个人也要死一个杉木，还是敲一个牛呢。我们以前苗族是这种。人死了，还要砍一棵杉木，还要杀一头牛。所以牛生气，牛就碰见杉木的话牛就要吃，〈因〉为你！嘿嘿。意思就是这种哦。

吴晓东： 哦。

吴昌文： 人要棺材，棺材是杉木的嘛。

  用杉木做棺材，是贵州一带苗族的习俗，在黔东南就有一则关于人们为什么要用杉木做棺材的原因的故事《杉木做棺的传说》①，说是原来有一位不孝之子，成天打骂母亲，有一次他躺在树下睡觉，见树上的喜鹊辛苦地哺育孩子，反省了自己多年的不孝行为，十分后悔。恰在这时他母亲来送饭，他急忙跑去迎接，可是受他打骂惯了的母亲以为他生气了来打她，逃走时不小心掉在悬崖下一棵杉木上摔死了。他痛苦不已，见母亲死在杉木上，便用杉木来为母亲做棺材埋葬，成为习俗，延续至今。这一故事虽与用杉木做棺材的习俗有关，而排烧的故事也与用杉木做棺材有关，但两者显然不是同一故事类型，一个是偏重于解释牛为什么喜欢吃杉木叶子，而另一个则偏重解释人为什么要用杉木做棺材。

十、水牛 — 螃蟹

  在排烧，这一故事主要是针对两种现象：一、牛被拴鼻子；二、螃

---

① 中国民间文艺研究会贵州分会、贵州省苗族民间文学讲习会编印：《民间文学资料》第五十一集（苗族民间故事），1982年，第347、348页。

蟹背上有像牛蹄子的印子。水牛与螃蟹的对立便是以这两种现象来展开：拴牛鼻子是螃蟹告诉人的办法，或者说是螃蟹用夹子帮人夹了牛鼻子，牛被拴鼻子之前人管不住牛。牛为了报复螃蟹，就踩螃蟹，因而螃蟹背上有牛蹄子的印子。报复的方式还有另一种说法，即水牛在水里拉屎拉尿让螃蟹吃。

文本一

访谈对象： 吴祖祥（原村支书，50多岁，男）
访谈时间： 2005年8月3日上午
访谈地点： 吴祖祥家大门前的走廊上
其他在场人： 无
访谈情境： 因村子里的水池坏了需要修理，吴祖祥从牛棚回家来处理这事。在水来之前他没事，于是我们两个坐在大门前的凉竹沙发上闲聊天，我根据自己知道的一些故事逐一问他
录音编号： 20050803排烧苗族口头文学访谈02

吴晓东： 就是人和鱼啊，人为哪样要吃那个鱼？这故事有吗？

吴祖祥： 嘿嘿，嘿嘿，我又搞不清楚，嘿嘿，我这一发人我又～那～，有一些人可能晓得，他懂。

吴晓东： 那个水牛和螃海（螃蟹）的故事晓得吗？

吴祖祥： 水牛和螃海？

吴晓东： 嗯。

吴祖祥： 那个，听老人传说就是～原来～水牛呢，我看，螃海

~螃海~水牛~水牛一般，水牛的那个鼻没穿，螃海呢，螃海又~手①成这种，它就夹水牛的鼻子，穿那个鼻子。那种呢，哎，水牛气得很，它又去打那个螃海嘞，去捉螃海，螃海的背上，壳壳那里，有~有~有脚哦。有脚像牛的印子，牛脚的印子。那个牛气了，牛抓它了嘛。所以呢，这时牛一到河，到那些沟沟，牛一碰到就拉尿。你爱穿我鼻子，我拉尿给你。到那些沟边，它就拉了嘛。

文本二

访谈对象： 石有高（村支书，男，38岁）
访谈时间： 2005年8月2日晚上
访谈地点： 石有高家大门口前
其他在场人：吴光耀
访谈情境： 吃完晚饭，石有高、吴光耀和我坐在走廊上聊天讲故事，下面是一片竹林。天已经黑了，青蛙叫声不断。石有高的妻子与孩子在家里看电视
访谈编号： 20050802排烧苗族口头文学访谈08

吴晓东： 水牛和螃海（螃蟹）的故事你晓得吗？
石有高： 水牛和螃海它们两个是斗，他们两个是一个敌一个。螃海才讲，嘿，你这个牛那么大，人又小，人拉你去哪里你去哪里。牛讲，你不晓得，人的办法比较

---

① 应该是指螃蟹的钳子。

多，你不忠诚他你不得吃。后来不知道怎么回事，牛过河必须要屙屎淋那个河给螃海吃，这个我就摆不通路了（摆不出了）。

石有高明显地把老虎与水牛的故事混淆了。但他也知道水牛与螃蟹的故事的一部分。螃蟹出主意穿牛鼻子的故事，在排烧的流传度算比较广的，可是石有高不知道，我感觉有点奇怪。但他讲的水牛屙屎屙尿是给螃蟹吃，是善意，而不是恶意，这一点很重要。另一次吴光耀摆这个故事的时候，吴祖培在听到水牛屙屎屙尿淋螃蟹这一情节的时候补充说："螃海又爱吃得很嘞。"可见这个地方是故事变异的一个节点。

吴光耀用苗语给石有高解释了一下原因，石有高才明白了。

文本三

访谈对象：　吴农爹（孤寡老人，60岁，男，不识字）
访谈时间：　2005年7月30日晚上
访谈地点：　吴农爹的小房子里
其他在场人：无
访谈情境：　吴农爹在自己的黑暗的小房里做饭，没有灯，几乎是摸黑。我路过，他叫我进去坐，我就去了，找了块板子坐下。我们两个，加上他喂的几只鸡和一个几块石头搭起来的锅，小房子就满了。边看他煮菜边与他聊天，等适应了之后便开始问他故事
录音编号：　20050730排烧苗族口头文学调查05

吴晓东：　牛和螃海（螃蟹）的故事你会吗？

吴农爹：	嘿嘿，我不懂。
吴晓东：	牛和螃海。
吴农爹：	螃海？我不懂。
吴晓东：	就是说那个牛它原来没有鼻孔。
吴农爹：	牛？穿鼻子？哦哦。
吴晓东：	嗯，牛没得鼻孔，螃海把它引到那个……
吴农爹：	哦，那个喊做螃海？
吴晓东：	对。
吴农爹：	我认不得，我不晓得。喊哪样？
吴农爹：	螃海。
吴农爹：	哦，那个。过去人去，打伙去坡。牛洗澡，人去沟沟，人还没来，牛讲，人没穿我们鼻子，拉我们上树子我们不爬。人引水在沟沟那里来，螃海才讲，赶先（刚才）牛讲人没穿鼻子，人拉我们爬树子我们没有爬树子，这刚（现在）牛才恨心（憎恨）螃海。

　　我在调查的时候，一般这故事就到这里为止了。可是吴农爹在讲这个故事的时候还加了一段，意思是说人不相信，说牛不会说话，这时老鼠来证明牛确实说过话。吴农爹是这样讲述的："那个人讲，牛不会讲话，牛不会讲话。耗子在一边，耗子一听，耗子就讲，真的，今天我听讲了，我听牛讲了。人才讲，今晚夜个个都会讲话，个个都会讲话，我烧它去。耗子讲，不忙，我背我崽崽去，我背我崽崽去躲。"接着吴农爹又补充说："这刚（现在）牛不会讲话了，没送（不让）牛讲话了。"

文本四

访谈对象： 吴光耀（享酿，男，61岁，在排烧上完六年级）

访谈时间： 2005年7月31日晚上

访谈地点： 吴祖松（20多岁，吴光耀的三儿子）家

其他在场人： 吴祖松、吴祖帮（吴光耀的二儿子，30岁）、吴往报等多人

访谈情境： 晚上在吴祖松家吃晚饭，大家围在一起喝酒，吴光耀喝酒后更喜欢讲故事了，其他人也很愿意讲

录音编号： 20050731排烧苗族口头文学访谈08

吴光耀： 以前人还不会穿那个鼻线。好了，动物都会讲话，那个螃海（螃蟹）讲，你们放笼笼那种，你拉它有点犟，你拉够得你拉，它又大，你又小，你拉不动它。你把那个鼻子有点点薄薄的，中间有点点薄薄的，拴它。拉它爬树子它也得去。人才晓得，噢，真的，人才讲，螃海讲那种可以。才拴那个牛的鼻子。好了，牛呢，牛讲，哼，他妈的，螃海教人穿我的鼻子，以后我看哪里有石头，〈螃蟹〉爱钻那个石头，还有我看哪里有水。[别人帮添酒，故事中断一下]

／吴祖明： 有水有石头。

吴光耀： 有水有石头，就屙屎。牛呢最狡猾，

／吴祖明： 那个螃海又爱吃啊，它又来吃，嘿嘿。

／／吴晓东： 它爱吃哪样？

／／吴祖明： 牛便。

吴光耀： 屙屎淋螃海，螃海又得吃。
/ 吴祖明： 为了淋螃海，螃海又得吃啊，又不用去哪里找。
吴光耀： 所以呢，哪样动物各有各的讲。动物讲话，一样一样的动物讲话，这个是螃海讲话。螃海也会讲话，所有的动物都会讲话。

文本五

访谈对象： 罗运辉（50多岁，男，电工）
访谈时间： 2005年7月31日上午
访谈地点： 罗运辉家堂屋靠近大门口处
其他在场人：无
访谈情境： 我在罗运辉家给电器充电，顺便对他进行访谈。他儿子罗转富在家，但没有一起坐着聊
录音编号： 20050731 排烧苗族口头文学访谈02

罗运辉： 牛去哪里，有石头多啊，过河啊，踩水过河了嘛，它不屙屎就拉尿。以前讲这个牛太大了，它又有角，没有哪个敢管这个牛。然后这个螃海（螃蟹）听到了，螃海在这些石头的下面躲着的。〈人〉讲了以后，①那螃海说，哦，那没怕，你们等我出来，它大也好，你们等我出来。螃海才来拿它那个夹夹来夹它那个鼻子。这刚牛的鼻子，你用手一摸，它这薄薄的。我来穿它的鼻子让你们牵去，牵到哪里它都

---

① 指人抱怨管不住牛。

去。螃海才出来夹它那鼻子，现在牛穿鼻子就是从螃海那时穿的，牵它它才乖。赶后嘞牛气，哦，现在我才受人的这种折磨。牛一到哪里有点点水的地方，就屙屎屙屎淋螃海。

文本六

访谈对象：　罗正春（男，68岁）
访谈时间：　2005年7月31日
访谈地点：　罗正春家
其他在场人：罗运辉、罗转富等多人
访谈情境：　我与罗转富、罗运辉一起到罗正春家吃饭，一边吃饭一边讲故事
录音编号：　20050731排烧苗族口头文学访谈04

吴晓东：　牛和螃海（螃蟹）的故事你晓得吗？
罗正春：　牛和螃海是不是？
吴晓东：　嗯。
罗正春：　螃海刨地，然后牛河边，螃海就扒牛鼻。……牛去滚河水，螃海就扒牛鼻。牛去睡水，滚在沟边，螃海就扒……

这时有一个人听不下去，说他说得不对："他这个故事没成。"显然罗正春对此故事只有一星半点的印象，即螃蟹夹牛鼻子，但具体的故事情节他几乎记不得了。

文本七

访谈对象： 吴昌文（男，80岁，吴祖明的父亲，参加过抗美援朝）

访谈时间： 2005年8月8日上午

访谈地点： 吴祖明家门前的走廊上

其他在场人：无

访谈情境： 当天吴光耀为吴祖明家做祭娃娃神仪式，此仪式的祭品是一只小狗，在他们处理狗期间，我采访了吴昌文，他年纪虽大，但头脑特别清楚，也比较轻松自如

录音编号： 20050808排烧苗族口头文学访谈02

吴晓东： 那个螃海（螃蟹）晓得吗？

吴昌文： 螃海？螃海晓得嘛。

吴晓东： 螃海和水牛的故事晓得吗？

吴昌文： 唉——螃海和水牛的话，有。

吴晓东： 是怎样摆的？

吴昌文： 嗯~

吴晓东： 是说它咬那个水牛的鼻子？

吴昌文： 嗯。是夹。以前的话，牛的力气又大。人管不下，人管不下呢，咋个做？螃海讲，我晓得一种办法，你一夹它鼻子的话呢，它就乖了，所以螃海的话呢，指挥人夹水牛的鼻子。夹水牛的鼻子，牛就乖了。哈哈哈哈。所以它生气了，它就屙屎给那个螃海吃。它妈的！一走水就要屙。哈哈哈哈。老人摆就这种

哦。进水洗澡啊，它就拉屎拉尿。怪你，你妈的，指挥人，① 夹我的鼻子，老子见水就拉屎给你吃。哈哈哈哈。

吴晓东：　这个故事是真的吗？

吴昌文：　真的嘛。

  从以上的访谈可以看出，在排烧，"水牛 — 螃蟹"的故事很不统一。特别值得注意的是变异处是水牛屙屎屙尿有时被说成不是恶意的，一般说是报复螃蟹，可是访谈二和访谈四的异文却表现出相反的发展方向："螃海又爱吃得很嘞。"可见这个地方是故事变异的一个节点。估计最初故事的报复方式是牛踩了螃蟹的背，致使螃蟹背上留下了牛蹄印。可是排烧人流传有"人 — 鱼"的故事，有"鱼拉屎拉尿给人吃"的说法，便将这一故事情节挪到了这个故事里。

  从这一故事也可以看出，同一故事，可以从不同的角度去讲述，比如访谈四的讲述者就是从"样样动物都会讲话"来讲述的。从不同的角度来讲述故事，可能也是故事产生变异的因素之一，因为讲述的侧重点不一样。

  这个故事类型在中国分布较广。在爱伯华的《中国民间故事类型》中为"蟹与牛"：（1）蟹原本是圆的；（2）但它无意中说出了牛的一件违法行为；（3）因此牛就踩蟹，所以现在蟹是扁的。其出处都是在广东一带。从故事中的牛的行为判断，这种喜水的牛当为水牛，其流传地多为南方也就不足为怪。

  关于螃蟹背后的印子，排烧苗族将其解释为水牛蹄的印子，而黔

---

① 指螃蟹给人出主意，拴牛鼻子。

东南的苗族则将其解释为人的指甲印,有一故事叫作《螃蟹背上的指甲印》①,说是一位叫够央②的老人犁田的时候把午饭和当菜用岩盐放在田边水沟里一块冒出水面的石头上,以防蚂蚁吃到。可是没想到等他来吃的时候,却发现一只螃蟹在吃他的岩盐,于是用拇指甲狠狠地掐了螃蟹的背,这样螃蟹背上便留下了指甲印。

十一、雷公 — 黄牛

熟悉牛的人都知道,水牛有滚塘的习惯,就是喜欢在水里泡着,故人称水牛,而黄牛则没有泡在水里的习惯。其实水牛与黄牛不是同一物种,但一旦人们把黄牛与水牛都叫作牛,归为同一物种的时候,人们对这种生活习性的不同便发生了兴趣,想问个为什么,于是便有了关于黄牛为什么不洗澡而水牛洗澡的故事。

这个故事可以取名为《黄牛为什么不洗澡?》《水牛为什么洗澡?》或者《水牛与雷公换声音》等等。其故事目的是解释为什么黄牛不洗澡而水牛洗澡这一现象,其情节是说黄牛不肯和雷公换声音而水牛和雷公换了声音,因此雷公让水牛洗澡而不许黄牛洗澡。在调查中,各人的讲述侧重点不同,有的强调黄牛为什么不洗澡,有的强调水牛为什么洗澡,而有的不强调洗澡的问题,而强调雷公的声音为什么如此之大。

文本一

访谈对象: 吴光耀(享酿,男,61岁,在排烧上完六年级)

访谈时间: 2005年7月31日晚上

---

① 中国民间文艺研究会贵州分会、贵州省苗族民间文学讲习会编印:《民间文学资料》第五十一集(苗族民间故事),1982年,第482页。

② "够"在苗语中是老人的意思,"央"是名字,其实也就是姜央。

访谈地点：	吴祖松（20多岁，吴光耀的三儿子）家
其他在场人：	吴祖松、吴祖帮（吴光耀的二儿子，30岁）、吴往报等多人
访谈情境：	晚上在吴祖松家吃晚饭，大家围在一起喝酒，吴光耀喝酒后更喜欢讲故事了，其他人也很愿意讲
录音编号：	20050731 排烧苗族口头文学访谈10

吴光耀： "雷公哥，[①]有没有点水，我们口干老火，田都干了，地下的人口干又口干，田也干完了。看有没有点水啊雷公哥？"它讲："呜——呜——"[②]有了，他答应了，我们去要。

吴晓东： 他要先问一下？

吴光耀： 先问一下，有才求，没有就不求。那个雷公讲，"呜——呜——"，有了，他答应了。他们才杀猪去了嘛，煮还没熟，哎哟，下得大，他们抬生的回家煮，搞不赢（忙不过来）。他们打粪那个老母猪叫"呼——呼——"，那个猪仔"呢呀——呢呀——"，求雷公那个公讲，你听那个猪仔讲，吃你奶啊吃你芒[③]。老母猪讲，没，那边那棵树那里，到那里荫凉你慢吃。老母猪在树下荫凉处睡，小猪仔在吃奶。公，米麻雀叫哪样子？它讲，那边烧房子，过几天我们打伙

[①] 吴光耀讲到雷公时称之为"哥"，可能是因为受到关于雷公与人、龙、老虎等动物是兄弟的故事的影响。

[②] 这是吴光耀模仿雷的声音。

[③] 芒：贵州三都地区的汉语，指饭。

去那里吃米。全部去完,一个都没有剩。以前黄牛叫大声,"轰隆——轰隆——",以前雷公叫"哎——哎——",就那种。雷公讲,哎,你叫"哐——",大声老火,借你个声音给我,我借我这哎哎给你。黄牛说,没,我这声音不能借给你,雷公讲,哼,你不肯借给我,大太阳也好,不准你去洗澡,你去洗澡,你躺在水里我就劈你。黄牛就没敢去洗澡,那个喂牛的讲,噢,你这个声音"轰隆——轰隆——"的,雷公的声音"哎——哎——"的,你这个声音相当小,我们两个换可不可以?水牛说,可以了嘛。那你要善待我点儿。雷公说,大太阳的时候我可以让你去洗澡。这样,太阳大的时候水牛可以去洗澡,雷公就得了水牛的那个声音,"轰隆——轰隆——",雷公就换那个小的"哎——哎——"的给水牛。就搞这种,嘿嘿,嘿嘿。

文本二

访谈对象: 罗春琴(女,小学五年级学生)
访谈时间: 2005年8月5日下午
访谈地点: 罗鸿德家走廊上
其他在场人: 罗铃等
访谈情境: 我去找罗鸿德老人,他不在家,碰见他孙女罗铃、罗春琴以及其他小女孩在一起玩,于是便问她们一些故事。她们都很乐意和我说话,并且用的是普通话

录音编号：　20050805 排烧苗族口头文学访谈 03

罗春琴：　以前牛的声音和雷声一样大，雷公就和它换。它说，我愿意和你换，但得让我吃饭。雷公说，不，你个子这么大，没有人能喂得了你饭，你还是吃草吧。

这个故事在黔东南的苗族地区演变成了《黄牛偷了水牛衣》[1]，说以前黄牛身上是黑的，像现在的水牛一样，而水牛是黄的。黄牛觉得自己不好看，嫉妒水牛。有一天，黄牛约水牛下河洗澡，黄牛说自己要先去屙屎，让水牛先下水，水牛便脱下了自己的黄色衣服。黄牛躲在一边，见水牛脱下了衣服，便将水牛的黄衣服偷了穿上，并把自己黑色的衣服丢在地上，水牛洗完澡，只好穿上黄牛丢下的黑衣服。现在水牛见了黄牛就追，要黄牛还衣服。今天黄牛之所以不洗澡，就是怕脱下衣服被水牛抢回去。

十二、人—马

这个故事是在我调查了很长时间之后才偶然得到的。8月1日吴光耀提及有马的故事，但没有讲述，8月3日，我在一个小山坡上打电话，那里有手机信号。正好碰见吴祖松，他借我的手机打了之后，我顺便问他在做什么，他说在帮岳父装新房，不远处有两个人正在那里做木工活。于是我与他一起过去，一边看他们干活一边问他们故事。由蜜蜂骗马蜂的故事偶然提起马骗人，于是我知道有这么一个荤故事，但当时石光全并没有给我讲，当时的对话是这样的：

---

[1] 中国民间文艺研究会贵州分会、贵州省苗族民间文学讲习会编印：《民间文学资料》第五十一集（苗族民间故事），1982年，第479、480页。

访谈一

访谈对象：　吴光耀（享酿，男，61 岁，在排烧上完六年级）
访谈时间：　2005 年 8 月 1 日晚上
访谈地点：　吴祖松家
其他在场人：吴祖松、吴祖帮、吴祖明等多人
访谈情境：　我们从牛棚回来，大家一起喝酒。白天就讲了不少故事，晚上继续讲
录音编号：　20050801 排烧苗族口头文学访谈 10

吴晓东：　有没有马的故事？
吴光耀：　嘿嘿嘿嘿，马的故事吗？哎，马的故事嘛，有，现在醉酒了，以后慢摆，嘿嘿嘿嘿，哈哈哈哈……①
/吴祖明：　晓得你爱摆马的故事，今天我们摆那种可以。
吴晓东：　噢，是那种啦，哈哈哈哈……
吴祖明：　今天（在野外的时候）摆可以，现在摆不行。

访谈二

访谈对象：　石光全（50 岁，男）
访谈时间：　2005 年 8 月 3 日下午
访谈地点：　石光全正在建的新屋

---

① 后来我才了解到，马的故事带有一些荤的内容，所以当时吴光耀不好在家里有女人在场的时候讲述。

其他在场人： 吴祖松（石光全女婿）、石光能（40多岁，石光全堂弟）
访谈情境： 当时他们正在装新房的楼板，锯木板的杂音很大。我在他们那里先聊天，然后问一些故事传说。石光全边劳作边给我讲
录音编号： 20050803排烧苗族口头文学访谈05

吴晓东： 蜜蜂骗马蜂，又骗人。
石光全： 骗人只是马。哈哈哈哈。
吴晓东： 马？骑的这个马？
石光全： 哎。不过讲起不好听。
吴晓东： 你讲一下嘛。
石光全： 那个讲起来丑老火。

两次推辞之后，在8月4日吴光耀给我讲述了"人—马"的故事，这一故事针对的现象就是男人的生殖器比马的小，以及目前马是给人干重活的。对立的方式是马骗了人，借走了人的大生殖器而不还，人便报复它。

文本一

访谈对象： 吴光耀（享酿，男，61岁，在排烧上完六年级）
访谈时间： 2005年8月4日傍晚
访谈地点： 吴光耀家
其他在场人：无
访谈情境： 我陪吴光耀到小寨帮别人做砍板凳仪式，做完之后

	我俩回他家坐着聊天，因昨天我知道有这么个故事，但别人都不肯讲，于是我趁机问他
录音编号：	20050804 排烧苗族口头文学访谈 12
吴光耀：	以前马的鸡巴小得像〈现在〉人的，人的鸡巴大得像〈现在〉马的。它①讲，我去骗一个姑娘，玩姑娘，借你的给我。好了，人借大大的给它。借久了它没拿来还了，它讲割不下来了，割出血了，不要割了，所以现在马的鸡巴大，人的鸡巴小。所以人恨马，它现在干活累，人也不同情。

---

① 指马。

第二节　非对立模式的神话与故事

一、洪水之后

在排烧也流传一般意义上的洪水神话，即洪水淹没人类，之后兄妹结婚繁衍人类。但这神话的流传度并不怎么广，像吴祖祥这样算比较会讲故事的人也不太讲得完整：

文本一

访谈对象：　吴祖祥（原村支书，50多岁，男）
访谈时间：　2005年8月3日上午
访谈地点：　吴祖祥家大门前的走廊上
其他在场人：无
访谈情境：　因村子里的水池坏了需要修理，吴祖祥从牛棚回家来处理这事。在水来之前他没事，于是我们两个坐在大门前的凉竹沙发上闲聊天，我根据自己知道的一些故事逐一问他
录音编号：　20050803排烧苗族口头文学访谈02

吴晓东：　那个故事晓得吗？就是洪水故事，说大水把人都淹死了，然后只剩下一对兄妹了。

吴祖祥：　哦，那个。那个我摆也不大通。

吴晓东：　摆点点。

吴祖祥：　那个，原来呢，我们讲，开天立地。那个，洪水呢，以前呢，淹完了，人死完了。老人栽的那个瓜，喊做叩梢，瓜大大的。好！那两姊妹呢，钻那个进去，封口口，洪水上到天也好，它都漂到上面，没死。漂三天三夜，水才缩去。缩去呢，他们姊妹才来在。他们又是姊妹①啊，又不好做什么，哎呀！姊妹喊做夫妻，人才发展。这种啊，我听摆这种，我不会摆上去了，老人会摆，也很少，罗鸿德可能会摆那个。

60多岁的罗正春也知道一点，但由于他受过学校教育，对这个故事持否定态度。他相信人是从猿猴进化来的。

文本二

访谈对象：　罗正春（男，68岁）

访谈时间：　2005年7月31日

访谈地点：　罗正春家

其他在场人：罗运辉、罗转富等多人

访谈情境：　我与罗转富、罗运辉一起到罗正春家吃饭，一边吃饭一边讲故事

录音编号：　20050731排烧苗族口头文学访谈04

吴晓东：　洪水的故事你晓得不晓得？

---

① 讲到这里，吴祖祥还用"姊妹"而不是"兄妹"。这也许是他很久没有讲这个故事的缘故。

罗正春： 那个是历史了。洪水漫天，剩下两兄妹，他们乘坐葫芦，葫芦是漂的，地球灭亡了，剩下两姊妹。这个是假的。我们人，我们原来是猿猴。我们不管是哪个国家，我们在生长的时候，我们在北京的周口店。我们是猿猴，不会穿裤子。

吴晓东： 你这个故事给你的孩子们讲过吗？

罗正春： 我没有讲过，我这个人是国家的人，是干部，我哪里讲这些。

在排烧，流传更广的是洪水之后人类让癞蛤蟆、乌鸦、老鹰帮寻找居住地的神话故事。这个神话的独到之处不在于讲述洪水把人类灭绝，人类又是怎样通过兄妹婚来再次繁衍后代的，而是着重解释癞蛤蟆、乌鸦以及老鹰的一些特点。下面是吴光耀讲述的这个故事：

文本三

访谈对象： 吴光耀（享酿，男，61岁，在排烧上完六年级）

访谈时间： 2005年8月6日傍晚

访谈地点： 吴光耀家

其他在场人： 多人

访谈情境： 白天我们在吴祖文家说了一些故事，但有一个故事没有说全，回到吴光耀家，有一个外村的人来请他帮做"破胎"仪式，那人已经带来了他女儿的衣服，所以可以不用去他家做，而是直接在吴光耀家帮做，但要一只鸡，吴光耀叫那人去村里看看，让别人卖一只鸡给他。我们闲坐着等他去买鸡，没有事情，

吴光耀便准备给我继续讲完那个故事

录音编号： 20050806排烧苗族口头文学访谈06

吴光耀： 在那个人家。

吴晓东： 吴祖文嘛？

吴光耀： 吴祖文。

吴晓东： 老鹰的那个没有说完。鹅蚌（癞蛤蟆）也说了，乌鸦～

/吴光耀： 乌鸦也说了，＿＿＿＿

/吴晓东： 你干脆从前面说起算了。直接从那个鹅蚌再说一遍。[笑]

吴光耀： 好嘛，可以。

/吴晓东： 人生下来时……

吴光耀： ＿＿＿＿了，没得地方住，没有吃的东西啊。那种嘛，青蛙讲，我晓得，哪里找个人吃的地方我晓得的。喊青蛙去，青蛙跳三天上去，三天下来。它碰到牛的脚印有点窝窝，有点水。青蛙最爱吃蚯蚓，＿＿＿＿它讲，哎，那里是个大地方，那里有东西吃的。好了，人就去看。牛的脚印，踩个小窝窝，有点点水，有个蚯蚓。〈人讲〉，哪里够吃？你搞这个呢，人不够吃，不合理，要拿你去～拿你去用打铁那个水呢，补锅那个水呢，那个铁水呢，那个打铁那个水呢，淋在它身上。＿＿＿＿所以它身上起一坎一坎的，没滑溜溜的。它讲，唉，你搞那种对我，你淋我的身上呢，我成那个疙瘩，＿＿＿＿以后呢，我三月间我来，我拿大风来，吹＿＿＿＿瓦我吹没（不）动，木皮呢，我把你房子木皮拔掉去。三月间我搞那种~我才满意。你搞那种，我去客（走亲戚）了，我的身上呢，原来是滑溜溜的，你把我身上搞成~起一坎坎的，我去客（走亲戚）呢，我害羞了。我三月间我把你~拿大风大浪来吹你们家，木皮全部倒完！青蛙讲那种，昨晚我们讲那个是……也不是青蛙，那个在家~

/吴晓东： 鹧蚌？

吴光耀： 那个~

/吴晓东： 癞蛤蟆？

吴光耀： 癞蛤蟆，癞蛤蟆，所以喊做癞蛤蟆讲那种。第二个呢，找那个~

/吴晓东： 老哇（乌鸦）。

吴光耀： 老哇讲，我晓得喔，我可以帮你们去找。[吴光耀和一个人打招呼，中断一下]老哇（乌鸦）讲，我晓得，找个人吃〈东西的地方〉我晓得，喔，那个老哇（乌鸦）呢，看呢，烧坡①呢，有葛根~葛根藤，有生包包（肿块）的，有专门吃那个葛根的虫虫（虫子）。它讲，哎，那是好吃的，那里可以，够你吃了。喔，人去看呢，哦，这是烧坡的，有个葛根，打个包包，有几个虫小小〈的〉，像根筷子，哪里够

---

① 播种之前先放火烧掉坡上的草和杂木，叫烧坡。这是刀耕火种式的播种方式。

你①吃嘛！你搞那个不行！他②（我）拿那个火夹来夹你的颈子（脖子），拿去浸那个＿＿＿＿的水，〈乌鸦〉原来是白的，原来是黑③的也好，我拿你去浸那个水，那种，他（人）讲。现在老哇（乌鸦）呢它的毛都是像＿＿＿＿那个水，原来是白的，现在夹它呢，剩下颈子那里浸不到水〈没有变黑之外，其他地方都变黑了〉，所以乌鸦呢，现在就颈子那里是白的。[讲到这里，那人买鸡回来] 老哇也错了，到哪里找个人住的地方？大老鹰讲，我晓得哪里有，那种。＿＿＿＿那里很宽，那人讲＿＿＿＿，〈老鹰讲〉，够你吃，你满意了吧。＿＿＿＿我去那里呢，米也有，地方也平，样样也满意。好了，大老鹰＿＿＿＿，没，我要＿＿＿＿，你要哪种＿＿＿＿，大老鹰讲，我最爱吃肉了，我要哪样子呢？牛呢，我吃不动，我要鸡。哦，你要鸡是可以，但是嘛，我们结亲嫁女我们是（在）正月二月，我们在冬腊月这四个月呢我〈们〉没（不）丢（让）给你，我们结婚嫁女，红白喜事呢不能丢。④那么呢，你不能丢，老鹰讲，那你丢哪个月呢？只能五月六月，五月六月，我们＿＿＿＿了，你来要。五月六月呢——这刚（现在）没大（不太）有老鹰了——老鹰最爱抓那个鸡了，五六月，它才

---

① 应该是"我"，这是人讲的话。
② 指人。
③ 应是"白"。
④ 指正月二月结婚嫁女需要肉类，这时不能让老鹰来吃鸡。

吴晓东： 　来要。一般呢，冬腊月它没大（不太）敢要。它讲，古代没送它，丢（让给）我们做客，这种。[笑]
吴晓东： 　现在老鹰很少了。
吴光耀： 　很少了。
吴晓东： 　我在这里一直都没见到。
吴光耀： 　吴胜华现在有点呆了，他摆没（不）成，他原来比我还会。
吴晓东： 　比你还会？
吴光耀： 　比我还会。

我第一次在排烧调研的时候，三都民族中学的平立豪老师协助我做了几天，他是三都另村子的苗族，他也给我讲述了一个洪水之后的神话故事，这个故事是解释雾水、麻雀、耗子的生活习性的。由于当时没有录音，我根据回忆整理如下：

　　洪水滔天之后，因为大地被冲成了沟沟壑壑，雷派雾去平地。雾说，你要给我活路钱。雷说，6月间，稻谷抽穗的时候，你去吃那个心心。所以，若栽秧迟了，稻穗就会受到雾的影响，会死去。所以一般要早栽，赶在6月之前抽穗。
　　雷又派麻雀去管理种子，麻雀也要活路钱，雷公就让它在谷子熟的时候来吃谷子。
　　雷又派耗子去管葫芦洞，洪水滔天时兄妹坐的葫芦，耗子也要活路钱，雷公就让耗子吃葫芦的种子。

从原因部分看，这似乎是洪水神话的一种扩展，其实也可以把这神话看成独立的，后来把洪水神话添加进去作为它的原因。如果栽秧迟了，稻穗的产谷会受到影响，民间认为这是受到六月间的雾水所致，认为是雾水吃了谷穗的实心，这是一种民间知识，但人们将这解释为雷神使然，雾水向雷神要活路钱，雷神才这样安排的。这一文本显然也是山区的"特产"，洪水过后，大地被冲成了沟沟壑壑，雷神派遣雾去平地。大家知道雾是平不了地的，只是在山区，大雾经常布满了山谷，使沟谷看上去犹如平地一般。

二、蜈蚣

在黔东南苗族地区搜集到的民间故事中，有一篇叫《打杀蜈蚣》。在马学良、今旦翻译注释的《苗族史诗》中，蜈蚣与人都是从枫树演化而来的。在临近黔东南的排烧，语言也属于黔东南方言，类似的故事也在排烧流传。蜈蚣，是一种具有剧毒的物种，人们对于它的畏惧是显而易见的。也许正是因为如此，在苗族古歌中才将它说成与人同源，就像把老虎、雷公这类人类比较惧怕的东西说成是与人类同源是一个道理。

在调查中，笔者了解到蜈蚣在这里被认为具有医治麻风的效用。麻风在这里被说成是由于一种鬼所致，即麻风鬼。吴光耀说，相传麻风鬼住在山凹里，晚上会放花，走前走后。麻风鬼会追人，如果在晚上走路，你要是打电筒，它不怕，会追来。如果你打火把，它怕，不会追来。它会飞，会讲话。被这种鬼作祟不需做仪式，只能用药。用茶油配蜈蚣，蜈蚣要活的泡在茶油里。蜈蚣要大的，四五寸长的，要早上抓的，太阳偏西之后抓的不能用。麻风原来在山村是一种让人闻之丧胆的病种，医治麻风固然没有这么简单，之所以要用蜈蚣，估计也是人们相信蜈蚣是一种非常厉害的物种，以毒攻毒的信念所致。

以下访谈是排烧关于蜈蚣的一些传说：

文本一

访谈对象： 罗鸿德（73岁，男，读过私塾、完小，曾在三都粮食局工作）

访谈时间： 2005年8月4日早上

访谈地点： 罗鸿德家

访谈情境： 清早没有什么安排，我就去罗鸿德家玩，他一个人在家，就我们两个聊天。我选了一些与动物有关的话题问他，大概一个小时左右

录音编号： 20050804排烧苗族口头文学访谈01

罗鸿德： 以前蜈蚣很恶，它咬那个老头子的鸡巴，那老头子拍它，它才变小，原来它很大，起码有千把斤重。

罗鸿德没有说出主人公的名字，只说了"老头子"，罗转贵说这老头子叫苟哦，访谈是这样的：

文本二

访谈对象： 罗转贵（男，14岁，小学刚毕业，准备去县中学上学），罗鸿军（男，11岁）

访谈时间： 2005年8月7日上午

访谈地点： 罗转贵家

其他在场人： 无

访谈情境： 早上去村电工罗运辉家想让他帮修一下电路，他上山割牛草去了，他儿子罗转贵与另一个叫罗鸿军的小男孩在煮面条，我坐下来等罗运辉，顺便访谈了

两位小男孩，看他们对我已经搜集到的一些故事的了解程度。因为他们主动与我说普通话，所以访谈是用普通话进行的

录音编号：20050807 排烧苗族口头文学访谈 01

吴晓东： 嗯。蜈蚣和那个～蜈蚣有什么故事吗？① 知道蜈蚣吗？蜈蚣虫。

罗转贵： 原来蜈蚣很大很大，像船一样。

吴晓东： 像船一样，你听说过是吗？

罗转贵： 被那个老人说的叫什么？

吴晓东： 姜央？[见他们没有肯定，马上问] 那个～那个，苗语怎么说嘛？

罗转贵： 苟哦（kou^{24}e^{44}）。

吴晓东： 苟哦啊，嗯，对。

罗转贵： 被那苟哦把它捏得很小很小的，捏得现在一样大。[罗鸿军用苗语插说一句什么] 后来它和那个雷公嘛，雷公说话，雷公说不赢，雷公放那____，雷公来咬它。

吴晓东： 哦，雷公说话说不赢那个苟哦，是吗？

罗转贵： 嗯。他就放那个蜈蚣来咬它，② 〈他〉就把那蜈蚣捏成一只一只小小的。

吴晓东： 嗯嗯嗯嗯。故事就这样的？

罗转贵： 嗯。

---

① 本来想提示，但后来改为先问不提示。
② 罗转贵此处的讲述有点混乱，本应该是"苟哦被蜈蚣来咬了"。

笔者采录到的这个神话故事并不十分完整，两个被访谈人都只知道原来的蜈蚣非常大，后来被一个人给捏小了。这与黔东南的传说是一致的，在燕宝整理译注的《苗族古歌》之"打杀蜈蚣"有这样的句子："看见蜈蚣从东来，身子好像一条船，一双獠牙像龙角，手手脚脚像杉枝。……当今蜈蚣个儿小，再大莫过小指头，当初蜈蚣个头大，身粗如像谷仓枋。"① 与蜈蚣争斗的人物名称与黔东南也是一致的，即姜央，这里叫苟哦，"苟"是爷爷的意思，"哦"与"央"在苗语发音相近。不同的是，黔东南搜集的几个版本中，都说蜈蚣咬了姜央的手指，而排烧这里却说蜈蚣咬了姜央的生殖器。

三、虹

虹，排烧苗人分雨中的虹与雾中的虹。关于虹，这里有一些民间信仰。每一次出现虹，若仔细观察，都会有两条，清晰的是公的，不清晰的是母的。吴光耀说，蛊喜欢在有芭蕉的一些比较湿的地方，喜水。农历五月到七月间早上，若见大雾中有虹，就容易中蛊，下雨时的虹不要紧。若见雾中的虹，要用芭茅草插在头上或拿在手里，在身上就可以，这样走过去就不会中蛊，以前也有用芭茅草对着虹然后掐断的做法，这是临时解救的方法。见虹，不要到水井喝水，等消失了之后再喝，并用芭茅草扔井中，说："你走你的，我喝我的。"此蛊因分公母，男人中了母蛊，女的中了公蛊，都不容易好；男人中公蛊，女的中母蛊，就容易好一些。若中了蛊，要用解药，杀一母的子鸡，内脏取掉，将药煨在鸡内，再由享酿念咒语，可解。若严重，要用鸭子到坡上有水井的地方驱赶蛊神。

---

① 燕宝整理译注：《苗族古歌》，贵阳：贵州人民出版社，1993年，第633、635、636页。

以下是对享酿吴光耀的访谈，是关于虹的信仰的。

访谈对象：　　吴光耀（享酿，男，61岁，在排烧上完六年级）
访谈时间：　　2005年8月1日上午
访谈地点：　　野外，去吴光耀家的牛棚的路上
其他在场人：　吴祖松等
访谈情境：　　一边走路一边聊天
录音编号：　　20050801排烧苗族口头文学访谈05

吴晓东：　　这种解蛊药苗语叫哪样？
吴光耀：　　喊做窝戈农。
吴晓东：　　也可以当菜吃？
吴光耀：　　当菜吃，好吃得很。
吴晓东：　　如果中了那个蛊了怎么让他吃呢？炒呢还是……
吴光耀：　　吃生的。那个蛊药要五六样才好嘞，还要一朵云。
吴晓东：　　一朵云是什么东西？
吴光耀：　　是一种菜。它的叶子密密的像这种，生在矮矮的地方，那些大山都没有。
吴晓东：　　苗话怎么讲，一朵云？
吴光耀：　　窝撅靠。
吴晓东：　　一共要几种药？
吴光耀：　　一共要六种药，六七种药。蛊有两样，有一样是水蛊病。蛊是人家放的，水蛊病是他吃那个水，成水蛊病（才得水蛊病）。龙喝了那个水，你喝了就着了。大白天下雨那个虹，那个没事。那个小小的，

	在河边啊，在小沟啊，就着那个。你要喝水就着（得）那个〈病〉。哎哟，身上肿起来，吃又吃不得，用又用不得。有两样蛊。
吴晓东：	两样蛊，一种叫蛊，一种叫水蛊。
吴光耀：	水蛊是你吃那个水才着，蛊是人家放你才着，人家不放你不会着。

从以上的对话能清楚地知道，排烧这里所说的的蛊分两种，一种就是传说中放蛊的蛊，是人为的；另一种就是水蛊，也就是虹导致的。其实排烧人认为虹是一种龙，一种有害的龙。把虹当作龙，在中国各地区由来已久，在《山海经》的《海外东经》中就有记载："虹虹在其北，各有两首。"[1]可见当时就把虹当作一种生物，因虹都是呈弯弓一样，故被说是有两首。有意思的是，这句话是"各有两首"，可见古人也如排烧人所说的一样，虹出现的时候都是两条，一公一母。可见这一信仰绵延已久。虹所导致的水蛊，其实是一种瘴气，正如上文所说雨中的虹不会有事，五月至七月间大雾中虹容易中蛊，其实就是在大雾里中了瘴气。

笔者采录到一个关于牛与虹的故事，是从一个叫罗转贵的小孩那里采录到的。这个故事可以取名为《牛为什么吃草？》或者《虹与牛》。故事并不完整。访谈如下：

文本一

访谈对象： 罗转贵（男，14岁，小学刚毕业，准备去县中学上学），罗鸿军（男，11岁）

---

[1] 袁珂：《山海经译注》，成都：巴蜀书社，1996年，第302页。

访谈时间：　　2005 年 8 月 7 日上午

访谈地点：　　罗转贵家

其他在场人：　无

访谈情境：　　早上去村电工罗运辉家想让他帮修一下电路，他上山割牛草去了，他儿子罗转贵与另一个叫罗鸿军的小男孩在煮面条，我坐下来等罗运辉，顺便访谈了两位小男孩，看他们对我已经搜集到的一些故事的了解程度。因为他们主动与我说普通话，所以访谈是用普通话进行的

录音编号：　　20050807 排烧苗族口头文学访谈 01

罗转贵：　那个我们讲的与你～和你的不同。

吴晓东：　哦，和我的不同，那你说说你的。

罗转贵：　那～以前，牛和那个，他们说是那个～那个彩虹嘛，彩虹我们说是龙，龙和它做好朋友。

/吴晓东：　龙和谁做朋友？

罗转贵：　牛嘛。

吴晓东：　哦，龙和牛做朋友。

罗转贵：　后来那～龙的刀，彩虹的刀就是草，它说我们做朋友我就把这个东西送给你，牛不愿意，后来牛就把草吃了。这个我反正也说不清楚，我只会讲这些。

吴晓东：　哦，龙送给那个刀，那个草是吗？

罗转贵：　草就是龙的刀。

吴晓东：　哦，就是龙的刀。那个草是什么草知道吗？……是所有的草还是某一种草？

罗转贵：	是某一种草。
吴晓东：	是不是叫芭茅草？说苗语怎么说？
罗转贵：	说苗语就是"嚷告"。
吴晓东：	"嚷告"是草的名字？
罗转贵：	嗯。
吴晓东[转向罗鸿军]：	"嚷告"你会吗？你知道吗？
罗鸿军：	————
吴晓东：	就是很快很快的那个，长得像刀子的那种草？长大了它还要长一根那个像芦苇的那个？
罗转贵：	就是那个了！
吴晓东：	哦。那叫芭茅草那个。
罗转贵：	嗯。
吴晓东：	长得像芦苇，有一点毛，像狗尾巴，有点像，是吗？也不像狗尾巴，比那个要大，是吗？
罗转贵：	嗯。
吴晓东：	牛为什么不吃呢？为什么不要，就吃了它呢？
罗转贵：	这个不知道。这些都是我老爸告诉我的。

在吴光耀家，吴光耀也证实了有这么个故事，只是由于另一位被访谈者的插话，他没有继续讲完这个故事。

四、抽烟

排烧流传抽烟的故事，是用来解释抽烟的时候爱吐口水的原因的，因此可以取名为《人在抽烟的时候为什么爱吐口水？》，这个故事当时没有录音，只是听罗鸿德讲过之后根据记忆写成的：

以前，有一对情人，亲热太过度了，女的就死了，男的很思念她，很苦闷。她就托梦给男的，说："你到我坟上来栽烟，想我的时候就抽几口，这样就可以解闷了。"这样那男的就到她坟上去栽烟，但各处都栽不活，后来在阴沟处栽活了，因那里有水。可是，那里栽的烟有尿味，所以抽烟的时候爱吐口水。

这显然是一个荤故事，在没有女性在场的时候，罗鸿德才讲，不过他讲得很自然，没有一点荤的意思。他自己就是一个爱抽烟的人，一边抽一边咳嗽，70岁的人了，头脑虽然清醒，但自己感到身体一天不如一天。他经常主动找到我，说一些自己可能活不长了的话。①

五、魔芋与蚂蚱

魔芋是排烧比较常见的一种菜，叶子大大的，花花的，散开着。排烧流传魔芋是蝴蝶变成的，可能是因为魔芋的叶子花花的像蝴蝶。以下是吴光耀在一次访谈中说的关于魔芋与蚂蚱是夫妻的故事：

文本一

访谈对象： 吴光耀（享酿，男，61岁，在排烧上完六年级）
访谈时间： 2005年8月4日上午
访谈地点： 在从排烧大寨去小寨的路上
其他在场人：无
访谈情境： 吴光耀去为小寨的一户人家做砍板凳仪式，路上我
　　　　　问他一些问题，一路聊过去
访谈编号： 20050804排烧苗族口头文学访谈04

---

① 2020年8月初笔者回访排烧苗寨时，罗鸿德老人已不在人世。

吴光耀：以前魔芋与蚂蚱是夫妻，它俩一起去做活路。蚂蚱跳得快又飞得快，它不肯慢慢地走，那么魔芋就对它说，那我去做活路，你回去做饭等会儿给我送来。蚂蚱回家了去做饭，然后给魔芋送去。到半路的时候，看见魔芋还在去的路上。它说，哎呀，你这么笨，我不愿要你了，我干脆吊脖子死了算了。现在，八月间到九月间，蚂蚱全部去粘那些树子粘那些草，全部吊脖子死。它发愁，它才吊脖子死。

这个故事显然是用来解释蚂蚱为什么在八九月间死在稻谷上或草上的现象。人们倾向是用一些故事来解释某一种自然现象，这种解释不纯粹是娱乐，在某种程度上当地人信以为真。这一故事在排烧的流传度并不广，我只听吴光耀说过，其他人很少知道。这个故事奇怪的地方是为什么蚂蚱和植物是夫妻，魔芋不是动物，根本就不会走，如果说蚂蚱与蜗牛是夫妻，倒是有一些逻辑上的合理性，其中的缘由还需进一步调查。这一故事在其他地区有不同的异文，从这异文可以找到其中的演变逻辑。

在黔东南的凯里一带，就流传有《蚂蚱吊颈》[1]与《蚂蚱逃婚》[2]的故事。这两个故事都是解释蚂蚱为什么要秋天的时候上吊杀身这种现象，大体上属于同一故事类型。不同的是，前一个故事将蚂蚱要嫁给毛毛虫说是天神的安排，因此蚂蚱与天神发生了一场战争，最后蚂蚱认为天神

---

[1] 中国民间文艺研究会贵州分会、贵州省苗族民间文学讲习会编印：《民间文学资料》第五十一集（苗族民间故事），1982年，第458、459页。
[2] 中国民间文艺研究会贵州分会、贵州省苗族民间文学讲习会编印：《民间文学资料》第五十一集（苗族民间故事），1982年，第492、493页。

要降大雪来惩罚它，就自己上吊来逃避。后一个故事则说蚂蚱要嫁给毛毛虫是其父母所为，蚂蚱伤心而上吊，父母后悔，为孩子举行葬礼。《蚂蚱吊颈》故事中蚂蚱与天神发生战争的情节即《蚂蚱与猴子打冤家》的故事。

显然，在排烧，这一故事的主角由毛毛虫演变成了魔芋，这种演变我们很难找到它的理据，不过我们可以从语音上推测其三种可能性，第一，黔东南苗语把魔芋叫作蛇菜（ro^{44}nen^{33}），可能是魔芋上的花纹很像蛇的花纹，这样，魔芋就很可能与动物联系起来了。但是，将魔芋与蛇联系起来而蛇是一种动作敏捷的动物，要其具有缓慢的特性，还需要一些中间环节。第二，魔芋在三都的苗语叫 kie^{31}tou^{44}，kie^{31} 是蛋的意思，tou^{44} 是捣碎的意思；毛毛虫叫 kie^{33}liog^{33}，kie^{33} 是虫，liog^{33} 则指类似头发上的毛毛之意。kie^{31} 与 kie^{33} 音近，是否在传说的过程中慢慢就将毛毛虫演化成了魔芋。第三，蝴蝶是由毛毛虫蜕变过来的，那么，毛毛虫就是蝴蝶，而在排烧，由于魔芋的叶子花花的，很像蝴蝶，就传说魔芋是蝴蝶变的，这样，毛毛虫演变成魔芋，就找到了它的中间环节。

六、人的起源

人是从哪里来的？这是一个所有民族都很关心的问题，与此相关的神话传说浩如烟海。与排烧比邻的黔东南苗族地区普遍传说人是从蛋里孵化出来的，这已经是广为人知的事情。关键是，我们目前所看到的文本，主要是几个不同版本的《苗族古歌》，在这些文本中，这个孵化出人的蛋是蝴蝶的卵。"蝴蝶妈妈"这个词出现在苗族文学才有几十年的历史，在民间文学界里影响很大，蝴蝶妈妈作为苗族的图腾便广为人知了。不过，苗族学者李炳泽则认为以上文本的"蝴蝶妈妈"说法有一些值得商榷的地方。他写道："所谓'蝴蝶妈妈'即苗语 Mais Bangx Mais

Liuf 的意译，而音译则是'妹榜妹留'。Mais 是'妈妈'的意思，没有错。问题是在于对 Bangx、Liuf 的解释，因为它们与苗语的 Gangb Bax Liuf（蝴蝶）音近，尤其是 Bangx 和 Bax 只是韵母的不同……Mais Bangx Mais Liuf 除了与'蝴蝶'（Gangb Bax Liuf）没有关系之外，更主要的是 Mais Bangx Mais Liuf 在古歌中仅仅是个女性始祖的名字。她的名字又恰好与 Gangx Bax Liuf（蝴蝶）近音。她的名字 Bangx 和 Liuf 分别取自苗族女性名字词汇中的两种类型，Bangx 代表有意义的一类，Liuf 代表没有意义的一类。苗族社会中女性名字词汇中有意义的一类大多与她的出生季节的环境特征有关，如生在春天的 Bangx（花）、Pud（花开）、Eb（雨水），生在夏天的 Nex（叶子）、Zend（果子）、Fab（瓜），生在秋天的 Nax（稻谷），生在冬天的 Pet（雪花）等。没有意义的一类，同时与出生季节没有关系，如 Mait（曼）、Xenb（馨）、Nil（尼）、Yangs（样）、Liuf（留）、Yab（丫）等。这组名字词汇在歌谣中还可以作'姑娘'的意思使用。Mais Bangx Mais Liuf 可以解释为'名字叫作 Bangx/ Liuf 的妈妈'。她一个人有两个名字：Bangx 和 Liuf，这就是为什么在古歌中她有时叫作 Mais Bangx，有时是 Mais Liuf，有时是 Mais Bangx Mais Liuf 的原因。在苗族古歌中，许多人物都有两个名字，如'央'（Vangb）的另外一个名字是'腊'（Laf），有时候也叫作'央腊'（Vangb Laf）。"[1] 关于 bangxliuf 是否应该翻译为蝴蝶，存在比较大的争论。在排烧调查的时候，笔者又专门对此问题做了一些访谈，现罗列如下：

---

[1] 李炳泽：《<苗族图腾与神话>书序》，《苗族语言与文化——李炳泽文集》，北京：民族出版社，2016年，第405—407页。

文本一

访谈对象： 罗鸿德（73岁，男，读过私塾、完小，曾在三都粮食局工作）

访谈时间： 2005年8月4日早上

访谈地点： 罗鸿德家

访谈情境： 清早没有什么安排，我就去罗鸿德家玩，他一个人在家，就我们两个聊天。我选了一些与动物有关的话题问他，大概一个小时左右

录音编号： 20050804排烧苗族口头文学访谈01

罗鸿德： 以前人是从蛋抱出来的，老蛇也是从蛋抱出的，大老猫、大老虎也是从蛋抱出来的。人是从蛋抱出的，kau^{55}，雷公也是从蛋抱出的。但是抱人呢，又有一个神鬼，它去哄那个鸟，你抱蛋你瘦老火，我叫你去田头搂虫，来养你，你才能活。那个去搂虫，它去把那个蛋推到田里面那个人死，才抱不出。人在蛋里面有三天就抱出，人就在蛋里面讲，我只要再抱三天就出壳。没办法，才去请那个鸟雀。现在我们安得那种鸟①我们不吃，那个是我们的父母亲，我们不吃。

吴晓东： 那种鸟苗话怎么讲？

罗鸿德： $kou^{35} va^{51}$。

吴晓东： 大不大，哪种鸟？

---

① 指安捕鸟器捕到的那种鸟。

罗鸿德：　也是有十多斤。我不晓得别人吃不吃，老人叫我们不吃我们就不吃，它是我们的父母亲，我们不能吃父母亲的肉。

吴晓东：　那雷公、老虎、人都是从蛋里面抱出来的，那么这些蛋又是哪个下的？

罗鸿德：　不晓得是哪个下的。

吴晓东：　kou^{35} va^{51} 是什么颜色的？

罗鸿德：　灰色的。这种鸟也不是一年三百六十天有，这两天上去快要大米了，它飞得高高的，它来看大米。过去老人讲，开天立地，洪水朝天是它掌握，掌握天下。它来看大米，看米收完没收完。夜晚，三更半夜呜呜叫的那个就是它。

吴晓东：　汉话怎么讲晓得吗？

罗鸿德 [想了很久]：天鹅。

关于姜央的故事，异文复杂，从排烧调查得到的资料看，这一故事是地区性的。具体来说，不仅苗族有，水族也有。从侗族已经搜集发表的资料来看，侗族也有。侗族有说乌龟生蛋的异文，主角叫姜良，名称与"姜央"十分相近。下面是关于姜央在水族地区流传的一段访谈：

文本二

访谈对象：　蒙瑞然（排烧小寨的水族，排烧的文书）
访谈时间：　2005 年 8 月 4 日下午
访谈地点：　排烧小寨一个人家里
其他在场人：多人，不认识

访谈情境：	吴光耀去排烧小寨帮别人做砍板凳仪式，主人家还没准备好，吴光耀便带我到村子里串门，在一家人堂屋里大家一起吃饭，叫我们一起吃一点，其间大家讲故事
访谈编号：	20050804排烧苗族口头文学访谈06

蒙瑞然：以前有一个人，名字叫昂（ŋoŋ^{22}）。

/吴光耀：苗话水话名字都一样。

蒙瑞然：现在的高山、平地都是他踩的。那个人啊，上面两个包包，装起两块大石头，一块石头就有一二十斤。两手也拿石头。最后他在这里去世。对面的石头就是他留下的。昂是雷公的哥哥，雷公是弟弟。和老虎、蜈蚣虫也是兄弟。雷公管天上，他管地下。

吴光耀：同是一个奶养的，下了六个蛋。她抱，那个beu^{31}niang^{31}beu^{31}kao^{35}来骗她，你抱蛋太久了，头一个是姜央，第二是苟浩，第三就是老虎，和老蛇也是一个，第五……独独有一个抱不出来。骗她说你抱久很了你瘦很了，找点点吃〈的〉你再抱，她去田头找些蚌吃，找青蛙吃。那个蛋在里面说，你再抱三天我就出来了。找天鹅来抱，现在我们念鬼，小鬼我们没念，大鬼啊，哪家死人啊，六兄弟全念完。一个一个来，哪个是哥，哪个是弟。姜央苟昂是最大的。＿＿＿＿和仙女吵架，用红绳子来锁仙女的屁

	股，好了，出血了。仙女讲，你签奶〈奶〉①的屁股……喊那蜈蚣虫来咬他。姜央是蜈蚣咬死的。
吴晓东：	这个故事在水族其他地方也有吗？
/众人：	有！水族也有类似的歌，嫁姑娘，接媳妇，那天晚上唱歌就是从这里开始唱起了。
蒙瑞然：	最大是他了嘛。两边两个荷包，装两块石头。他＿＿＿＿一个成三个，成三个脚脚，两边荷包的石头成两只脚脚，还有一个在对门那里。最好看了。起码几万斤。
吴晓东：	他名字叫哪样？
蒙瑞然：	喊哪样去了，苟昂（kou^{24}ŋoŋ^{22}）。
吴光耀：	苗话也喊作苟昂（kou^{24}ŋoŋ^{22}），还喊作苟欧（kou^{24}ou^{22}）。

有一点需要注意，即文书以前没有听说过"姜央"这个名字，他是听吴光耀在讲述故事的时候听到的，而吴光耀是听我说的这个名字，他在说"姜央"这个名字的后面还要加上他自己以前对这个人的称呼，即"苟昂"。"苟"是爷爷的意思，"昂"即姜央的"央"之变音，姜央也叫姜昂。

在排烧笔者还采录到另外一个异文，说是龙生蛋，天鹅来孵蛋。这个异文来自两位刚毕业的小学生：

文本三

访谈对象：	罗转贵（男，14岁，小学刚毕业，准备去县中学上学），罗鸿军（男，11岁）

---

① 排烧一带把老妇人都统称为奶。

访谈时间： 2005年8月7日上午
访谈地点： 罗转贵家
其他在场人：无
访谈情境： 早上去村电工罗运辉家想让他帮修一下电路，他上山割牛草去了，他儿子罗转贵与另一个叫罗鸿军的小男孩在煮面条，我坐下来等罗运辉，顺便访谈了两位小男孩，看他们对我已经搜集到的一些故事的了解程度。因为他们主动与我说普通话，所以访谈是用普通话进行的
录音编号： 20050807排烧苗族口头文学访谈01

吴晓东： 人是蛋孵出来的，你听说过吗？
罗转贵： 听说过。
/罗鸿军： 听说过。
吴晓东[对罗鸿军]：你也听说过？
罗鸿军： 嗯。
罗转贵： 这些动物都是从蛋里～那天鹅嘛，
/罗鸿军： 龙。
吴晓东： 哦，天鹅。
/罗鸿军： 龙下蛋，然后天鹅抱。
吴晓东： 哦，龙下蛋。
罗鸿军： 龙下七～七个蛋，天鹅抱。然后有一个蛋孵出人，有一个蛋孵出老蛇，有一个蛋孵出那个老虎，还有猪，还有一个化成猪。
/罗转贵： 还有牛、马那些嘛。

吴晓东： 牛呀，马那些。这个故事你听谁说的？
罗鸿军： 听老人说。
/罗转贵： 听老人～我也听老人说的。
吴晓东： 你听哪个老人说的？
罗鸿军： 我奶奶。
吴晓东： 你奶奶，哦，你奶奶会讲一点故事是吗？但是你爸爸妈妈从来没给你讲？
罗鸿军： 嗯。
吴晓东： 哦。[转乡罗转贵] 嗯～你、你是听谁说的这个故事？
罗转贵： 我们俩也都是听他奶奶说的。
吴晓东： 哦，不是听你爸爸说的？
罗转贵： 嗯。
吴晓东： 你～你讲一下你记着的是什么～我～我刚才注意到你讲的和他有点不一样。就是你说的是什么，天鹅，天鹅生的蛋，是吗？
罗转贵： 不是，是龙生的，我也说是天鹅抱的。
吴晓东： 哦，是这样啊。
罗转贵： 嗯。
吴晓东： 嗯。然后呢？你自己把这个故事复述一下可以吗？
罗转贵： 那个龙下蛋，那天鹅抱，那些老蛇什么都出来了，只剩人的蛋还没出来嘛。很久很久人的蛋～人才从蛋里出来。我会讲一点，____就出去玩，就不听了。
吴晓东： 就不听了。就听过一遍？

罗转贵： 嗯。

文本四

访谈对象： 吴祖文、吴光耀（享酿，男，61岁，在排烧读完六年级）

访谈时间： 2005年8月6日下午

访谈地点： 吴胜华家

访谈情境： 上午吴光耀帮吴胜华家在寨边一棵枫树下做引魂仪式，中午回吴胜华家吃饭，饭后大家坐在一起闲聊。我一直跟随吴光耀，这时开始问及他们一些口头传说的内容

录音编号： 20050806排烧苗族口头文学访谈05

吴晓东： 哦，你们原来在那边撵山。那边叫哪样名字？

吴光耀： 摆果（$pe^{33}kuo^{43}$）。

吴晓东： 就是有块石头那边？

吴祖文： 那边是也有_____啊。是大岩。

吴晓东： 也有。也有是水族的名字还是苗族的名字？

吴祖文： 苗族～

/吴光耀： 苗族名字。

吴晓东： 苗族这么叫的？

吴光耀： 水族喊做"顶欧"（$tin^{31}ou^{22}$）；苗族喊作"嗟欧"（$je^{22}ou^{22}$）嘞。

吴祖文： 水族也讲这种。

吴光耀： 客家喊作姜央，客家_____

/吴晓东： 不，我是说那个地方。

吴光耀： 噠欧。

/吴祖文： 那个大石头的名字。

吴晓东： 哦，大石头有个名字。

吴胜华： 大石头的名字了嘛。

吴晓东： 那个水族叫作哪样？

吴光耀： 顶欧（tin^{31}ou^{22}）。

吴晓东： 哦，我们叫"噠欧"，他们叫"顶欧"，哦。

吴光耀： "噠"呢，就是石头，水族喊作"顶"（thin^{31}），我们喊作"噠"。

吴晓东： 哦，石头喊"噠"，"噠"是石头的意思，"欧"是什么？

吴光耀： "欧"是姜央的名字。

吴晓东： 哦，哦，哦。

值得注意的是关于姜央的神话故事在这里已经被附会到当地的风物，即一块石头。笔者在调查时一直想去看看那块石头，但最终没有去成，没找到机会。这块石头离排烧有一段路，需要有人做向导。

文本五

访谈对象： 吴光耀（享酿，男，61岁，在排烧上完六年级）

访谈时间： 2005年8月6日傍晚

访谈地点： 吴光耀家

其他在场人：吴德磊（6岁，男，吴光耀的孙子）

访谈情境： 有一个外村的人来请吴光耀帮做破胎仪式，那人已经带来了他女儿的衣服，所以可以不用去他家做，而是直接在吴光耀家帮做，但要一只鸡，吴光耀叫那人去村里看看，让别人卖一只鸡给他。我们闲坐着等他去买鸡，没有事情，我便问吴光耀一些故事

录音编号：20050806 排烧苗族口头文学访谈 07

吴光耀： 从那一回就没下蛋，生人了，没下蛋了，就下蛋那一回，后来就没下蛋了。

吴晓东： 你说下蛋的那个人她走路的时候～响了嘛，是吗？

吴光耀： 响了嘛。她一边刮那个＿＿＿＿呢，响声音像她，Ta讲，为什么你有崽你走路你响？她讲，我的崽呢，不是下崽的，我的下蛋的，所以我的着夹了，我的蛋在肚子里一个敲着一个了，所以生鸡蛋①来，我背鸡蛋，我不是背崽，那个奶（婆婆）讲那种了嘛。

吴晓东： 哦，你说那个奶的名字叫哪样？

吴光耀： 午酿午柳（$u^{35}nian^{55}u^{35}lou^{53}$）

吴晓东： "午"是哪样意思？

吴光耀： "午"是奶（奶奶、婆婆）。

吴晓东： 哦，是奶（奶奶、婆婆），就是老的女人了嘛？

吴光耀： 嗯。

吴晓东： "酿"呢？

吴光耀： "酿"是她的名字。奶，午，我们喊作午（u^{35}）了，她的名字喊作酿。

---

① 吴光耀这里说的鸡蛋泛指蛋，不是特指母鸡下的那种蛋。

吴晓东： 酿，午—酿—午—柳—，"柳"是什么意思？

吴光耀： "柳"是她的名字。

吴晓东： 也是她的名字？

吴光耀： 嗯。她叫酿柳。老了喊作午酿了，喊作午了，〈她的名字〉喊作酿柳。午酿午柳（u^{35}niaŋ^{55}u^{35}lou^{53}）。

吴晓东： 柳——哎呀，午—酿—午—柳—，酿没有其他意思了？她的这个名字有什么意思吗？

吴光耀： 她的名字就是这种。

吴晓东： 她的名字等于是酿—柳—，酿柳是她的名字，啊？

吴光耀： 是她的名字。午，老了，奶，妈，那种呢。她的名字喊作酿柳。

吴晓东： 午—酿—午—柳—

吴光耀： 嗯。

吴晓东： 她走路响是哪一个问她？是哪一个问她"你肚子怎么响"？

吴光耀： 一个朋友问她。我们搭伙吃饭，为什么胀肚子了，我们吃我们也胀肚子，我们走路我们没响，你走路为什么会响呢？她讲，唉，我呢，搭伙吃饭，我吃少点，你的肚子装得饭，我的肚子呢，有崽了，有鸡蛋了，我吃少点。所以走路呢，我那个听响呢，就是那个鸡蛋夹①呢，一个敲一个，一个鸡蛋敲一个，敲出声音。你们吃饭你们没敲，没响。是鸡蛋响，没（不）是哪样子响，那种了嘛。夜晚跑起

---

① 指肚子里的蛋一个挤着一个。

	来，响，耶，我们打伙吃饭，我的肚子又没响，你的肚子响哪样子声音？〈她讲〉，鸡蛋的声音，哪样子声音。
吴晓东：	问她的那个是她的朋友问她？
吴光耀：	她的朋友。
吴晓东：	她的丈夫还是一般的朋友？
吴光耀：	没（不）是～别个问她，没（不）是她的丈夫。
吴晓东：	哦哦哦。蝴蝶的名字你们是怎么说的？蝴蝶？
吴光耀：	蝴蝶我们喊做苟巴俩柳（$kw^{44}pa^{44}lia^{44}liu^{53}$）。
吴晓东：	苟—巴—俩—柳—
吴光耀：	嗯。
吴晓东：	"苟"是虫子？
吴光耀：	"苟"是虫子。
吴晓东：	"巴"是花？
吴光耀：	嗯。
吴晓东：	"俩"呢？
吴光耀：	"俩"是它的名字。
吴晓东：	俩柳。
吴光耀：	"俩柳"是它的名字。
吴晓东：	苟—巴—俩—柳—
/吴德磊：	苟—巴—俩—柳—
吴光耀：	它的名字。
吴晓东：	哦，蝴蝶叫苟巴俩柳。

关于人类祖先的出世，黔东南一带的神话异文很多。下面是一些在

情节上与《妹榜妹留》《十二个蛋》相似，但角色却不一样的文本，有一则神话说那十二个蛋是鹅生的，值得注意：

> 在很古老的时候，有一只"交奥"①和一只老鼠同啃一株大松树根，将根部都啃成了一个大洞穴。树倒了，烂了，根子也烂了，生出一个虫来，树尖子烂了，也生出一个虫来。两个虫脱了皮，变成了一对鹅。树根的虫变成了母鹅；树尖的虫变成了公鹅。它们十分恩爱，整天自由地在天空中翱翔，时而上，时而下，始终不愿分离。结果母鹅在岩石中生下了十二个蛋。鸡来孵，孵不出；鹅来孵，孵不出。天空的岩鹰，水里的乌龟，山中的蛤蚧，都没有能把蛋孵出小生命来，只有天鹅来孵了十二个月，终于孵出十个来了。可是孵出各种不同的动物，即雷、龙、大花蛇、白花蛇、熊、虎、野猪、兔、狗、崽鱼、黄鼠狼，还有最后两个蛋，再孵了三天，还是没有孵出来。天鹅以为这最后两个蛋，时间过得太久，孵不出来了，准备把它们啄破。正在这时候蛋里说话了，要求道："母亲，不要啄破我们吧！再等两天，我们就可以出来了。"两天后，果然孵出来了，却是两个人。一个男孩"昂"，一个女孩叫"妹"。他俩一出世就会说话，能上山劳作，聪明得很，特别是昂的办法相当多，弟兄们都不是他的对手，他有办法战胜一切。②

这则人类起源神话，与《苗族古歌》中枫树被砍倒后树心化为蝴蝶，蝴蝶又生出十二个蛋，孵出人类祖先姜央及其他动物的情节几乎是

---

① 交奥：苗语音译，指一种四足的小兽，俗称竹溜。
② 全国人民代表大会民族委员会编：《贵州省从江县加勉乡苗族调查资料》，1958年，第1页。

一致的，这里的人祖叫"昂"，与姜央的"央（vangb）"同音。对于这种类似，我们只能认为其中的一种文本更为原始，而另一种则是其变异。那么，我们没有充足理由认为《苗族古歌》比以上这则神话更为古老，也就是说，我们把蝴蝶视为苗族的图腾，还没有充足的依据。

另有一则故事，生蛋的是大雁：

> 古时候大雁生了十二个蛋，孵了三年孵不出来，正想丢开，蛋内发音，求妈妈再孵三天，等他气力充足便可出来。母雁再孵了三天之后，果然都孵出来了。第一个是哥哥"固昂"；第二个是弟弟"固那"；其中有一个是妹妹"卖"；最后两个蛋是虎和蛇。①

这显然又是另一种异文，人祖的名字"固昂"与"姜央""昂"仍是一致的。从卵生的角度说，以上这两则神话的主角是鹅和大雁，似乎比说蝴蝶生卵孵化出人类以及其他动物要更为符合逻辑一些。蝴蝶，是昆虫纲，鳞翅目，锤角亚目昆虫的通称。蝴蝶的种类很多，全世界有14000余种，大部分分布于美洲，尤以亚马逊河流域为最多。我国有300余种，分别隶属于弄蝶、凤蝶、绢蝶、粉蝶、灰蝶、啄蝶、眼蝶、环蝶、斑蝶等科。蝴蝶的生长要经过卵生为虫，然后再蜕变为蝶。蝴蝶的卵很小，一般肉眼看得不是很清楚，一般为几十个。最重要的是，蝴蝶的卵不需要孵化，因而说蝴蝶之卵由脊宇鸟孵化的情节在逻辑上有一点不合理。

在广西融水苗族自治县安陲乡土段村，还流传有一首苗族古歌《根忍纳》，此古歌与《苗族古歌》中的《妹榜妹留》及《十二个蛋》两部分的情节也十分相似，但角色却有一定的差异，全诗共68行：

---

① 《苗族社会历史调查》（一），贵阳：贵州民族出版社，1986年，第247页。

古老的年代，未曾英能时，未曾英能时，有株根忍纳。这株根忍纳，是谁栽种的？这株根忍纳，两个栽种的。一个勾志伟，来去弯曲曲；一个务腮罗，来去响悉悉。风来弯曲曲，吹播树种籽；雨来响悉悉，滋养树种籽。树籽发了芽，根深扎土地，树芽长得快，树尾把天抵。抵到一座楼，抵到一家人，人家发脾气，下来闹事情。抡斧劈树根，挥刀削枝叶，空桐树倒了，斩成一节节。一节做风箱，鼓风来打铁，一节做圆盘，添水当盐碟，一节做大碗，装饭白雪雪，一节做水桶，天天盛圆月。还有一节木，嗡嗡生蜜蜂，所以蜂爱树，做窝树洞中，所以蜂蜜甜，蜂蜡很好用。还有一节木，周身黑乎乎，外面烂成肉，中间硬如骨，化生两只蝶，相飞又相扑，交配屙双蛋，蜻蜓破蛋出，蜻蜓情切切，相飞又相扑，水面去屙蛋，顶劳破蛋出。妈从山下叫，儿爬上山顶。顶劳是个人，开天又辟地；顶劳是个人，天地莫能敌。看到天斗地，顶劳有主意；天上害哪里，顶劳战哪里；地下缺什么，顶劳全补齐；世间一切物，顶劳做出的。①

与《苗族古歌》相比，这里给出的人类诞生景象又有所差异，呈现出蝴蝶—蜻蜓—人的顺序，是蜻蜓生人。与水泡游方的说法，可能一开始来自于蜻蜓，"蜻蜓情切切，相飞又相扑，水面去屙蛋，顶劳破蛋出"这几句，描写的是蜻蜓点水的情景，蜻蜓点水，实际上就是蜻蜓在水面上产卵，这是科学已证实的事，苗族先民能观察到这一点，实在是了不起。蜻蜓点水这一现象，自然会让人们联想出蜻蜓生人与水泡游方的情节来。

---

① 杨通江：《苗族歌谣文化》，南宁：广西人民出版社，1992年，第30页。

相关的另一种文本人祖说流传于贵州榕江地区的《苗族始祖的传说》①是这样的：

> 树尖倒到几里路远的松水，后来，不晓得过了多少年，树干烂了，生出了"根格"②"根格"长大变成了"根各格"③，"根各格"生蛋，变成了"根俾留"④，"根俾留"生"务枪务起"和"务略勾松"。⑤

后来，勾松与恶龙相斗而死，血水中的三坨大血泡顺着河水流下来，务略因喝了勾松的血泡，怀孕十年，生下十二个蛋。孵了十年，有十个出来了，它们分别是芭芒鸟、雷公、蛤蟆、老蛇、龙等，还有两个由岩鹰帮再孵了七天，其中一个寡了，变成了土地神；另一个生下人类的始祖央公。这则神话，又与贵州从江、黎平地区侗族流传的人类起源神话十分相似，侗族的《侗族祖先哪里来·龟婆孵蛋》是这样的：

> 四个龟婆在坡脚，
> 它们各孵蛋四个。
> 三个寡蛋丢去了，
> 剩个好蛋孵出壳。
> 孵出一个男孩叫松恩，
> 聪明又灵活。

---

① 杨元龙、张勇选编：《苗族始祖的传说》，贵阳：贵州民族出版社，1989年。
② 根格：苗语，一种虫。
③ 根各格：苗语，天牛。
④ 根俾留：苗语，蝴蝶。
⑤ 务枪务起、务略勾松：人名。

四个龟婆在寨脚,
它们又孵蛋四个。
三个寡蛋丢去了,
剩个好蛋孵出壳。
孵出一个女孩叫松桑,
美丽如花朵。

就从那时起,
人才世上落,
松恩松桑传后代,
世上的人儿渐渐多。

后来,松恩、松桑生下了王素与虎、蛇等动物,王素又生下姜良、姜美。从语言上看,"务"是苗语祖母的意思,"勾"是苗语祖父的意思。务枪务起就是指祖母枪起,或枪祖母与起祖母。务略勾松,是指略祖母与松祖父。很明显,侗族史诗里的松恩、松桑就是苗族史诗里的略松、枪起,"枪""桑"两音相近。更值得注意的是,松恩、松桑生出王素后,王素生出的人类祖先名字叫姜良,而略松、枪起生出的人类祖先名字叫姜央。姜良与姜央,当为同一个人。

黔东南、黔南地区的苗族、水族相互杂居,文化上必然会有一些交流。从逻辑上说,侗族的史诗与苗族另两个文本,即鹅说与大雁说更合情理。龟婆孵蛋,生出松恩、松桑,与鹅、大雁生蛋孵人祖昂、固昂,都是典型的人类起源神话。而略松、枪起已经是人,说她们怀孕后生蛋并孵蛋产出人类以及其他动物,有点类似汉族玄鸟生商神话,可能是后期演化的结果。以上这些神话，加上黔东南苗族关于蝴蝶生人的神话，可列表如下：

1. 蝴蝶 ………………………（卵生）………………………姜央、虎等
2. 蝴蝶…务枪务起、务略勾松…（卵生）………………………姜央、虎等
3. 乌龟 ………………………（卵生）…松恩、松桑…王素…姜良、姜妹
4. 鹅 …………………………（卵生）………………………昂、妹等
5. 大雁 ………………………（卵生）………………………固昂、妹等
6. 蝴蝶 …………蜻蜓 ………（卵生）………………………顶劳
7. 人 …………………………（卵生）………………………欧

综观以上苗族的蝴蝶说、蜻蜓说、鹅说、大雁说与人祖说以及侗族的乌龟说，笔者认为，从与水泡游方而产卵来看，蜻蜓说似乎更为原始；而从卵生这一特点来看，则以鹅说、大雁说甚至侗族的乌龟说似乎更为原始。

七、穿山甲

关于穿山甲，严格来说，还不能算有这么一个故事，只能说有这么一种说法，说是鱼变成的，就像魔芋被说成是蝴蝶变的一样。我只听吴光耀说过一次，如果把这也看成一个故事，这个故事暂且可以取名为《穿山甲是鱼变的》。因这种说法与形象以及名称有关，涉及故事的形成思维，故也暂且作为资料放到这里。访谈如下：

访谈对象： 吴光耀（享酿，男，61岁，在排烧上完六年级）
访谈时间： 2005年8月4日晚上

访谈地点：　一家姓吴的人家

其他在场人：　多人

访谈情境：　与吴光耀一起晚上到一家姓吴的人家家里做砍板凳仪式，交牲完，大家休息，其间他讲了一些故事

录音编号：　20050804 排烧苗族口头文学访谈 15

吴光耀：　穿山甲排烧苗语叫 vo^{31}，小的叫 vo^{31}nai^{53}zai^{33}，大的叫 vo^{31}nai^{53}hxi^{33}。其中的 nai^{53} 就是鱼的意思。变成小穿山甲的鱼叫 nai^{53}zai^{33}，这种鱼有六七斤，变成大穿山甲的鱼叫 nai^{53}hxi^{33}，这种鱼有十多斤。在野外走，如果看见死的耗子、麻雀、老蛇等，如果你直接说出来，就会得病。用鬼来解的时候，不说穿山甲，而是说鱼，说"你成了老变妈，跑到山上成了穿山甲，我们拿这个鸡来供你，你不要作祟了"。这样病就会好。

吴晓东：　鱼为什么会跑到山上去？

吴光耀：　它跑了，它不爱在水里面了。鱼发疯了才跑。

这个说法看起来比较诡异，其实完全出于一种联想，穿山甲有鳞甲，像鱼，容易被与鱼联系起来。这个说法已经有一丁点故事的元素，说鱼疯了，才跑到陆地上去，变成了穿山甲。

八、蛇郎

蛇郎的故事在中国流传得比较广，在艾伯华的《中国民间故事类型》里列为"31.蛇郎"。故事梗概是说，有几姊妹，只有妹妹肯嫁给

蛇郎，嫁了之后很幸福，姐姐们把她害死，取代她。后来姐姐受到惩罚。这个故事在排烧也有流传：

访谈对象：　罗春琴（女，小学五年级学生）
访谈时间：　2005年8月5日下午
访谈地点：　罗鸿德家走廊上
其他在场人：罗铃等
访谈情境：　我去找罗鸿德老人，他不在家，碰见他孙女罗铃、罗春琴以及其他小女孩在一起玩，于是便问她们一些故事。她们都很乐意和我说话，并且用的是普通话
录音编号：　20050805排烧苗族口头文学访谈03

罗春铃：　吴老师和那个什么，我都不认识，他还跟他们说什么蛇的故事。蛇咬人！
吴晓东：　我没听说过。
罗春铃：　蛇娶老~，蛇娶人呀。
吴晓东：　哦，好像听说过。是怎么讲的，你给我讲讲。
罗春铃：　忘记了。
吴晓东：　忘记了？
罗春铃：　是呀。
吴晓东：　蛇娶一个妻子。是吗？
罗春铃：　是呀。
吴晓东：　那蛇是男的？
罗春铃：　是呀。过去有三姐妹，蛇要她们中的一个嫁它。大

姐不愿意；二姐也不愿意。蛇说："你们都不嫁我，我要咬你们。"这样，小妹才嫁给它。有一天，蛇与妻子去走亲戚，半路，蛇对妻子说："铜鼓等芦笙，你在此等我。我要去小便。"然后蛇去脱胎换骨，变成一个漂亮的男子，来到妻子边，妻子说："我嫁的是蛇，不是你。"蛇说就是它。

可能是涉及婚嫁，罗春铃不太好意思说，一开始说忘了，后来虽没有说完整，但从前面的表述看，她很清楚这个故事，比如"铜鼓等芦笙，你在此等我"这个句子，不会是她临时讲故事自己的表达。

九、屎壳郎

很多地方流传着"牛为什么耕田的故事"，说是人派牛上天去问天神，一天吃几次饭，神说三天吃一次，结果，牛说反了，说一天吃三次，这样，粮食不够吃，就让牛去犁田种粮食。这个故事类型流传到排烧，主角变成了屎壳郎，也叫滚屎虫。吴光耀是这样讲述这个故事的：

文本一

访谈对象：　吴光耀（享酿，男，61岁，在排烧上完六年级）
访谈时间：　2005年8月4日上午
访谈地点：　在从排烧大寨去小寨的路上
其他在场人：无
访谈情境：　吴光耀去为小寨的一户人家做砍板凳仪式，路上我
　　　　　　问他一些问题，一路聊过去
访谈编号：　20050804排烧苗族口头文学访谈04

吴光耀： 关于屎壳郎也有故事。屎壳郎在排烧苗语中叫"苟过嘎"。以前雷公交代说，人三天吃一顿饭，屎壳郎回到人间传达说，雷公说让你们一天吃三顿饭。雷公问它，你说了吗？说了，你怎么说的，我说一天吃三顿饭。雷公一听，糟了糟了。你到路边去挖坑，人拉屎你把屎拿去埋。

这个故事的结果与上文的"牛为什么耕田？"的故事不一样，人一天吃三顿的结果不是粮食不够，而是拉屎拉多了，臭，需要埋。

在贵州黔东南的丹寨苗族地区，也有关于屎壳郎的故事，叫《滚屎虫为哪样滚屎》[①]，是讲皇帝外游时看见三泡稀屎，觉得太脏了，说人吃得太多了就容易拉稀，下令让人间一天只吃一顿。结果人没有力气干农活，滚屎虫见状，去央求皇帝让人们一天吃三顿，并答应屎由它来滚去埋了。这样，皇帝才允许人们一天吃三顿。这个故事与笔者访谈所得的以上的文本在逻辑上是一样的，即人一天吃三顿吃多了，所拉的屎便由造成这一事实的滚屎虫来处理。

主角由牛变成了屎壳郎之后，故事情节也发生了一些变异，不再是人们粮食不够吃，而是人吃多了会拉很多屎，到处都是臭的，就要屎壳郎去埋屎。那么，主角牛怎么会变成屎壳郎了呢？其中衔接的地方在哪里呢？笔者在排烧还采录到另一个文本，可以提供一点线索。这个文本是排烧小学的张文兴老师讲述的：

文本二

访谈对象： 张文兴（男，排烧小学老师，水族）

[①] 丹寨县民委、丹寨文化馆编印：《丹寨民间文学资料》第三集，1986年。

访谈时间：　　2005年8月7日傍晚
访谈地点：　　吴光耀家
其他在场人：　吴光耀、石光全
访谈情境：　　白天我买了半边猪头，晚上在吴光耀家煮吃，在排烧小学当老师的张文兴与吴光耀的亲家石光全也一起来吃，开饭前我们一起聊天讲故事，小孩打闹声大，电扇杂音大，录音效果不是很理想
录音编号：　　20050807排烧苗族口头文学访谈04

张文兴：　我摆个故事，这个滚屎虫，有个来历。

吴晓东：　哪样的来历？

张文兴：　有个来历。它讲，说的话，它说错了，据老人说这个滚屎虫它有一个故事。

吴晓东：　哦，滚屎虫。[转对吴光耀]就是那天说的那个啊？

吴光耀：　嗯。

张文兴：　滚屎虫呢它说是天上的仙人下凡下来，下凡到人间来，就是说，三分田地~一分荒山。它讲反了，它说是一分田地，三分荒山。那么后来现在这个~这个世间人间开的田呢就是田很少，荒山多。

/石光全：　才好放牛，嘿嘿嘿。

张文兴：　这种，后来回去呢仙人才问它，你是怎么讲的？它讲，哦，一分田地，三分荒山。好，那就说，它又讲，它讲，仙人告诉他说你到人间去讲，三分荒山，它讲一分是荒山，讲反的了。好了，他就说，仙人就讲，你这个讲的话呢，人多了，屎多了，臭了，

那怎么办？哪个滚那个屎的话哪个埋，现在那个滚屎虫呢，牛便也是它滚了以后呢拿去埋。这就是滚屎虫的故事。嗯。

张文兴说的这个故事逻辑性比较差一点，我不知道是由于他个人表述的原因，还是由于这是一个过渡性的文本。这个文本主角还是屎壳郎，也就是故事中的"滚屎虫"，主角是它，自然会与滚屎有关。滚屎，是因为屎多，屎多是因为拉得多，拉得多是因为吃得多，吃得多应该是因为吃得次数多，也就是上文那个文本所说的"一天吃三餐"。可是这个文本却说臭的原因是人多，且人多与荒山、田地的数量的关系在这里很不符合逻辑：即一份田地、三份荒山怎么就产生了人多的结果呢？是否因为田地不够，人显得多了？如果真是这样，这里的逻辑还真有意思。这里说的人多了，其实是因为地少了，地不够，人才多了。而地少了，可以与牛犁田的文本联系起来：因为地不够，才让牛去犁田开荒。可是故事的发展没有把"地不够"作为发展点，而是以"人多"作为发展点。人多了，拉的也就多，也就臭，这自然就演化成了以屎壳郎为故事的主角。

十、猴子

关于人变猴子的故事，笔者在排烧采录到两个文本，一个是罗文先说的，当时没有录音，大意是这样的：

文本一

据说猴子原来是人。有一家人娃娃太多，饭不够吃。两位老人拿饭勺盛饭的时候，就被娃娃们抢光了，为此两位老人常常吃不上饭。有一晚，三更半夜想弄点饭吃，但熟之后找不到饭勺，原来孩子们把饭勺藏起来了，他们跑出来说："妈妈爸爸，饭勺在这里。"然后又把饭吃了，爸爸妈妈一口都吃不上，就说："你们太多了，我们都吃不上饭了。你们上山去算了。"这样，两位老人将孩子们送上山去，变成了猴子。在排烧寨，有这样的谚语："一男一女是支花，孩子多了累爹妈！"

另一文本是访谈吴光耀时他说的，大体一样，但没有罗文先所说的详细。访谈如下：

文本二

访谈对象： 吴光耀（享酿，男，61岁，在排烧上完六年级）
访谈时间： 2005年8月4日上午
访谈地点： 在从排烧大寨去小寨的路上
其他在场人：无
访谈情境： 吴光耀去为小寨的一户人家做砍板凳仪式，路上我问他一些问题，一路聊过去
访谈编号： 20050804排烧苗族口头文学访谈16

吴晓东：   好，你摆。
吴光耀：   好。现在搞计划生育了，以前没有搞计划生育，一个老人养小个（孩子）多多的。养不得了，饭呢没有饭吃。她拿〈孩子们〉去坡上放，〈让他们〉找那些野果吃，找那个范吃。她说："我养不动你们了。"〈孩子们〉去久了，吃野果吃多了，〈他们〉回来没

有饭吃。他〈们〉说:"妈,现在那些范当我们的饭,树子当我们的家,我们去了,我们不来了,妈。"他们变成猴子了。

吴光耀的讲述在父母将孩子送上山之后的细节多一点,孩子在山上吃野范吃习惯了,不回家了,变成了猴子。

十一、太阳与月亮

这是关于太阳为什么在白天出现,而月亮为什么在晚上出现的解释。这涉及对太阳、月亮性别的认知。在排烧,这里认为太阳是女的,而月亮是男的。这与目前流行的"太阳公公""月亮婆婆"的说法正好相反。这个神话的其他异文,请参考对立模式的"太阳—蚯蚓"。

访谈对象: 罗铃(11岁,女,小学生,罗鸿德的大孙女)
访谈时间: 2005年8月5日下午
访谈地点: 罗铃家走廊上
其他在场人:罗春琴等
访谈情境: 我去找罗鸿德老人,他不在家,碰见他孙女罗铃、罗春琴以及其他小女孩在一起玩,于是便问她们一些故事。她们都很乐意和我说话,并且用的是普通话
录音编号: 20050805排烧苗族口头文学访谈03

吴晓东: 有蚯蚓偷太阳的项圈这个故事吗?
罗　铃: 没听说过。

吴晓东：又说那个什么太阳是个女的，她很害羞，不敢走夜路。

罗　铃：那个不是啊！我听说太阳是女的，月亮是男的。太阳说："我是女的，我不好走白天，可是我不走白天，晚上我又不敢。"那么个什么~

/吴晓东：神仙？

罗　铃：是啊，那个神仙跟她，跟太阳说："我们拿针给你，等人看上来，你就刺他的眼睛，他就不敢看上来了。"这样，太阳就走白天，月亮就走晚上了。

关于太阳、月亮的性别，有一个很长的不稳定时期，这是因为早期古人普遍将太阳、月亮视为天的眼睛，无论是太阳还是月亮，都统称为"眼"的原始音，不加区分。经过很长的演变，人们才加以区分，语音也才分化出"日""月"来。在趋于稳定之前，日、月在名称上经常混同，性别也说法不一。

十二、马桑树

在排烧，射日故事之后的发展方向有两个，一个是"太阳—蚯蚓"的故事。这一情节对蚯蚓特点作出了解释，蚯蚓的颈部有一圈是白的，当地人传说那是太阳的项圈，蚯蚓偷了太阳的项圈，所以太阳要报复蚯蚓。太阳一出来，天热，蚯蚓跳出土外，被晒死。另一个发展方向是马桑树的故事。这一方向解释马桑树矮的特点。马桑树在排烧叫 tu^{35}vi^{42}a^{44}，这是一种永远长不高的树。人们传说其永远长不高是因为人们爬上这种树去射太阳，后来雷公或太阳生气了，将它踩矮了。射太阳而雷公为什么生气？故事的叙事者解释不清，可能是这一环节叙事者在认知上并不是很清晰，总之树是被踩矮了。

文本一

访谈对象：　吴祖祥（原村支书，50多岁，男）
访谈时间：　2005年8月3日上午
访谈地点：　吴祖祥家大门前的走廊上
其他在场人：无
访谈情境：　因村子里的水池坏了需要修理，吴祖祥从牛棚回家来处理这事。在水来之前他没事，于是我们两个坐在大门前的凉竹沙发上闲聊天，我根据自己知道的一些故事逐一问他
录音编号：　20050803排烧苗族口头文学访谈02

吴晓东：　马桑树的故事呢？
吴祖祥：　马桑树是哪样树子？
吴晓东：　就是那种长了就弯，长了就弯的那种。
吴祖祥：　哦！那种，我听来人摆过点点。以前听老人摆，那个树高老火（非常高），高到天上去。晓得是哪个朝代去了，开天立地以后了嘛，天上有七个月亮七个太阳嘞。老人那种讲嘞。那种呢，老人就爬那个树子，打那个太阳那个月亮去，只留一个了。它太多了它，哎哟，人都在不得（活不成了）。太烫了嘛，爬那个树子，去打那个太阳，才不太热。太阳气了，那个树子一高人就爬它上来，太阳就踩啊，它就弯下来，长不高。

吴晓东：　马桑树苗语怎么说？

吴祖祥：　苋未阿。

文本二

访谈对象：　石有高（村支书，男，38岁）

访谈时间：　2005年8月2日晚上

访谈地点：　石有高家大门口前

其他在场人：　吴光耀

访谈情境：　吃完晚饭，石有高、吴光耀和我坐在走廊上聊天讲故事，下面是一片竹林。天已经黑了，青蛙叫声不断。石有高的妻子与孩子在家里看电视

录音编号：　20050802排烧苗族口头文学访谈07

吴晓东：　那马桑树的故事呢？就是爬到马桑树上去打那个太阳了嘛？

石有高：　哦，那个，也听摆过。以前那个马桑树比较高啊。以前我们这里打新雷啊，第一次打雷了嘛，初次打雷，都必须爬马桑树去拿枪去比（瞄准），比到起天打了嘛。① 以前马桑树比较高，现在就倒起来，最矮。它遭那个雷来踩。它一高点点就自然倒下去，高点点就自然倒下去，越高越倒。我听摆这种。

---

① 对着天开枪。

文本三

访谈对象： 石光全（50岁，男）
访谈时间： 2005年8月3日下午
访谈地点： 石光全正在建的新屋
其他在场人：吴祖松（石光全女婿）、石光能（40多岁，石光全堂弟）
访谈情境： 当时他们正在装新房的楼板，锯木板的杂音很大。我在他们那里先聊天，然后问一些故事传说。石光全边劳作边给我讲
录音编号： 20050803排烧苗族口头文学访谈05

吴晓东： 有人说以前太阳太多了，后来有人去打下来。这个故事听说过吗？

石光全： 听说过。

吴晓东： 你听说的是什么样子的？

石光全： 听说是，有，那些老人以前有一种树，那树高高的，高到云层那里去。太阳当时有七个还是九个。太阳呢烫老火，树草都不好生，所以呢，那些老人拿，以前没有枪，就是拿箭射了嘛。射了只留一个，现在太阳只有一个了。

吴晓东： 然后呢？

石光全： 有一棵树，这种树子这里没有，那里有。那种树子高高的，爬那棵树子上去射，那个太阳落下来。

吴晓东： 那个树子喊哪样？

石光全： 那个树子喊苑未阿。雷公踩那种树子，那种树子现

在长不高。

吴晓东：　雷公为哪样要踩它？

石光全：　人们爬上去射太阳。

吴晓东：　问题是爬上去是射太阳又不是射雷公，雷公为哪样要踩它？

石光全：　不是射雷公，但是雷公又搞那种啊。现在那种树子越长就越弓腰。

文本四

访谈对象：　吴农爹（孤寡老人，60岁，男，不识字）
访谈时间：　2005 年 7 月 30 日晚上
访谈地点：　吴农爹的小房子里
其他在场人：无
访谈情境：　吴农爹在自己的黑暗的小房里做饭，没有灯，几乎是摸黑。我路过，他叫我进去坐，我就去了，找了块板子坐下。我们两个，加上他喂的几只鸡和一个几块石头搭起来的锅，小房子就满了。边看他煮菜边与他聊天，等适应了之后便开始问他故事
录音编号：　20050730 排烧苗族口头文学调查 05

吴晓东：　太阳的故事你晓得吗？以前有八九个太阳在天上，太热了。这个故事你晓得吗？

吴农爹：　太阳啊，以前开天立地，七个太阳七个月子。辣老火了，溶那些岩石，做活路没成了。才有那个树子，我没晓得喊哪样树子，你们客话讲哪样我不会

讲，人才爬那个树子去，高高的，去天上那里，打枪，打那个太阳，打六个太阳，打六个月子。一样丢（留）一个，月亮也丢（留）一个，太阳也丢（留）一个。太阳讲："你们爬那个树子来打枪，我们出来踩那个树子。"那个树子才没高了，高点它又成这种，驼背了嘛。这刚（现在）那个树子〈只要〉高点太阳〈就〉踩，〈只要〉高点太阳〈就〉踩。

文本五

访谈对象：   吴祖文（40岁，男）
访谈时间：   2005年8月6日下午
访谈地点：   吴祖文家
其他在场人： 吴光耀、吴胜华（吴祖文父亲）
访谈情境：   我们从村外的一棵枫树下刚做引魂仪式回来，吴祖文做完饭后我们一起吃饭，饭后我们一起聊天
录音编号：   20050806排烧苗族口头文学访谈01

吴晓东： 蕨菜和大米啦。
吴祖文： 啊，没听过。
吴晓东： 没听过啊，我看啊，说以前那个太阳有七个还是九个，太多了，太热了。
/吴祖文： 十二个。
吴晓东： 这个呢，听过是吗？
吴祖文： 听摆那种，也还没听摆～摆～摆透过。
吴晓东： 有人爬～爬一个树子，把那个太阳～

/吴祖文： 打下来。

吴晓东： 打下来。这个听摆过。还有那个~

吴祖文： 马桑树~爬去打那种，这刚（现在）太阳才踩~这刚那个树子矮矮啊，成拱~拱背那种。

吴晓东： 哦，这样的。说以前涨那个大水，把那边人全部给淹死了，只剩下一对兄妹，那个故事晓得吗？

吴祖文： 听摆过。

吴晓东： 听摆过。

文本六

访谈对象： 罗转贵（男，14岁，小学刚毕业，准备去县中学上学），罗鸿军（男，11岁）

访谈时间： 2005年8月7日上午

访谈地点： 罗转贵家

其他在场人：无

访谈情境： 早上去村电工罗运辉家想让他帮修一下电路，他上山割牛草去了，他儿子罗转贵与另一个叫罗鸿军的小男孩在煮面条，我坐下来等罗运辉，顺便访谈了两位小男孩，看他们对我已经搜集到的一些故事的了解程度。因为他们主动与我说普通话，所以访谈是用普通话进行的

录音编号： 20050807排烧苗族口头文学访谈01

吴晓东： 我再问你鸿军，说以前有很多那个太阳，很多月亮，后来有人去把太阳和月亮给射下来了，这个故事你

	听说过吗？
罗鸿军：	听说过。
吴晓东：	听说过。
/罗转贵：	后羿，后羿射日。
吴晓东：	你能给我摆一下吗？我看你听说过的是什么样子的。
/罗转贵：	那也有一种后羿射的，还有一种听老人说的。
吴晓东：	你先说一说，如果……
罗鸿军：	我听说是后羿射的。
吴晓东：	后羿射的啊。那你说说，具体的，摆一下。[等了一会儿之后]说一下嘛，要什么紧。
罗鸿军：	我只能用苗话。
吴晓东：	你用苗话，[转向转贵]然后转贵给我翻译，好吗？
罗转贵：	嗯。
罗鸿军：	＿＿＿＿巴啦咯①。
罗转贵：	他说是以前有九～九日十月嘛。
/吴晓东：	九个～九日十月。
罗转贵：	九个人把它射下来。
吴晓东：	就完了？
罗转贵：	九个人射下七个，还剩两个，后羿射一个。
吴晓东：	哦，这样的。就完了是吗？
罗转贵：	嗯。
吴晓东：	那个～那个马桑树，知道马桑树吗？[转向转贵]你

---

① 苗语，只听清楚"后羿"一词和"巴啦咯"三字，根据我会说的东部方言猜测，"巴啦咯"是"射下来"的意思。

知道吗？

罗转贵：马桑树是哪个树？

吴晓东：它长不高，长着长着就弯下来，长着长着就弯下来。

罗转贵：哦，那个树知道。

吴晓东[转向罗鸿军]：你知道吗？

/罗转贵：＿＿＿＿（苗语）以前老人爬那棵树是射日的嘛。

吴晓东：哦哦哦，你给我摆一下这个故事，马桑树的故事。

罗转贵：以前也是有九个太阳十个月亮嘛，所以呢，九个太阳很热很热，天下苍生都不得安宁嘛。然后那些老人就去找那把~箭，然后就~那个后羿射，射日。射掉八个后，那老天很发气（生气），以前那九个太阳，那，是玉帝的九个儿子嘛。

吴晓东：玉帝的九个儿子？那些太阳是吗？

罗转贵：嗯，玉帝就很生气，把那树跺下来，然后，从此这棵树就一直长不高了。

吴晓东：哦哦哦。

罗转贵：长了它就弯长了它就弯。

吴晓东：你这故事是书上听来的还是听老人说的？

罗转贵：听老人说的。

吴晓东：具体是听哪一个老人说的？爸爸？

罗转贵：嗯~外婆说的。

吴晓东：外婆？

罗转贵：嗯。

吴晓东：你外婆知道那个玉帝？

罗转贵：她就说玉帝就是天上的神嘛，她就说，她就说苟蒿

（苗语）嘛。

吴晓东：　苟蒿？

罗转贵：　苟蒿，是我们苗话说苟蒿。

吴晓东：　苟蒿。

罗转贵：　所以我就说玉帝[笑]。

吴晓东：　哦，是你自己翻译的是吗？

罗转贵：　嗯。

吴晓东：　苟蒿是天上的一个神仙是吗？

罗转贵：　嗯。

吴晓东：　那你刚才说那个后羿在苗语里你怎么说呢？

罗转贵：　我们就说后羿。

吴晓东：　那你刚才说是听外婆〈讲的〉是吗？

罗转贵：　嗯。

吴晓东：　外婆知道后羿这个人吗？

罗转贵：　〈她〉不知道，也许知道。

吴晓东：　那你刚才说的这个，这个后羿这个词是你自己想的还是当时你外婆说的这个？

罗转贵：　不是，我从书上看来的也有。

吴晓东：　哦，是这样的。你就结合起来讲了，是吗？

罗转贵：　嗯。

吴晓东：　哦，是这样的。你刚才说的那个，射太阳的那个，苗族人说是哪一个人呢？如果不是后羿，老人说是谁射的太阳呢？

罗转贵：　他〈们〉只是说老人老人。

吴晓东：　只是说有一个人，没〈具体〉说是谁？

罗转贵：	嗯。
吴晓东：	那你刚才说的那个人的名字是什么意思？苟什么？
罗转贵：	苟蒿。
吴晓东：	苟蒿。苟是"老爷爷"的意思是吗？
罗转贵：	嗯。
吴晓东：	蒿是什么意思呢？
罗转贵：	蒿就是雷啊。

文本七

访谈对象：	吴昌文（男，80岁，吴祖明的父亲，参加过抗美援朝）
访谈时间：	2005年8月8日上午
访谈地点：	吴祖明家门前的走廊上
其他在场人：	无
访谈情境：	当天吴光耀为吴祖明家做祭娃娃神仪式，此仪式的祭品是一只小狗，在他们处理狗期间，我采访了吴昌文，他年纪虽大，但头脑特别清楚，也比较轻松自如
录音编号：	20050808排烧苗族口头文学访谈02

吴晓东：	马桑树晓得吗？
吴昌文：	马桑树？
吴晓东：	矮矮的长不高，长了又弯了，长了又弯了那种。
吴昌文：	不懂。
吴晓东：	那不要紧。听说以前有七个太阳还是九个太阳，多

个太阳。

/吴昌文： 嗯，以前有！

吴晓东： 多个太阳，多个月亮，啊？

吴昌文： 嗯！九个太阳！

吴晓东： 嗯，这个故事你给我摆一下。

吴昌文： 哦，九个太阳？［高兴］，有那个树子的话呢，喊做～晓得是哪样树。那个树子呢，以前的话呢，太阳厉害，人在下面着不住（抵不住）。才爬上去拿枪打，打太阳。拿枪去打，以前去爬那个树子，爬那个我们喊作～马桑树还是哪样子，恐怕也是那个树了。爬那个树的话呢，那个树子又高，爬到树尖离太阳不远，就打太阳打落下来了。所以太阳生气，太阳就踩嘛，踩嘛现在那个树子，我晓得是勾（弯曲），尖尖大像手杆，它尖尖总是要往下勾。太阳才去踩。意思就这种哦。

吴晓东： 哦。那种树叫～那种树苗话叫哪样？

吴昌文： 菀未，菀未啊。

吴晓东： 菀未啊。有的人叫豆计？

吴昌文： 豆计？

吴晓东： 豆计是一样的吗？

吴昌文： 豆计不高，不比那个菀未啊高。

吴晓东： 豆计和菀未啊是同一种树吗？

吴昌文： 不是。豆计是大，两三抱大也有；菀未啊呢，高。

马桑树为什么变缕的故事情节是怎么来的，笔者在《〈山海经〉语

境重建与神话解读》一书中做过一些论述,扶桑神话有两条演变路线:

1. 日出扶桑 — 东方极地 — 扶桑国 — 日本国

2. 日出扶桑 — 踩着扶桑射日 — 马桑树由原来的高大乔木变成目前的低矮树木。

扶桑,如今已经成了东极日出的象征,但是,在《大荒东经》里它并不是出现在东边最中间的坐标山,即对应东极的鞠陵于天山,而是在旁边的孽摇頵羝山,可见《大荒经》只是一种写实的记述而已,并没有把它作为东极的象征。在《大荒经》著者的眼里,日出的点不止有扶桑树的孽摇頵羝山一处,而是从最南边的大言山到最北边的壑明俊疾山之间的整个区域,其中重点观测的有七个点,即东边的七座坐标山,孽摇頵羝只不过是其中的一座。树木作为坐标山山上更精确的参照物,只是对自然物的利用而已,有则用,没有就不用。正因为如此,在整个《大荒经》里,出现类似树木的山不多,只有两棵,在《大荒西经》的方山上也出现一棵:"大荒之中,有方山者,上有青树,名曰柜格之松,日月所出入也。"方山是《大荒西经》里七座"大荒之中"坐标山最靠北的一座,其上的柜格之松从名称上露出了些许作为参照物的蛛丝马迹。格乃格物,具有对照的意思。由于这棵柜格之松没有被渲染,所以不像扶桑树那样被后人广为流传。

由于脱离了《大荒经》的叙事语境,扶桑被想象为东极的一棵神树,并认为那里有一个扶桑国,最后还把这个想象中的扶桑国坐实为现实中的日本国。日本人不自觉地接受了这一外来的他称,致使如今的日本国旗成了一面太阳旗,因为扶桑是日出的地方。

扶桑在文献古籍中也当作一种现实的树来记载,《梁书·诸夷传》说到过高句丽、百济、新罗、倭国、文身国、大汉国、扶桑国,其中扶桑国"其土多扶桑故以为名,扶桑叶似桐而初生为笋,国人食之。实如梨而赤。绩其皮为布，以为衣，亦以为棉。作板屋，无城郭有文字，以扶桑皮为纸"。一些学者便是根据这一记载，猜测扶桑当为玉米、棉花等各种植物。其实，扶桑国正是从扶桑被传为日出之处演变而来的，先有以扶桑观测日出的原型，发展到"日出扶桑"的神话，再发展扶桑为东边一个遥远的国度，再演变到扶桑国"多扶桑故以为名"。我们不能轻易否认《梁书·诸夷传》中的扶桑国为伪造，但这与哥伦布发现新大陆之后认为自己到了印度没有什么二致。某位航海者在脑子里先有了"东方有一个扶桑国"的概念，然后自己到达了某一个岛屿，便以为自己到的就是传说中的扶桑国。又因为自己并不知道什么是扶桑，便将扶桑附会到当地盛产的某一种植物，并加以描绘。所以，根据这种描绘推导出的，只能是那位航海者见到的那种植物，而绝不会是《大荒经》里扶桑的原型。

《海外东经》里的扶桑，在《大荒东经》里称为扶木，在《五藏山经》里写为榑木，这种树到底是一种什么树？这种树虽然不可能如文中夸张的"柱三百里"，但作为观测日月的坐标，一定会非常伟岸高大。现实中并没有一种叫扶桑的树。有学者考证，扶桑的"扶"是大的意思。[①]那么，扶桑无非就是大桑树。桑科，约有55属，1400余种，主要产于热带和亚热带。我国有17属或18属，约150种，各地均有分布，主要产于长江以南各地。这是植物学上的分类，在现实生活中，所说的桑树是一种落叶乔木，叶子可以养蚕，果穗叫桑葚，紫色或黑色。目前所见到的桑树，一般都不是很高大，那么现实中是否存在高大的桑树？据《长沙晚报》2009年6月9日的报道，在湖南株洲炎陵县中村乡道

---

① 何新：《诸神的起源——中国远古太阳神崇拜》，北京：光明日报出版社，1996年，第156页。

任村发现了一棵目前已知世界最高大的桑树，其径围 3.3 米，高 21 米，冠径 13.6 米，树皮粗糙，深褐色，枝繁叶茂，树龄已达 500 年，属于野生古代华桑。可见桑树可以是很高大的乔木，可以作为远方山顶上用来观测日出位置的参照物。

桑树在西南少数民族口头神话中普遍传说成可以通天的大树，排烧苗寨的传说也一样，英雄射日就是爬上这棵伸展到高空的神树才将并出的太阳射落下来。由于同有一个"桑"字，这种高大伟岸的桑树，在射日神话上千年的流传过程中，被误解为中国西南等地盛产的低矮的马桑树。马桑树亦称"千年红""马鞍子"，马桑科，落叶灌木，多生于山地灌丛中，多枝丛生成一簇，枝易脆、弯曲。在中国西南，一般见不到高大的桑树，所以射日神话都附会到这种低矮而弯曲的马桑树，并发展出射日神话新的情节。在将射日神话由高大乔木桑树附会到马桑树的时候，给了神话一个生长点，即解释为什么高大的桑树会变得又矮又弯曲。

十三、星星与萤火虫

可以说，排烧苗族与天文有关的神话并不是很发达，既没有祭祀日神的信仰仪式，也没有相关的月神崇拜。其流行的射日神话，也为其他地区与民族所共有。排烧也有关于星星和萤火虫形成的神话，与火联系在一起。

这则神话暂且可以取名为《星星与萤火虫是怎样形成的？》，因讲述时没有录音，是根据讲述者讲完之后回忆整理的。第一个文本是根据吴光耀的讲述回忆记录下来的：

有两个人，天上的那个叫上高，地上的叫下高。他们争一个叫 nong^{51}te^{35} 的漂亮姑娘。他们打了起来，打得天翻地覆，闪了火花。大的就成了星星，小的就成了萤火虫。后来，上高抢了姑娘的头部，下高抢了姑娘的下半身。

另一文本为是李玉军讲述的：

  上高与下高打架的时候，太阳与月亮被打烂了，他们重新打造太阳与月亮。打造时，往上飞的火星就变成了星星，往下溅的就成了萤火虫（kie^{33}nong^{33}）。

这个故事在认知上将星星与萤火虫归为同一类型的东西，当地人认为两者都会闪光。闪光与火有关系，所以星星与萤火虫都被认为是火星变成的。彗星也是星的一种，排烧人认为彗星的划过预示着火灾的来临。

十四、细腰蜂

前文已经介绍排烧这里对蜂类的认知非常细致，可以区分 20 多种不同的蜂种，也有一些关于蜂的神话与故事。前文介绍了"马蜂—蜜蜂"这一对立结构模式的故事，这里再介绍细腰蜂这非对立结构的故事。

访谈对象：　张文兴（男，排烧小学老师，水族）
访谈时间：　2005 年 8 月 7 日傍晚
访谈地点：　吴光耀家
其他在场人：吴光耀、石光全
访谈情境：　白天我买了半边猪头，晚上在吴光耀家煮吃，在排

烧小学当老师的张文兴与吴光耀的亲家石光全也一起来吃，开饭前我们一起聊天讲故事，小孩打闹声大，电扇杂音大，录音效果欠佳

录音编号：　20050807 排烧苗族口头文学访谈 04

张文兴：　第二个故事是＿＿＿＿和细腰蜂。①

吴晓东：　细腰的那种蜂子？

张文兴：　哎，对。细腰蜂呢为什么现在捉蜘蛛，这个这个，锥崽，什么原因呢？

吴晓东：　吹它的崽？

张文兴：　蜘蛛嘞，它捉那个蜘蛛嘞，＿＿＿＿一般五个窝窝，一般在棚棚。这两天，它正在锥，生崽崽。那么是什么原因呢？就是说，那个细腰蜂过去仙人叫它背仙人背上天去。那个背带呢就把它的肚子捆久了，背太久了，那就把肚子捆细了。细了它就跟仙人反映说，现在我把你背到天上来了，这么远，把我肚子都捆这个细了，我怎么生崽呢？我无法生崽了，无法怀孕了。那么仙人就说，那只有你去灭那个蜘蛛，＿＿＿＿哦，你，现在没有肚子生崽的话，要蜘蛛来，就就就，要你搬来＿＿＿＿窝窝呢，天天去锥它。所以现在呢，那个细腰蜂呢，它找，它先找那个棉花来＿＿＿＿小窝窝，有的有手指这么大一点，一个窝窝有四五个蜘蛛。＿＿＿＿叫哼哼哼——哼哼

---

① 从后面的讲述看，听不清的部分当是"蜘蛛"。

哼——每天在叫，过了久以后呢，蜘蛛就变成愳愳了。
这就是细腰蜂的故事。

吴晓东： 哦，这样子的。

这是解释细腰蜂产卵特点的故事。细腰蜂其实是利用蜘蛛作为产卵的地方，它先杀死蜘蛛，并将卵产在蜘蛛体内，小细腰蜂出生之后，可以以蜘蛛的身体作为食物。排烧这里流传的这一故事将细腰蜂的细腰特点结合起来，说细腰蜂因为背仙人上天把腰捆细了，不能怀孕产子了，仙人便允许它借用蜘蛛来产子。

十五、蚂蚁

排烧村民对以下几种蚂蚁比较熟悉：一种叫 ke^{44}pi^{35}eu^{44}，可入药；一种叫 ke^{44}pi^{35}te^{51}，肚子大，不叮人，长腰，黑色。一种叫 ke^{44}pi^{35}ju^{44}，这种蚂蚁叮人。有一种叫 ke^{44}pi^{35}seu^{35} 的红蚂蚁，它们喜欢在树上爬，往往成一条线。排烧人相信，这种蚂蚁所在的树容易被雷霹，雷霹有这种蚂蚁的树时，多是顺着蚂蚁爬的那条线，所以下雨的时候，要是在树下躲雨，要先看看那树是否有这种蚂蚁，以免被雷击中。关于蚂蚁有下面这个故事：

文本一

访谈对象： 吴祖帮（30岁，吴光耀的二儿子）
访谈时间： 2005年8月1日晚上
访谈地点： 吴祖帮家
访谈情境： 在吴祖帮家问他各种蚂蚁的名称，然后他给讲了以下故事

录音编号：　20050801 排烧苗族口头文学访谈 09

吴祖帮：　有一个老人，他有一个小孩，他叫人帮他小孩看看①，那人说："这个小孩以后要死在蚂蚁的头上。"人们奇怪，蚂蚁那样小，他怎么可能死在蚂蚁的头上？后来，那小孩长大了，有一次在山上，他看见那种蚂蚁，想起那算命先生的话，就恨那蚂蚁，就用镰刀的把手去敲那些蚂蚁，一边敲一边说："人家说我以后要死在你们的头上，我让你们先死！"在他敲蚂蚁的时候，镰刀正好砍了他的头，他就死了，应了"死在蚂蚁头上"的话。所以，人见了这种蚂蚁，都要用脚去踩。

文本二

访谈对象：　吴祖祥（原村支书，50多岁，男）
访谈时间：　2005年8月3日上午
访谈地点：　吴祖祥家大门前的走廊上
其他在场人：无
访谈情境：　因村子里的水池坏了需要修理，吴祖祥从牛棚回家来处理这事。在水来之前他没事，于是我们两个坐在大门前的凉竹沙发上闲聊天，我根据自己知道的一些故事逐一问他
录音编号：　20050803 排烧苗族口头文学访谈 02

---

① 指算命。

吴晓东： 还有一个就是"蚂蚁和一个人"的故事。

吴祖祥： 那个,我只懂有一种。一个人,我们少数民族爱拿去望(算命)了嘛,算命那些了嘛。得一个崽崽,他的父母拿去望。望呢,说,你这个崽崽哦,他这个命呢,以后要被一个蚂蚁害他,他就着(得)死。这种呢,拿去算命他又不保密,拿去讲。那个崽崽说,我就着给蚂蚁?不会吧,蚂蚁小小的,我着给它?好,有一天,他去坡,他去割草,他看见一个蚂蚁。他的镰刀呢,他又磨得快快的,见蚂蚁以后呢,你妈的,你妈的,我会死给你?好了,他拿镰刀去敲那个蚂蚁了嘛。哎哟,镰刀又快,自己割自己的颈子了,就是这种了。最简单的,那个是老火。证明望那个又对老火嘞。唉,小小的蚂蚁,我会死给你?搞你!没注意,镰刀又没翻口口到那边,翻口口来这边!你妈的,我死给你?好!一敲,哎哟!危险来了。嗯,我只懂这点,有这么回事。自己搞自己了嘛,哎哟!怪那个蚂蚁了嘛。那个算命的讲,以后要着一个蚂蚁害,他一听到,喔?他妈的,那个蚂蚁,着给你?哦,真的,狗日的,马上就着了,自己割自己的颈子了。

第三章 | 神话与故事的认知调查

排烧人对他们所讲述的那些神话故事持有不同的态度，在调查中发现，这些不同的态度主要是与他们所受的教育，以及辨别神话故事真实性的难度有关。

在田野作业的开始，笔者以为有些故事只是娱乐性的、虚构的，可是后来发现，讲述者绝大多数认为这都是真实的历史。在排烧，很多在笔者看来属于故事范畴的叙事真的就是"过去的事情"。其实，只要我们仔细琢磨一下"故事"这两个字，我们便能感受到，这个词汇产生之时人们是怎样理解故事的，它丝毫没有"虚假"的成分，而仅仅是指过去发生过的事情而已。在排烧，被要求摆故事的时候，讲述者很可能给你讲述身边发生的一些事情，对待故事也没有"神话"的神圣和"故事"不神圣的区分，都当作真的历史。

"以前的动物都会说话！"我的被访谈人吴光耀是一位享酿，他一再强调以前的动物会说话，"以前的动物都会说话，它们都去天上神仙那里告人的状，告人为什么吃它们。麻雀告人的状，人说你们吃了我们的庄稼，所以我们要吃你们。鱼也告人的状，说我们又不吃你们的庄稼，你们为啥要吃我们？人说，你们在水里拉屎拉尿，把我们喝的水弄脏了，所以我们要吃你们。想要我们不吃你们，你们就到岸上来住。鱼说，那我们来不了，人说，那我们就要吃你们。"

"以前的动物真的会说话？"我意识到他把这个神话当成了真的历史。

"真的会说话！牛也会说，猪也会说，老鼠也会……"

这让我十分惊奇！我没有预料到，在这个山村里，有人把这个神话当作真的历史。我想他们应该与我一样，只是说说而已，没料到会信以为真。后来，一位叫罗鸿德的老人也说，以前这里的人们有一个习俗，到河边钓鱼的时候，不能往河里拉屎拉尿，否则一天都钓不上一条鱼。为此，笔者在调查的过程中，有意识地问被访谈人对一些学者们认为是神话或故事的态度。那么，排烧人们对这些口头故事的态度又是怎样的？信其为历史还是仅仅是说着好玩？人们对某个故事的相信与否，其实完全取决于他们对某个事物的认知。

一、以前的动物都会说话：拟人与历史

"人—鱼"故事里有鱼状告人的情节。动物们到天上神仙那里状告人的行为，在学者们看来，仅仅是再普通不过的拟人手法。在分析这则神话的时候，也会说，使用了拟人的手法。"拟人"这个词，是以"不信其为真"为前提的，是拟，是模仿，不是真的。而对吴光耀来说，这不是"拟人"，是"以前的动物都会说话"，并以这句话作为故事的开头。

也是，在万物有灵观念笼罩的人们眼里，哪里有什么拟人手法，什么东西不能思考？什么东西不会说话？什么东西不会行走？既然会想、会说、会走，那动物上天上去告状，就没有什么不可能的。

神话，只存在于某些人的心里！对于你来说可能是神话，而对于他人却是历史，甚至可能是神圣的历史！对万物有灵观念笼罩下的人们来说，只有历史，没有神话，神话根本不存在。

所以，神话的产生，不是什么玄乎其玄的神话思维，而是源自你对它的可信度的否认。在此想借用数学的方式列出这样一个公式：

以前的动物都会说话：拟人＝历史：神话

为了深入了解这个问题，在调查期间笔者经常有意识地问被访谈人以及其他在场人对刚刚讲述过的故事的态度，问他们这个故事是假的还是真的历史。有一次，笔者还对两位同班同学的小学生专门做了一次这样的调查，不断地讲一些故事然后问他们对这个故事的看法。发现这两位学生对同一故事的态度往往不一样，虽然两人是同班同学，受到的学校教育是一样的，也就是说，他们的知识背景是一样的。一个故事是否被认为是真实的，往往与这个故事是否编得巧妙也有关。以下是笔者在当地的一些对待某些神话与故事的认知的访谈。

访谈一

访谈对象：　吴光耀（享酿，男，61 岁，在排烧上完六年级）
访谈时间：　2005 年 8 月 1 日晚上
访谈地点：　吴祖松家
其他在场人：吴祖松、吴祖帮、吴祖明等多人
访谈情境：　我们从牛棚回来，大家一起喝酒。白天就讲了不少故事，晚上继续讲
录音编号：　20050801 排烧苗族口头文学访谈 10

吴晓东：　以前样样都会讲话？
吴光耀：　牛讲赶先（牛先讲），牛讲："崽去耙田，他吃早饭他没解开犁，吃饭丢犁耙在田头。"好了，晚夜来家，那个牛讲，对那个老者讲："哼，今天你的崽崽拿我去耙田，没解我的索索，丢我在那里他回去吃

	早饭。我也饿了。"
/吴祖明：	没解牛枷。
吴光耀：	他老者讲："那种，有哪样子证明吗？"狗讲："真的，是真的。[讲到这里，吴光耀觉得很好笑]，我也在那里看。"那老者讲："狗也讲话，牛也讲话，他妈的，我把你们烧去！"猪讲："你给我去了你再慢烧。"耗子讲："等我抱我的崽崽去了。"嘿嘿嘿嘿[吴光耀觉得十分可笑]，他老者气得，以前个个都会讲话。哪样动物都会讲话。嘿嘿嘿，他气得半死。
吴光耀：	那个蚯蚓讲话我讲给你了吗？
吴晓东：	蚯蚓讲话？没有。
吴光耀：	以前蚯蚓也讲话。以前有七个太阳七个月亮。晒在地面上草都不生了。人都在晚夜做活路，白天做不成，辣老火烫老火。有一种树高老火，爬那个树拿枪射掉它去，太阳也只剩一个月亮也只剩一个。好了，太阳和月亮不满意了，不爱〈出〉来了，天天都黑，晚晚都黑。〈人说〉："你们还是来，黑了我们做不起活路我们没得吃。"〈太阳月亮〉讲："你们〈不〉射了，我们去了。"月亮是男的，太阳是女的。月亮讲："白天你去，晚夜我就去；晚夜你去，那白天我就去。"月亮是男的，月亮由太阳选。太阳讲："白天去人家见我我又害羞，去夜晚我又怕我不敢去。我又害羞。""哎，不怕，打个项圈给你打扮好点，打扮好点你自去，白天你不去。"〈月亮〉打项圈给太阳，太阳也同意了。蚯蚓呢，蚯蚓讲，打项

圈给太阳它不满意，它悄悄给偷去了。太阳讲："我不去了，蚯蚓偷我的项圈去了。""偷你的项圈去了，没有办法。"太阳讲："我不去了，项圈被偷去了。"〈人说〉："你不去我们白天没得做活路，黑老火了。"有的就想办法，讲："我们送针给你，哪个看你你就刺他，就看不见你了。"

吴晓东：　这就是蚯蚓的故事。
吴光耀：　嗯，蚯蚓和太阳的故事。这是蚯蚓偷人家的，嘿嘿。

对待故事的真假，从拟人手法这一现象也可以看出来。故事中不免有很多拟人的手法，因为我们不相信故事中的动物具有讲话的能力，所以把一切似人的行为称之为拟人手法。但排烧苗寨的一些讲述者并不把这看作是拟人手法，而将它解释为"以前动物都会讲话"，并相信这是真的历史！

访谈二

访谈对象：　吴光耀（享酿，男，61 岁，在排烧上完六年级）
访谈时间：　2005 年 8 月 1 日晚上
访谈地点：　吴祖松家
其他在场人：吴祖帮、吴祖明等多人
访谈情境：　我们从牛棚回来，大家一起喝酒。白天就讲了不少故事，晚上继续讲
录音编号：　20050801 排烧苗族口头文学访谈 10

吴光耀：　以前人还不会穿那个鼻线。好了，动物都会讲话，

那个螃海（螃蟹）讲，你们放笼笼那种，你拉它有点挈，你拉够得你拉，它又大，你又小，你拉不动它。你把那个鼻子有点点薄薄的，中间有点点薄薄的，拴它。拉它爬树子它也得去。人才晓得，噢，真的，人才讲，螃海讲那种可以。才拴那个牛的鼻子。好了，牛呢，牛讲，哼，他妈的，螃海教人穿我的鼻子，以后我看哪里有石头，<螃蟹>爱钻那个石头，还有我看哪里有水，[别人帮添酒，故事中断一下]牛一见哪里。

/吴祖明： 有水有石头。

吴光耀： 有水有石头，就屙屎。牛呢，牛呢，最狡猾。

/吴祖明： 那个螃海又爱吃啊，它又来吃，嘿嘿。

吴晓东： 它爱吃哪样？

吴光耀： 牛便。屙屎淋螃海，螃海又得吃。

/吴祖明： 为了淋螃海，螃海又得吃啊。又不用去哪里找。

吴光耀： 所以呢，哪样动物各有各的讲。动物讲话，一样一样的动物讲话，这个是螃海讲话。螃海也会讲话。所有的动物都会讲话。

吴晓东： 所有的动物都会讲话？

吴光耀： 所有的动物都会讲话！以前老虎呢，老虎也会讲话。老虎碰见人，它跟牛商量，它讲："你这条牛，你大大的，人小小的，拉你你也跟他去，像我我不跟他去。你有角嘛，你翘他嘛。"牛讲："没，他有功夫老火嘞。"

吴晓东： 老虎对它说是吗？

吴光耀：	老虎跟它说，老虎讲："牛啊，你这个个子大大的，你有角，他拉你你翘他去一边，你还怕他？你不要怕嘛。""没嘞，人狡猾老火嘞，人有办法老火嘞，搞不得人嘞。"牛讲给那个老虎，老虎讲："噢，人有办法，找人的办法看。"它找去找来，碰见一个人，它讲："牛讲你有办法多，你拿办法来我看。"人讲："我有哪样子办法，我在家①，我的办法在家，我没要来。你等我去要来。"他哄那个老虎，朝那边跑去。他拿刀敲（挖）一个洞洞，把老虎的脚和手拢在里面，〈准备〉来敲死它。他〈对老虎〉说："你在这里等我，我怕你走了。"他去家要桶来，要斧头来。他讲："我的办法没有好多，只有点点，就是这种。"牛看人在敲，拿斧头敲那个老虎，又没得了。② 牛笑起来了，哎，你看，人有办法。它笑得牙齿都掉了，只剩下上面的〈牙齿〉了。马有两边〈牙齿〉，牛只有一边〈牙齿〉。"
吴晓东：	人用斧头敲那个老虎？
吴光耀：	用斧头敲那个老虎。
吴祖松：	敲死它了。
吴光耀：	拿刀敲四个洞洞，拿脚去拢，拿脚去放在那里。
吴祖松：	他讲你在这里等，它（老虎）讲咋个等法，它讲："你就站这里。"他打四个井（眼），扣就到（正好合

---

① 语误。
② 指敲死老虎了。

适)老虎的脚。然后他就充泥巴充得紧紧的。① 然后他去家去要斧头啊这些来敲〈老虎〉。

二、对洪水神话的认知

前文已经提及,排烧也流传洪水故事,但会讲的人并不多,而且多持否定态度。这里有关于罗正春的一段对此神话的认知的访谈:

访谈一

访谈对象: 罗正春(男,68岁)
访谈时间: 2005年7月31日
访谈地点: 罗正春家
其他在场人: 罗运辉、罗转富等多人
访谈情境: 我与罗转富、罗运辉一起到罗正春家吃饭,一边吃饭一边讲故事
录音编号: 20050731排烧苗族口头文学访谈04

吴晓东: 洪水的故事你晓得不晓得?
罗正春: 那个是历史了。洪水漫天,剩下两兄妹,他们乘坐葫芦,葫芦是漂的,地球灭亡了,剩下两姊妹。② 这个是假的。我们人,我们原来是猿猴。我们不管是哪个国家,我们在生长的时候,我们在北京的周口店。我们是猿猴,不会穿裤子。

---

① 用泥巴将那四个眼填埋得紧紧的。
② 口误,应为兄妹。

吴晓东：　你这个故事你给你的孩子们讲过吗？
罗正春：　我没有讲过，我这个是国家的人，是干部，我哪里讲这些。

罗正春是一位国家干部，他时刻没有忘记自己的这一角色，虽然是过去的事情了，他已经退休了，但他以此为荣，并认为一个国家干部就应当是追求科学的人，不相信这些神话故事。他不仅仅认为洪水神话是一种虚假的东西，而且认为作为一位国家干部，也不应该给孩子讲这些与科学相左的东西。罗正春不太善于讲排烧所流传的故事，因为他很早就离开家到外面工作，也许他曾听过一些外地流传的故事，但接受老家流传故事的机会不多。尽管如此，他还是知道洪水神话的大致情节，并给我讲了。可是我没有问他这个故事是否是真的，他也一讲完就主动说："这个是假的。我们人，我们原来是猿猴。"他的这种态度多少让我有一些意外。

访谈二

访谈对象：　罗铃（11岁，女，小学生，罗鸿德的大孙女）
访谈时间：　2005年8月5日下午
访谈地点：　罗铃家走廊上
其他在场人：罗春琴等
访谈情境：　我去找罗鸿德老人，他不在家，碰见他孙女罗铃、罗春琴以及其他小女孩在一起玩，于是便问她们一些故事。她们都很乐意和我说话，并且用的是普通话
录音编号：　20050805排烧苗族口头文学访谈03

吴晓东：	你给我讲讲洪水的故事呀。
罗　玲：	嗯~不太好说。
吴晓东：	不太好说？为什么？
罗　玲：	为那个为那个……
吴晓东：	哦！我知道了，是因为他们两个后来结婚了你不好意思说，是吗？
罗　玲：	是呀。你知道呀你，你是故意来考我呀你！
吴晓东：	哈哈哈哈。那你就不说了？
罗　玲：	你都知道了我还说什么。
吴晓东：	那~我是老师呀，老师要考你老师也知道呀，那老师为什么要考你？
罗　玲：	嘿嘿嘿。

罗铃是一位小学五年级的女学生，因为年龄太小，不好意思说一些婚丧嫁娶的事情。从这一段访谈本身我们很难得出她是否确信洪水神话是一段真的历史，但可以知道，即使是故事，也未能减轻罗玲对谈论男女之事的害羞。一般来说，借着故事、艺术的外衣，能减轻人们对与性有关的忌讳。那么，罗玲是否把这一故事不当作故事来看待呢？

访谈三

访谈对象：　罗转贵（男，14 岁，小学刚毕业，准备去县中学上学），罗鸿军（男，11 岁）

访谈时间：　2005 年 8 月 7 日上午

访谈地点：　罗转贵家

其他在场人：无

访谈情境： 早上去村电工罗运辉家想让他帮修一下电路，他上山割牛草去了，他儿子罗转贵与另一个叫罗鸿军的小男孩在煮面条，我坐下来等罗运辉，顺便访谈了两位小男孩，看他们对我已经搜集到的一些故事的了解程度。因为他们主动与我说普通话，所以访谈是用普通话进行的

录音编号： 20050807 排烧苗族口头文学访谈 02

吴晓东： 嗯~那个什么，说以前有一场大水，有一场大水，把那个所有的人都给淹死了，后来只剩下那个~

/罗鸿军： 两个。

吴晓东： 两个人。

/罗鸿军： 两兄弟，两兄妹。

吴晓东： 听说过这个是吗？

罗鸿军： 听说过。

罗转贵： 那个盘古的妹妹嘛。

吴晓东： 哦，盘古的妹妹？

罗转贵： 嗯。

吴晓东： 你能把这个故事说说吗？

罗转贵： 那我从故事里_____

吴晓东： 哦，你从故事书里看来的，不是听老人说的？

罗转贵： 嗯。

吴晓东： 嗯，那好，[转向罗鸿军]你呢？你是从书上看还是听老人说的？

罗鸿军： 我俩一起看的。

吴晓东： 一起看的？
罗鸿军： 嗯。
吴晓东： 你能把这个故事说一遍吗？
罗鸿军： 能。
吴晓东： 说说。
罗鸿军： 他俩跟那雷公～他俩种瓜，种出一个很大很大的瓜，洪水来了以后，他们挖那个瓜的，南瓜的里面的那个～种子出来。住进去，漂在～就漂在河水的上面。
吴晓东： 后来呢？
罗鸿军： 后来他俩～
/罗转贵： 洪水退了。
罗鸿军： 他两个就结～结婚，生孩子。所以现在才有人。
吴晓东： 这故事你觉得是真的吗？还是假的？
罗鸿军： 真的。
吴晓东： 真的？
罗鸿军： 嗯。
吴晓东： 这个你觉得是真的，为什么呢？
罗鸿军： 因为_____我听老人说，原来地球很平，洪水退了以后，就形成了山，一座座山。
吴晓东： 嗯。然后呢？然后还有什么故事，那个书～还有吗？
罗鸿军： 没有了。
吴晓东： 没有了？
罗鸿军： 嗯。
吴晓东： 那你相信真有这么一场洪水吗？

罗鸿军： 相信。
吴晓东： 相信啊？
罗鸿军： 相信。
吴晓东： [转问罗转贵]你觉得刚才那洪水的故事剩下那两兄妹，后来他们结婚，还发展成那个人类，这个故事你觉得是真的吗？还是假的？
罗转贵： 我也觉得那有点神话。
吴晓东： 有点神话？
罗转贵： 嗯。
吴晓东： 就是说，到底是真的还是假的？还是说不清？
罗转贵： 嗯～搞不清楚。
/罗鸿军： 又说猴子变成人，也有那两个生孩子的，然后才形成～才有人。
罗转贵： 那个说不清楚。
吴晓东： 哦，你说，猴子～
/罗鸿军： 也有猴子化成人的。
吴晓东： 哦哦，你的意思是说这个和猴子化成人是矛盾的是吗？
罗鸿军： 是。
吴晓东： 那有没有这种可能说，猴子变成人是以前的那个，变成以前的那些人，后来猴子变成的那些人被一场洪水给淹死了，有没有这种可能呢？
罗鸿军： 有，有这种可能。
吴晓东： 有这种可能。
罗转贵： 我怀疑有一种是那个～女娲娘娘把那泥土捏成的。

吴晓东： 哦,人是女娲娘娘用泥巴给捏的,是吗?

罗转贵： 嗯。

吴晓东： 这故事你相信是真的吗?

罗转贵： 我有一点矛盾。

吴晓东： 有一点矛盾,说不清楚是吗?

罗转贵： 嗯。

吴晓东： 那你相信有女娲吗?

罗转贵： 嗯~[摇头]

吴晓东： 不相信。为什么呢?

罗转贵： 觉得是神话而已嘛。

吴晓东： 你为什么觉得是神话呢?

罗转贵： 搞不清楚。

吴晓东： 搞不清楚啊。

罗转贵： 嗯。

这段访谈很有意思,那两位小学生会将关于人类起源的不同故事拿来一起比较,发现其中互相矛盾的地方,并作出判断,如果其中一种是真的,另一种则会是错误的。兄妹结婚是一种说法,女娲造人也是一种说法,而猴子变人又是另一种说法。兄妹结婚是关于再生人类的,不是关于人类最初的起源的,当笔者把这个造成矛盾的时间差给阐述明白之后,被访谈人又有点相信兄妹结婚的可能性了。

三、对"雷公—黄牛"故事的认知

吴往报是一位五十多岁的男子,他对很多解释自然的故事往往深信不疑。排烧流传关于为什么黄牛不洗澡而水牛洗澡的故事,这个故事大致是讲述因为雷公见黄牛声音大，要和黄牛借声音，黄牛不肯，后来它就与水牛换了声音，并让水牛在天热的时候洗澡，不让黄牛洗。以下是我对吴光耀的一段访谈，当时吴往报也在场，对访谈中所讲述的故事态度非常明确：

访谈一

访谈对象： 吴光耀（享酿，男，61 岁，在排烧上完六年级）

访谈时间： 2005 年 7 月 31 日晚上

访谈地点： 吴祖松（20 多岁，吴光耀的三儿子）家

其他在场人：吴祖松、吴祖帮（吴光耀的二儿子，30 岁）、吴往报等多人

访谈情境： 晚上在吴祖松家吃晚饭，大家围着一起喝酒，吴光耀喝酒后更喜欢讲故事了，其他人也很愿意讲

录音编号： 20050731 排烧苗族口头文学访谈 10

吴光耀： "雷公哥，[①] 有没有点水，我们口干老火，田都干了，地下的人口干又口干，田也干完了。看有没有点水啊雷公哥？"它（雷公）讲："呜—呜—"[②] 有了，它答应了，我们去要（求雨）。

吴晓东： 他要先问一下？

吴光耀： 先问一下，有才求，没有就不求。那个雷公讲："呜—呜—"有了，他答应了。他们才杀猪去了嘛，

[①] 这里将雷称为"哥"，可能与苗族故事中雷公与人、龙、老虎等动物是兄弟有关。

[②] 这是模仿雷的声音，表示雷公答应下雨。

煮还没熟，哎哟，下得大，他们抬生的回家煮，搞不赢（忙不过来）。他们打粪那个老母猪叫"呼—呼—"，那个猪仔"呢呀—呢呀—"〈地叫〉，求雷公那个公讲："你听那个猪仔讲，吃你奶啊吃你芒。① 老母猪讲，没，那边那棵树那里，到那里荫凉你慢吃。"老母猪在树下荫凉处睡，小猪仔在吃奶。公，米麻雀叫哪样子？它讲，那边烧房子，过几天我们搭伙去那里吃米。全部去完，一个都没有剩。② 以前黄牛叫大声，③ '轰隆—轰隆—'，以前雷公叫，'哎—哎哎—'，就那种。雷公讲："哎，你叫'哐—'，大声老火，借你个声音给我，我借我这'哎哎'给你。"黄牛说："没，我这声音不能借给你。"雷公讲："哼，你不肯借给我，大太阳也好，不准你去洗澡，你去洗澡，你躺在水里我就劈你。"黄牛就没敢去洗澡，那个喂牛的讲："噢，你这个声音'轰隆轰隆'的，雷公的声音'哎—哎—'的，你这个声音相当小，我们两个换可不可以？"水牛说："可以了嘛，那你要善待我点点。"雷公说："大太阳的时候我可以让你去洗澡。"这样，太阳大的时候水牛可以去洗澡，雷公就得了水牛的那个声音，'轰隆—轰隆—'，雷公就换那个小的'哎—哎—'的给水牛。就搞这种，嘿嘿，嘿嘿。

---

① 芒：贵州三都地区的方言，指饭。
② 这一段很混乱，不清楚讲述者想讲述什么。
③ 指声音大。

吴晓东： 你觉得这个故事是真的还是假的？

吴光耀： 老人讲那种。①

吴往报： 这是真的！

吴晓东： 相信这是真的？

吴光耀： 是真的！有些老人就摆这个过程了。

吴晓东： 水牛洗澡，黄牛不洗澡？

吴往报： 它们两个换声音，它不愿，雷公没服它它没得洗澡嘛。这刚天干也好，下雨也好，黄牛根本不去洗澡嘛。水牛呢，一天干它就去打水，打水塘。

吴晓东： 这故事应该是真的？

吴往报： 真的！

访谈二

访谈对象： 罗转贵（男，14岁，小学刚毕业，准备去县中学上学），罗鸿军（男，11岁）

访谈时间： 2005年8月7日上午

访谈地点： 罗转贵家

其他在场人：无

访谈情境： 早上去村电工罗运辉家想让他帮修一下电路，他上山割牛草去了，他儿子罗转贵与另一个叫罗鸿军的小男孩在煮面条，我坐下来等罗运辉，顺便访谈了两位小男孩，看他们对我已经搜集到的一些故事的了解程度。因为他们主动与我说普通话，所以访谈

---

① 指老人是这样说的，老人这样传下来的。

　　　　　　　　是用普通话进行的

录音编号：　20050807 排烧苗族口头文学访谈 02

吴晓东：　　那你说一下那个雷公和～和牛的故事呢。
罗转贵：　　原来牛叫很大很大和雷一样的，嘣—嘣—嘣—那雷公只会叫妙—安—安—，像那牛的。
/罗鸿军：　它俩交朋友。
罗转贵：　　它两个交朋友，它两个交朋友了就一个换一个的声音嘛。
吴晓东：　　哦。
罗转贵：　　那～交朋友，很亲很亲的朋友，_____我只知道后来_____一骂牛很脏很脏的话雷公就会生气。
/罗鸿军：　就会发气。
吴晓东：　　哦。它们俩本来是朋友是吗？
罗转贵：　　嗯。
吴晓东：　　那它们换了那个声音之后就怎么了？
罗转贵：　　那牛就叫_____现在嘛①，现在打雷就响很大很大的。
吴晓东：　　哦，这故事应该是真的吗？②
罗转贵：　　嗯。
吴晓东[转向罗鸿军]：你认为呢？你认为是真的吗？
罗鸿军：　　不认为是真的。
吴晓东：　　你不认为是真的，哦，为什么你不认为是真的呢？
罗鸿军：　　我不相信天上有雷公。

────────
① 可能是像现在这样叫。
② 不小心用了这种提示性的语言。

吴晓东： 哦，你不相信。[转向罗转贵]那你相信吗？
罗转贵： 这个～我也只相信就是那声音而已。
吴晓东： 哦，你相信那声音。
罗转贵： 嗯。
吴晓东[问罗鸿军]：你为什么不相信有雷公呢？
罗鸿军： 天上是空的，怎么能住，怎么能住？
吴晓东： 天上是空的，你的原因就是天上是空的？
罗鸿军： 是呀。
吴晓东： 那它是否能像神仙一样～它会飞呀，或者是什么～或者你还看不清，那天上你还看不到边呢，或者它又住到月亮上呢，或者它又住在～你根本就看不见的地方呢。有这个可能吗？
罗鸿军： 没有这可能。
吴晓东： [笑]没有这可能。
/罗转贵： 那是神话。
罗鸿军： 除～除了地球，每个星球都没有生命。
吴晓东： 哦，除了地球每个〈星球〉都没有生命。
罗鸿军： 每个星球，除了地球以外，每个星球都没有存在生命的。
吴晓东： 哦，[转向罗转贵]你相信这个吗？
罗转贵： 我相信。
吴晓东： 也相信是吗？
罗转贵： 嗯。

黄牛不洗澡而水牛洗澡，更确切地说，是在水里泡着，这是一种现象，人们在长久的日常生活中观察到了这种现象，并以这一故事来解释这种难以用科学解释的现象。黄牛与老虎这些动物一样，虽然也会游泳，但不会向河马那样的动物成天在泥塘里泡着。至于为什么会这样，对于成天与牛打交道的排烧人，确实是一个有趣的问题。用水牛因为和雷公换声音才换来洗澡的权利来解释，其实也并不是一种很巧妙的手法，因为这是民间司空见惯的一种手法，比如用马和人换生殖器之后不肯还给人所以马得为人服务这样的故事来解释人为什么让马做很重的劳动，而且，要使人相信这是一个真实的故事，还要具有相信雷公真的存在这一关键的前提。

  吴往报对这个故事的态度在访谈中非常明确，本来我没有问他对这个问题所持的态度，只是问吴光耀，吴光耀持模棱两可的态度，即"老人讲那种"，也就是说，我不知道，反正这是老人说的。而在一旁的吴往报却态度十分明确，主动说："这是真的。"我想，对这个故事真假的认知，应该与是否相信雷公的存在有关。

四、对"太阳—蚯蚓"故事的认知

  前文已经介绍过排烧苗寨所流传的太阳与蚯蚓的故事。这也是一个对立结构模式的故事，目的是解释为什么蚯蚓的身上有一圈一圈的纹路。这个故事把这一圈圈的纹路想象成项圈，并认为原来是太阳的，被蚯蚓偷了戴上，太阳生气惩罚蚯蚓，所以天气热的时候蚯蚓常常被晒死。

访谈一

访谈对象：　吴光耀（享酿，男，61岁，在排烧上完六年级）
访谈时间：　2005年7月31日晚上

第三章　神话与故事的认知调查

访谈地点：　　吴祖松（20多岁，吴光耀的三儿子）家
其他在场人：　吴祖松、吴祖帮（吴光耀的二儿子，30岁）、吴往报
　　　　　　　等多人
访谈情境：　　晚上在吴祖松家吃晚饭，大家围在一起喝酒，吴光
　　　　　　　耀喝酒后更喜欢讲故事了，其他人也很愿意讲
录音编号：　　20050731 排烧苗族口头文学访谈12

吴晓东：　你说呢，以前太阳怎么的？
吴光耀：　以前呢，有七个太阳，七个月亮。七个太阳七个月亮呢，晒在地面上草都不生，人呢，出活出不去了。这才射掉了六个，剩下一个。太阳是女的，月亮是男的。月亮讲，我是男的，随便你，你去白天，晚夜我又去；你去晚夜，白天我又走。好了，太阳讲，我是女的我走白天，可是白天我又害羞，夜晚我又怕。太阳死活都没来了，太阳讲，哎，我是个女的，——你们还没听到嘛，我和家门摆这个太阳。——以前呢有七个太阳七个月亮，晒在地面上呢草都不生了。好了，①
/吴往报：　拉活路了。
吴光耀：　射掉了，太阳只留一个，月亮只留一个。月亮是男的，太阳是女的。太阳呢，晚夜我又不敢去，白天不敢走。白天见我了害羞。好了，打个项圈给你嘛。打项圈给太阳呢，你是女的，打个项圈给你，打扮

---

① 以上是吴光耀和我两个人在摆这个故事，喝酒的人在一边说别的。

漂亮点你自个去了嘛。蚯蚓呢，蚯蚓就讲，偷偷，悄悄偷偷摸摸的，偷了那个太阳的项圈去了。偷了太阳的项圈呢，哎，她讲，我更加不去了，人家打项圈给我，_____偷了我的项圈。

吴晓东： 哪个偷了项圈？

吴光耀： 蚯蚓。

/吴往报： 现在蚯蚓有个把有项圈。

//吴祖帮： 看到发一种亮光，是一圈圈，发一种亮光。在太阳天你挖到蚯蚓的时候你看到一圈圈亮光它是反光，肉眼可以看得到的。

吴光耀： 蚯蚓偷我的项圈，我就不去了。

吴晓东： 她要去哪里呢？

/吴祖松： 白天太阳走，晚上月亮走，那个意思了嘛。

吴光耀： 蚯蚓得了项圈蚯蚓钻泥巴了。以后我_____它，你照样去嘞。太阳讲，好！你打项圈给了我，我照样去。以后我把地面上撒石尘，五六月间我搞得热得不得了，蚯蚓自己会跳来的，蚯蚓一跳来我晒得干它就死了。现在五六月间干旱蚯蚓在路上死了。太阳讲，我最怕害羞了。好嘛，你怕哪样子害羞嘛，拿针给你，它看你你就拿针刺他眼睛，就看不见你了嘛。

吴晓东： 是哪个给那个针？是月亮？

吴光耀： 不是月亮。

/吴祖松： 叫太阳去的那个人。

//吴祖帮： 老天爷。

吴光耀：   就是那个射掉七个太阳的＿＿＿＿。
吴祖帮：   就是统治太阳的那个。
吴晓东：   拿你觉得这个故事是真的吗？
/吴往报：   真的。
吴光耀：   真的嘞！！[十分强调]
/吴往报：   真的有这么回事，不过我们答不出那个人是哪样人了。
吴晓东：   我是说你觉得这是真的历史还是假的？
吴往报：   真的历史。真的了，但是呢，现在我们摆不出那个历史那个名字叫哪样，叫哪个，他搞这个。
吴晓东：   但是这个历史应该是真的，是吗？
吴光耀：   真的！有实事了嘛。
吴往报：   嗯！那个是真的，只是我指到那句话，噢，你是哪样哪样，你才讲这句话来。找不成那个，历史是有的了，但是还没得到真实的那个，多少代我们就忘记了。老人是有的，但是我们忘记了。
吴晓东：   刚才讲的这个你们两兄弟觉得是真的还是假的？
吴祖帮：   以前听摆过，现在只相信科学。
吴晓东[对吴祖松]：你觉得是真的还是假的？
吴祖松：   可能也有这些事，但是一代过一代去了，就像现在我们摆，再过几代又不晓得了。
吴往报：   只是我们忘记了老人摆那个历史是哪个来交代这个事了。

访谈二

访谈对象：　吴昌文（男，80岁，吴祖明的父亲，参加过抗美援朝）

访谈时间：　2005年8月8日上午

访谈地点：　吴祖明家门前的走廊上

其他在场人：无

访谈情境：　当天吴光耀为吴祖明家做娃娃神仪式，此仪式的祭品是一只小狗，在他们处理狗期间，我采访了吴昌文，他年纪虽大，但头脑特别清楚，也比较轻松自如

录音编号：　20050808排烧苗族口头文学访谈02

吴晓东：　听说太阳是个女的，月亮是个男的？有这个故事吗？

吴昌文：　有！有！

吴晓东：　给我摆一下。

吴昌文：　他们两个的话，一个是男，一个是女。所以～男的话呢，女的要害羞，夜晚又怕。所以，月亮说，我是男的，白天你去嘛；晚夜也好，我是个男的，我不怕，你白天你去。她讲，唉，白天去啊，我有点害羞。女的要害羞了啊，人家看我哩，四方八面啊看我，我是个女的，我有点害羞。他讲，哎呀，不要紧，我们有针，拿些针给你，所以看现在看那个太阳，那个女的在高头，瞪着一看她就戳。现在你看，眼睛看你看不得嘛，嘿嘿，她拿针戳。意思是

吴晓东：	这种哦。
	哦！这个故事是真的？
吴昌文：	真的哩！
吴晓东：	是真正的历史？
吴昌文：	真正的历史！这种哩。白天是女的，她讲她来，她不怕。白天她来她讲害羞，害羞嘛，就拿针给她。哪个爱看就拿针戳他。现在你看太阳你看不到一眼嘛。

因为这个故事包含了不同的母题，即"射日""蚯蚓偷项圈""太阳用针刺看它的人的眼睛"，有可能笔者在问话的时候被访谈人回答的不一定就是指蚯蚓与太阳的母题，但更多的可能是他们把这三个母题作为一个完整的故事，作为同一整体来看待。从态度的程度上来说，无疑是吴往报和吴光耀这两位已经五十多岁的人最为相信这是一种真的历史，吴往报两次三番强调是真的历史，只不过流传久远，说不清而已。吴光耀为了证实，说这"有事实了嘛"，不过笔者没有追问他是什么样的事实。其次是吴祖松这位二十多岁的年轻人也持摇摆不定的态度，他说"可能也有这种事情"，只是现在说不清其来龙去脉而已。只有吴祖帮这位三十多岁的年轻人持否定态度，说"现在只相信科学"。就这一故事个案来说，无疑老年人相信的深度与广度都要强于年轻人。

五、对"人—鱼"故事的认知

访谈一

访谈对象：　石光全（50岁，男）

访谈时间：　2005年8月3日下午

访谈地点：　　石光全正在建的新屋
其他在场人：　吴祖松（石光全女婿）、石光能（40多岁，石光全堂弟）
访谈情境：　　当时他们正在装新房的楼板，锯木板的杂音很大。我在他们那里先聊天，然后问一些故事传说。石光全边劳作边给我讲
录音编号：　　20050803排烧苗族口头文学访谈05

吴晓东：　　人为哪样要吃鱼？河里面的鱼。

石光全：　　河里面的鱼？听老人讲，它屙屎放水里送给人吃，人就吃它。

吴晓东：　　以这个为借口？

石光全：　　嗯。要不怎么好吃它呢？

吴晓东：　　这故事不会是真的吧？真的还是假的？

石光全：　　真的！

吴晓东：　　有这么回事人才吃鱼？

石光全：　　嗯！人是喝水的。鱼不在水里面它就活不成，它必须在水里面养大大的，它在水里面吃，也必须在水里面屙。它屙脏了人才吃，这就有罪了嘛。

吴晓东：　　这故事是真的吗？

石光全：　　嗯！

吴晓东：　　问题是人只喝井水不喝河水。

石光全：　　井水也好，都是水。哈哈哈哈。

吴晓东：　　井水里面没有鱼。

石光全：　　没有鱼也是那种！哈哈哈哈。它把水搞脏了让人喝，

它有罪就在这里。

访谈二

访谈对象： 罗鸿德（73岁，男，读过私塾、完小，曾在三都粮食局工作）

访谈时间： 2005年8月4日早上

访谈地点： 罗鸿德家

访谈情境： 清早没有什么安排，我就去罗鸿德家玩，他一个人在家，就我们两个聊天。我选了一些与动物有关的话题问他，大概一个小时左右

录音编号： 20050804排烧苗族口头文学访谈01

吴晓东： 上次你说钓鱼啊捉鱼的时候不能往水里屙屎屙尿，有那么回事？

罗鸿德： 有这个事！

吴晓东： 现在他们拉不拉？

罗鸿德： 没拉！一般打渔的时候没拉屎拉尿，这是实在的。你拉那些你打不得鱼。你一近河边只要你解手你得一条鱼我塞鼻子去。① 嘿嘿，这个迷信还是有的。

吴晓东： 那是为哪样呢？

罗鸿德： 过去人吃鱼，鱼告人说我们大家都是一条命，你为什么吃我！告状以后呢，那个仙人跟它说，跟仙人告状了嘛，仙人告状，哎呀，同是一条生命，你们

---

① 不用口吃，厓鼻子吃，意思是肯定得不到鱼。

为什么吃它？人说，你上来挨我们住，我不会吃你，你不要在河里住了。它讲来干岸住我住不得。住不得你在河里头拉屎拉尿给我们吃，我们当然要吃你。你去河里打鱼你拉屎拉尿，它讲我拉屎拉尿给你吃你吃我，现在你来河里头你又拉屎拉尿给我吃！那就打不着鱼，就是这种。

关于罗鸿德所说的这个禁忌，笔者问了很多人，都说没有或者不知道，可是罗鸿德对此却十分肯定。笔者只能理解这是一个几近消失的禁忌民俗事项。这一禁忌的逻辑就是："不能拉屎拉尿给他者吃——你们不让我们鱼拉屎拉尿，我们鱼也不让你们人拉屎拉尿。"这一逻辑的存在，表明了人们的一种态度，对"人为什么要吃鱼"的来源的真实性的态度。

在对石光全的访谈中，笔者故意用这一故事中不符合逻辑的问题来刁难他，想试探他的态度。从对话中可以看出他也相信这一故事为真的历史，并对其逻辑问题不关心，用他的话就是"（井水）没有鱼也是那种"。

六、对"田螺姑娘"故事的认知

众所周知，田螺姑娘的故事说的是一个小伙子抓鱼捡到一个田螺，拿回家放在缸子里，田螺变成姑娘，嫁给了他。田螺姑娘的故事在中国广泛流传，大多地方只是当作一般的故事来看待，但在贵州三都的排烧苗寨，田螺姑娘却是一位神灵，并有专门的祭祀仪式，即天河水仪式。不知道为什么这个仪式没有叫祭祀田螺姑娘，吴光耀给我解释，这个仪式之所以叫"天河水"，是因为神词中说煮那只鸭子的时候是用天河水来煮的，天河水是最纯净的水。这个祭祀仪式的祭品，在交牲阶段要用几条干鱼，回熟阶段要用一只鸭子。这些祭品都与水有关。在簸箕的旁边，还要放一个渔篓，渔篓上盖着病人的衣服。

在祭祀的神歌中，有这么几句：

> 现在在这里，
> 有个田螺姑娘，
> 有个渔篓小伙。
> 你们竖着耳朵听我讲，
> 你们立着耳朵听我说。
> 我没有空许诺，
> 我没有乱应答。
> 要送完美酒，
> 要给尽佳酿。

田螺姑娘的故事，不仅情节感人，而且排烧人大多把这个故事视为真实的，并把田螺姑娘奉为神灵。有一次我和李玉军观看吴光耀做祭祀豆腐娘娘的仪式，在看完了之后，吴光耀给我们两个讲述了田螺姑娘的故事，在讲述的过程中他自己就禁不住潸然泪下。他不仅被故事情节所感动，也视故事为历史真实。

不过，并非所有的村民都有一致的看法，一些年纪较小的小学生在调查中就没有将这个故事视为真实的历史。

访谈一

访谈对象： 罗转贵（男，14岁，小学刚毕业，准备去县中学上

学），罗鸿军（男，11岁）

访谈时间：　2005年8月7日上午

访谈地点：　罗转贵家

其他在场人：无

访谈情境：　早上去村电工罗运辉家想让他帮修一下电路，他上山割牛草去了，他儿子罗转贵与另一个叫罗鸿军的小男孩在煮面条，我坐下来等罗运辉，顺便访谈了两位小男孩，看他们对我已经搜集到的一些故事的了解程度。因为他们主动与我说普通话，所以访谈是用普通话进行的

录音编号：　20050807排烧苗族口头文学访谈02

吴晓东：　你先别回答，[转向罗鸿军]我问你，说这个螺蛳~刚才的这个故事你认为是真的呢还是仅仅是一个故事？

罗鸿军：　仅仅是一个故事。

吴晓东：　仅仅是一个故事，不是真的？

罗鸿军：　嗯。

吴晓东[转向罗转贵]：你呢？你觉得呢？

罗转贵：　我也觉得一样。

吴晓东：　哦，这样的，是吗？

七、对"狗—猪"故事的认知

访谈一

访谈对象： 吴昌文（男，80岁，吴祖明的父亲，参加过抗美援朝）

访谈时间： 2005年8月8日上午

访谈地点： 吴祖明家门前的走廊上

其他在场人：无

访谈情境： 当天吴光耀为吴祖明家做祭娃娃神仪式，此仪式的祭品是一只小狗，在他们处理狗期间，我采访了吴昌文，他年纪虽大，但头脑特别清楚，也比较轻松自如

录音编号： 20050808排烧苗族口头文学访谈02

吴晓东： 那~那个猪开田狗吃饭呢？

吴昌文： 这是真的。

吴晓东： 哦，这个也是真的？

吴昌文： 真的。以前的话，打伙开田。田是猪开的，猪开的成田，成田的话呢，这个这个，猪勤快。狗呢，狗刁，它妈×的狗讲，田是我开的！猪讲明明是我开的嘛，你讲是你开的。那它（狗）刁（狡猾）它讲，我们邀人去看。喊他妈的大家，老人都去看。_____封那个猪的脚〈印〉，用那个泥巴封，脚印各是各样。它用踩，它用脚去踩。去看，明显是狗的脚印呐。你看是你的脚印还是我的脚印。所以呢，讲不去了，讲不去了呢，好咯，那我〈与人〉搭伙吃米，你吃

糠！嘿嘿，那猪就吃糠了。猪开田，狗吃饭。嘿嘿，嘿嘿。这个意思是有的，老人摆过。

吴晓东：　这个故事是真的啊？

吴昌文：　这个故事是真的，是真正的历史。嘿嘿，猪开田，狗吃饭。狗刁！

八、对"水牛—螃蟹"故事的认知

访谈一

访谈对象：　吴昌文（男，80岁，吴祖明的父亲，参加过抗美援朝）

访谈时间：　2005年8月8日上午

访谈地点：　吴祖明家门前的走廊上

其他在场人：无

访谈情境：　当天吴光耀为吴祖明家做祭娃娃神仪式，此仪式的祭品是一只小狗，在他们处理狗期间，我采访了吴昌文，他年纪虽大，但头脑特别清楚，也比较轻松自如

录音编号：　20050808排烧苗族口头文学访谈02

吴晓东：　那个螃海（螃蟹）晓得吗？

吴昌文：　螃海？螃海晓得嘛。

吴晓东：　螃海和水牛的故事晓得吗？

吴昌文：　唉~螃海和水牛的话，有。

吴晓东：　是怎样摆的？

吴昌文： 嗯~

吴晓东： 是说它咬那个水牛的鼻子？

吴昌文： 嗯。是夹。以前的话，牛的力气又大。人管不下，人管不下呢，咋个做？螃海讲，我晓得一种办法。你一夹它鼻子的话呢，它就乖了。所以螃海的话呢，指挥人夹水牛的鼻子。夹水牛的鼻子，牛就乖了。哈哈哈哈。所以它生气了，它就屙屎给那个螃海吃。他妈的！一走水就要屙。哈哈哈哈。老人摆就这种哦。进水洗澡啊，它就拉屎拉尿。怪你妈的，指挥人，夹我的鼻子。老子见水就拉屎给你吃。哈哈哈哈。

吴晓东： 这个故事是真的吗？

吴昌文： 真的嘛。

九、对"猴子—蚂蚱"故事的认知

访谈一

访谈对象： 罗转贵（男，14岁，小学刚毕业，准备去县中学上学），罗鸿军（男，11岁）

访谈时间： 2005年8月7日上午

访谈地点： 罗转贵家

其他在场人： 无

访谈情境： 早上去村电工罗运辉家想让他帮修一下电路，他上山割牛草去了，他儿子罗转贵与另一个叫罗鸿军的小男孩在煮面条，我坐下来等罗运辉，顺便访谈了

两位小男孩，看他们对我已经搜集到的一些故事的了解程度。因为他们主动与我说普通话，所以访谈是用普通话进行的

录音编号： 20050807 排烧苗族口头文学访谈 02

吴晓东： 嗯~故事说那个猴子和那个蚱蜢，知道蚱蜢吗？
罗转贵： 蚱蜢是什么？
吴晓东： 就是蚂蚱。
罗转贵： 哦，蚂蚱是吗？
吴晓东： 嗯。知道吗？
罗鸿军： 估（gu^{33}）啊（苗语）。
吴晓东： 这个故事知道吗？猴子和蚂蚱~打架。
罗转贵： 不知道。
吴晓东： 不知道？我给你们说一说吧。就是说以前猴子和蚂蚱它们相约要~要打一场架，后来，嗯~猴子说我们早上打吧，然后蚂蚱很狡猾，它说~它说我们还是等太阳出来以后吧。因为早上它有点飞不起，那个~早上有水，有雾嘛，是吗，那个~它的那个翅膀被雾弄湿了，所以它飞不起来。所以它就要等到那个~
/罗转贵： 太阳。
吴晓东： 嗯，太阳出来之后，干了，它就能飞了，飞起来就很好飞了。它说要等太阳出来之后，我们再打吧，那时候人也起来了，也可以看见我们打了，谁输和谁赢也就有一个人来~来看见了。我们太早打了就

没人看见了，也没有见证人了。好，那猴子就同意了，同意了后来等那太阳出来之后，它那个翅膀就能飞了。他们那时候才开始打，哦，因为有很多猴子嘛，那个蚱蜢就飞到一个猴子的头上，另一只猴子用~用个棍子一棍子打下去。

/罗转贵： [笑]打在~

吴晓东： 打在那个~那个蚱蜢一下就飞到另外一只猴子的头上去了，然后那个~那只猴子就~就被给敲死了。敲死了那~那拿棍子的猴子呢，又对着那个~另外一只猴，就是蚱蜢在它头上的那只猴子，说，你别动，你一动那蚱蜢又飞走了，那猴子就不敢动，它又一敲，[罗转贵笑]敲的时候那蚱蜢又飞走了，然后又把那只猴子给~给敲死了。最后这么敲死了一大片，一大片的那个猴子。嗯~还剩下的那只，还有一只猴~猴王在那，它说，不要再打了，我们打不赢那个~猴子，哦，我们打不赢那个蚱蜢，后来它们就不打了，就认输了。现在那个猴子特别怕这个蚱蜢，说有一种习惯，说那个~如果你看见猴子，你用一个~用个布啊，或者是叶子包那个蚱蜢，包在那，包一层，或者是包两层，给那个猴子，猴子很好奇，它一翻，翻开，一翻翻翻，如果看见是蚱蜢，马上就~吓着就跑了，就~就这么的，有这么一个习惯。猴子真的很害怕这个蚱蜢，不知道什么原因。你们觉得这个故事是真的还是假的？

罗转贵： 嗯~有一点真的。

吴晓东：　　　真的。[转向罗鸿军]你呢？

罗鸿军：　　　真的。

吴晓东：　　　真的啊？有这么一个故事，应该是真的有这么一回事是吗？

罗转贵、罗鸿军：嗯。

吴晓东：　　　嗯。

罗转贵与罗鸿军原来并不知道"猴子与蚂蚱"的故事，是笔者临时给他们讲这个故事并让他们对此故事给出真假的判断。对一个故事真假的判断不一定需要长久的时间来进行鉴别，受众会利用自己的常识来对一个新故事加以判断，就像判断突然遇见的某一事件一样。

十、对"老鼠取粮种"故事的认知

访谈一

访谈对象：　罗转贵（男，14岁，小学刚毕业，准备去县中学上学），罗鸿军（男，11岁）

访谈时间：　2005年8月7日上午

访谈地点：　罗转贵家

其他在场人：无

访谈情境：　早上去村电工罗运辉家想让他帮修一下电路，他上山割牛草去了，他儿子罗转贵与另一个叫罗鸿军的小男孩在煮面条，我坐下来等罗运辉，顺便访谈了两位小男孩，看他们对我已经搜集到的一些故事的了解程度。因为他们主动与我说普通话，所以访谈

是用普通话进行的

录音编号： 20050807排烧苗族口头文学访谈02

吴晓东： [翻笔记本查阅记录]我们继续，那个粮种的故事知道吗？粮～谷种～米种，知道吗？

罗转贵： 知道。

吴晓东： 米～这个米，这个谷子，谷的种子是怎么来的，这个故事知道吗？

罗转贵： 不知道。

吴晓东： 没听说过啊？

罗转贵： 嗯。

吴晓东： [转问罗鸿军]你也没听说过？

罗鸿军： 没听说过。

吴晓东： 说～有～原来也是雷公，搬来一个谷种，原来的谷种很大很大的，后来它掉在哪里了，就拿不出来，就不肯要了，不肯要了呢，人就叫老鼠去拿，老鼠呢，因为很小就咬了一小点一小点的，咬了一点过来，给人。然后呢，人就说，因为是老鼠取来的这个谷种，啊，所以呢，现在让那个老鼠吃米，它不吃别的，就吃米。所以，嗯～有时割稻谷啊，就秋收的时候，割那稻谷，原来还有一种习惯，就是留两棵不割完，留两棵，等于是留给老鼠来吃的。有这么一个故事，你们俩没听说过？

罗转贵： 没听说过。

罗鸿军： 没听说过。

吴晓东：　　那你认为这个故事是真的吗？还是～假的？
[这时有人在外面叫罗鸿军，罗鸿军答应了一声]
/罗鸿军：　　假的。
罗转贵：　　这个～
吴晓东：　　嗯？
罗转贵：　　也许是假的。
吴晓东：　　也许是假的。
罗转贵：　　你说它是假的，它又有一点真，你说它是真的它又有一点假。
吴晓东：　　你可以不受他的影响，你认为是真的还是假的。
罗转贵：　　我也认为是假的。
吴晓东：　　你也认为是假的？
罗转贵：　　嗯。
吴晓东：　　为什么是假的呢？
罗转贵：　　因为～
/罗鸿军：　　因为现在我们家割也不留，也不留两棵两棵的。
吴晓东：　　但是以前有这个习惯哦，以前有这个习惯。
罗鸿军：　　我不知道以前的事。
吴晓东：　　你是不知道以前的事。[转问罗转贵]那你认为呢？是～是，真的有这回事还是没有这回事，还是说不清楚？还是有一点点真啊？
罗转贵：　　说不清楚。

民俗是认知一个故事的重要依据，罗鸿军认为"老鼠取粮种"这个故事不是真的历史，其依据是当时已经不存在收割稻谷时要留下最后几兜的习俗。从这个访谈也可看出，民俗与故事是一种相互依存的关系，民俗保存得越好，故事越具有生存的文化空间，就越容易流传，而且人们也越容易视故事为历史真实。

十一、对"蜈蚣"故事的认知

访谈一

访谈对象：　罗转贵（男，14岁，小学刚毕业，准备去县中学上学），罗鸿军（男，11岁）

访谈时间：　2005年8月7日上午

访谈地点：　罗转贵家

其他在场人：无

访谈情境：　早上去村电工罗运辉家想让他帮修一下电路，他上山割牛草去了，他儿子罗转贵与另一个叫罗鸿军的小男孩在煮面条，我坐下来等罗运辉，顺便访谈了两位小男孩，看他们对我已经搜集到的一些故事的了解程度。因为他们主动与我说普通话，所以访谈是用普通话进行的

录音编号：　20050807排烧苗族口头文学访谈02

吴晓东：　嗯。蜈蚣和那个～蜈蚣有什么故事吗？[1] 知道蜈蚣吗？蜈蚣虫。

罗转贵：　原来蜈蚣很大很大，像船一样。

吴晓东：　像船一样，你听说过是吗？

---

[1] 本来想提示，但后来改为先问不提示的疑问。

罗转贵：　被那个老人说的叫什么？

吴晓东：　姜央？（见他们没有肯定，马上问）那个~那个，苗语怎么说嘛？

罗转贵：　苟哦（kou^{24}e^{44}）

吴晓东：　苟哦啊，嗯，对。

罗转贵：　被那苟哦把它捏得很小很小的，捏得现在一样大。[罗鸿军用苗语插说一句什么]后来它和那个雷公嘛，雷公说话，雷公说不赢，雷公放那＿＿＿，雷公来咬它。

吴晓东：　哦，雷公说话说不赢那个苟哦，是吗？

罗转贵：　嗯。他就放那个蜈蚣来咬它，〈他〉就把那蜈蚣捏成一只一只小小的。

吴晓东：　嗯嗯嗯嗯。故事就这样的？

罗转贵：　嗯。

吴晓东：　你觉得这个故事是真的吗？

/罗鸿军：　不是。

罗转贵：　不知道。

吴晓东：　嗯？

罗转贵：　不知道。

吴晓东：　不知道是真的还是假的？

罗转贵：　嗯。

十二、对寻找居住地故事的认知

访谈对象：　罗转贵（男，14岁，小学刚毕业，准备去县中学上学），罗鸿军（男，11岁）

访谈时间： 2005年8月7日上午
访谈地点： 罗转贵家
其他在场人：无
访谈情境： 早上去村电工罗运辉家想让他帮修一下电路，他上山割牛草去了，他儿子罗转贵与另一个叫罗鸿军的小男孩在煮面条，我坐下来等罗运辉，顺便访谈了两位小男孩，看他们对我已经搜集到的一些故事的了解程度。因为他们主动与我说普通话，所以访谈是用普通话进行的
录音编号： 20050807排烧苗族口头文学访谈02

吴晓东： 还有一个故事，说人出来了之后，叫～几种动物去找那个地方来住。一开始是找了～哪个，癞蛤蟆，癞蛤蟆说，我知道，它去找。听说过这个故事吗？

罗转贵： 不知道。

吴晓东： 你呢？

罗鸿军： 我也不知道。

吴晓东： 知道癞蛤蟆吗？

罗转贵、罗鸿军： 知道。

吴晓东： 癞蛤蟆就去找，嗯～跳上跳下地找了三天时间。它回来就说，我找着了，它说它找着[咳嗽]一个地方，是牛踩的那个洞（坑），那个洞洞，还有蚯蚓，它说到那儿又有水又有蚯蚓吃。人去了之后一看，是牛踩的很小的一个牛脚洞，说～说不好，用那个～就惩罚它用打铁的那个水浇到它背上然后就起了癞蛤

蛾的起了一个一个[罗转贵说"哦"]，然后后来找第二个动物，就是那个~乌鸦。说原来乌鸦是白的，嗯~乌鸦说，我知道。它就去找，嗯~它去找，我看[声音放小，想]，反正是找着一个地方吧。那个地方也是不好，人不满意。好，那个~那个~人一看不满意，就用那个铁夹夹它的脖子，嗯~把它给弄到哪儿~脏的地方去。好，然后它身上就变成黑的了。因为那铁夹夹到它的脖子那，所以就留下两道那个~白的，所以老鸦（读wa）~乌鸦现在就~哦不是~是~是乌鸦吗还是什么，只剩下一点点白的[罗转贵点头"嗯"了一下]。然后第三个就是老鹰，老鹰说我知道哪个地方可以住，老鹰就去找，后来找一些很好地方，让人去，很宽呀，有山有水的。然后人去呢就很满意。很满意之后就问老鹰，你要什么东西呀？老鹰说，哎呀，我要想~想吃肉，但是呢~牛呀~这些东西呢我又~拿不动，[罗转贵"嗯"了一下]，嗯~我要鸡，所以人就让它吃鸡。但人就说啊，我们那个~冬天的时候，要结婚嫁女啊，要做好~做喜事啊什么东西的，那时候我们要用鸡，那时候你不要来吃，到夏天的时候，做得少一点，那时候你再来吃鸡，所以老鹰在夏天啊，四~五六月啊，四五月啊，那时候来吃鸡，就很多，冬天呢就很少来吃鸡了。听说过这个故事吗？

罗转贵：	没听说过。
罗鸿军：	听说过。

吴晓东：	听说过？
罗鸿军：	嗯。
吴晓东：	[对罗鸿军]你听说过，[对罗转贵]你没听说，转贵没听说过。[对罗鸿军]你听谁说过？
罗鸿军：	我听我爷爷说的。
吴晓东：	哦，听爷爷说的。你爷爷叫什么名字呀？
罗鸿军：	不知道。
吴晓东：	不知道。他还在吗？
罗鸿军：	不在。
吴晓东：	不在了。哦，你小的时候听他说的？
罗鸿军：	嗯。
吴晓东：	你奶奶还活着吗？
罗鸿军：	活着。
吴晓东：	你奶奶有多大年纪了。
罗鸿军：	嗯～七十多岁。
吴晓东：	七十多岁，哦，这样的，那你爷爷可能也是七十多岁了。你们俩觉得这个故事是真的吗？[对罗鸿军]你～你先说。
罗鸿军：	不是真的。
吴晓东：	[对罗转贵]你呢？
罗转贵：	我说不清楚。
吴晓东：	你说不清楚。[对罗鸿军]那～那你为什么觉得不是真的呢？有什么理由吗？
罗鸿军：	没有。
吴晓东：	没理由，只是不相信，是吗？

罗鸿军：	嗯。
吴晓东：	但是不知道为什么不相信，是吗？
罗鸿军：	是。
吴晓东：	[对罗转贵]你呢，你为什么说不清楚？又觉得有点真又觉得有点假，是吗？
罗转贵：	因为春天的时候都看不到老鹰吃鸡，但这两天的时候又比较看到老鹰吃鸡。
吴晓东：	嗯，这个是事实，是吗？
罗转贵：	嗯。
吴晓东：	这个是真的是这样，但是你又为什么有点不相信呢？为什么又有点说不清楚呢？
罗转贵：	因为～我觉得，为什么到打米那季节老鹰比较多，那个我也搞不清楚。
吴晓东：	就是说，你为什么又完全不相信？为什么又说不清楚？
罗转贵：	说不清楚。
吴晓东：	说不清楚。还是有点相信？
罗转贵：	嗯。
吴晓东：	是吗？
罗转贵：	是啊。
吴晓东：	又有点不相信，是吗？
罗转贵：	嗯。

我们往往对"神话是什么"这样的问题感到困惑，多少年来，我们没有一个令人满意的、能被人们广泛接受的定义。即使某些定义在表

面上看来比较完美，但在具体到要按这一定义来判断某一则文本的性质时，往往又犯难了。比如关于盘瓠的叙事，很多学者都称之为神话，但又有很多学者将之称为传说。这其实暴露了学者们自己对这一叙事的认知不一致，有的学者相信盘瓠叙事是真实历史，而有的不相信。相信者称之为传说，不相信者称之为神话。所以，一则叙事是否被称为神话，关键在于对这个叙事的认知，并不在于叙事本身。我们可以进一步以《圣经》的创世叙事来说明，对于信徒来说，这是真实的历史，不是神话；而对于非信徒们来说，这不是真实历史，是神话。

一则叙事，即使内容没有什么变化，随着时间的流逝，它的"命运"也会发生变化。比如我们现在所说的希腊神话，在古希腊时代，这些都被信以为真，被当作真的历史，对于当时的希腊人来说，这些叙事不是神话。但随着时间的流逝，现在的希腊人，即那些古希腊人的后裔们，再也不信那是真的历史了，这些叙事便成为神话了。

从调查来看，对于排烧当地人来说，叙事只有两类，一类是被相信为真的历史的，另一类是不被相信为真的历史的。单纯依照内容来判断哪一类是神话，恐怕难以成立。当然，叙事中是否有神是一个参考因素，但不是决定性因素，决定性因素是对待叙事的态度。

第四章

神话与故事的传承演变

第一节　流传度的问题

每一个神话、传说或故事，其流传程度是不一样的，有的流传非常广，妇幼皆知，而有的只限于一些爱讲故事的人。在排烧调查的时候，就深感到这一点。有的人能讲不少故事，而有的人几乎一个故事都不会讲。

在对排烧苗寨神话与故事的调查过程中，除了想了解这里有哪些与自然有关的神话、故事之外，笔者还想更深入一点地了解这些故事的流传状况，哪些故事在这个村子里流传比较广，为很多人所熟知，哪些只是少数人知道并讲述，哪些又是虽被众人所知晓，但一般只为少数人讲述，等等。这些问题如果采用直接的询问我们往往难以得到答案，只有在访谈中不断地感受，分析，最后得出结论。我从各种访谈中抽出一些，统计出一个表来，从中可以看出哪些故事流传度广，哪些故事（包括神话）流传度小。虽然这个表所涉及的故事与人并不是很多，但也某种程度上反映了故事的流传度，如下：

表一　讲述人掌握故事统计表

神话故事＼被访谈人	吴祖祥	吴祖培	罗铃	吴波	吴国祥	吴国森
人与鱼	不会	会	会	会	不会	不会
蚯蚓与太阳	不会	不会	不会	不会	不会	不会
螃蟹与水牛	会	会	不会	会	会	会
狗与山羊	不会①	会	不知	会	会	会
蕨菜与大米	不会	不会	不会	不会	不会	不会
猪与狗	会	会②	会	会	会	会
水牛与黄牛	不会	不会	不会	不会	不会	会
水牛与杉树	会	会	不会	不会	不会	不会
水牛与枫香树	不会	会	不会③	不会	不会	不会
马桑树与太阳	会	会	会		会	会
猫头鹰与耗子	会	不会	不会		不会	不会
马蜂与蜜蜂	不会	不会	不会	不会	不会	不会
人与鸟	不会	不会	不会	不会	不会	不会
人与虎	会	不会				
为什么要吃鼓藏	不会	会	不会		会	会
猴子变人	不会		不会		会	会
螺蛳与人	不会		不会		会	会
青蛙与鸭子	不会	会	不会	不会	会	会
蚂蚁与人	会		不会	不会	不会	会

① 他知道这个故事，但不会讲了。他告诉我说石有文会讲。他可能从石有文那里听过这个故事。
② 他说是听吴光耀的父亲讲的。
③ 但她知道杀水牛祭祀祖先的木架要用枫香树来做。

续表

被访谈人\神话故事	吴祖祥	吴祖培	罗铃	吴波	吴国祥	吴国森
桑蚕与蟑螂	不会		不会	不会	不会	不会
蜈蚣与姜央	不会		不会	会①	会	会
粮种的故事	不会		不会	会	会	会
烟与口水	不会		不会	会②	会③	会④
洪水神话	不会		会	会	会	会
猫与耗子					会	会

从这份统计我们可以看出一些信息，比如射日神话在排烧是流传度比较广的一个故事，被访谈的六个人中有五个都会讲，有一个被访谈人的情况未知，没有被问及这个神话故事。"人与鱼"（可取名为《人为什么要吃鱼？》）的故事流传度也还可以，被访谈的六个人中有一半的人会讲。"太阳与蚯蚓"的故事流传度就不是很高，这六个被访谈人中都不会讲。

这些统计并不是直接问被访谈者是否会某一个故事，因为那样得到的答案会有一定的偏差。统计来源于访谈中的具体表现，根据个人的表现来判定他或她对某一个神话或故事的熟悉程度，但是这个表很不全面，很多被访谈人没有统计进去，而有的被统计的人的访谈又没有呈现在书中。下面是一部分与流传度有关的访谈。

访谈一

访谈对象： 石有高（村支书，男，38岁）

访谈时间： 2005年8月2日下午19点

---

① 她讲了另一个故事。
② 发生了变异，不带有荤故事的成分。
③ 带有荤故事成分。
④ 带有荤故事成分。

访谈地点：　　石有高家

其他在场人：　吴光耀、石有高妻子与儿子

访谈情境：　　他邀请我和吴光耀一起到他家吃晚饭，一边吃饭我们一边聊天

访谈编号：　　20050802 排烧苗族口头文学访谈 08

吴晓东 [问石有高]：牛为什么要吃杉树的尖尖？

石有高：　　　～

吴光耀 [主动接腔]：那个呢，那种。以前，老人死要做一个杉树老木（棺材）。老木讲，要我来埋老人，最好拿一头水牛来杀配合，最热闹。人就讲，真的真的，得一个老木，应该杀一头牛。牛讲，妈的，要你去埋，还要我去陪伴。于是，牛一见杉木就专门吃那个尖尖。它讲，你搞啊，让人杀我们，恨你！现在牛一见杉木就吃尖尖。

吴晓东：　　　牛为什么要吃杉树的尖尖？

故事讲完，石有高说他听说过，但是怎么也想不起来。看来他是很久没有讲故事了。

吴晓东 [问石有高]：平时你这小娃娃也不叫你帮他们讲故事。

石有高：　　　唉，也不太叫，他专门跟他老师，和跟他这些平班的。我们他也不太讲，也想不起摆这些故事。

吴晓东：　　　他妈妈讲吗？

石有高：　　　也不讲。……唉，看起来，摆这些现在没有好多人了。

吴晓东：　　　你觉得这些故事会消失吗？

石有高： 唉，记得，就不消失。不记得，会摆的过去了（去世了），以后逐渐消失。

访谈二

访谈对象： 石有德（男，35岁）
访谈时间： 2005年7月28日傍晚
访谈地点： 吴往报家
其他在场人：李玉军、平立豪等
访谈情境： 晚饭前大家围着火塘烤火，聊天
录音编号： 20050728排烧苗族口头文学访谈07

石有德： 30岁左右的人出去打工的多。300多人出去打工。这段时间主要是割牛草，早上也放到外面去吃草。下午一般就不放了，晚上就喂些草，这些草是上午放牛的时候割的。
吴晓东： 现在在排烧还有没有人在夏天或者冬天摆故事？还摆不摆？
石有德： 摆故事？有的老人也摆嘛。
吴晓东： 老的还摆？给小娃娃摆？
石有德： 唉，摆一点点。
吴晓东： 像你这个年龄还给小娃娃摆故事吗？
石有德： 不懂……摆民族故事也不太懂。
吴晓东： 你小的时候你听过你父母给你摆过故事吗？
石有德： 这记不清了。
吴晓东： 你老者从来没有给你摆过？

石有德：没有摆过。我老者没有文化……他只摆过一些以前的事情，土改呀。

吴晓东：他讲的那些都是真实的故事是吗？

石有德：都是真实的故事。

吴晓东：那些比较好玩的，比如螃海和牛打冤家的故事你听讲过吗？

石有德：听别人讲过嘛。具体是哪个讲嘛，现在记不得了。

吴晓东：像刚才我说的这些故事，不一定是真的故事，类似螃海和牛打冤家的故事，你印象最深的是什么故事？打个比方，如果我现在让你给小孩讲一个故事，你还记得起哪一个故事？

石有德：嘿嘿嘿，以前的那些故事，我听说个把，要我给小娃娃摆，我摆不出来。

吴晓东：你不一定摆出来，但你记得的是什么？

石有德：不要说出来。

吴晓东：不要说出来？

石有德：嘿嘿，好像没有。

吴晓东：嗯~人为什么吃鱼这个故事你听说过吗？

石有德：没听说过。

吴晓东：狗为什么要撵山羊？

石有德：没听过。

李玉军：若是白天跟老头子放牛呢，小娃仔拢起烤火，老人就摆。主要是晚上，尤其是冬天，一般夏天不摆这些故事，一般是冬天烤火，围在一起了嘛，老人就摆故事。

吴晓东： 玉军，你从小到大，你对这些故事哪一个印象是最深的？

李玉军： 姜央那个故事。

吴晓东： 姜央的哪一部分？

李玉军： "姜央洪水滔天"，还有"姜央跟老虎"的那一段。有一些故事有一点滃滃，但不知道叫哪样名字的故事。有的故事我们能记得一点点，但不晓得那叫哪样故事。有的故事记不得了，别人一摆，好了，前前后后是哪样子又记起来了。

平立豪： 是老鹰去要种子来的。每一种动物，都有一种报酬，它才去做那种事情。

访谈三

访谈对象： 罗鸿德（73岁，男，读过私塾、完小，曾在三都粮食局工作）

访谈时间： 2005年7月29日上午

访谈地点： 吴祖祥家门口

其他在场人： 李玉军

访谈情境： 早上，没有什么事情，我与李玉军坐在家门前聊天，罗鸿德老人自己走过来与我们聊，我趁机坐了一些访谈

录音编号： 20050729排烧苗族口头文学访谈01

吴晓东： 你听这些故事是听你老者说的呢？还是……

/罗鸿德： 我老者不会讲，我老者是一个忠诚老实，我家几代

人都是一个忠诚老实。

吴晓东：哦，老者不会说。

罗鸿德：搞农业，哪样不会。①

吴晓东：他上过学吗？

罗鸿德：啊~我老者过去读过私塾。一年。

吴晓东：他不给你讲故事？

罗鸿德：他没讲。

吴晓东：那你给你的这些孩子讲过故事吗？

罗鸿德：他不用嘛，你讲？他讲你这些是扯谎的，他哪会听你的，他懒得理你。

吴晓东：我是说你的小娃娃们。

罗鸿德：他不爱听。

吴晓东：你是说你的娃娃还是孙子？

罗鸿德：唉，孙子嘛~（显然不是指孙子）

吴晓东：孙子也不爱听？

罗鸿德：孙子也不爱听（这是受到问话人的诱导后的回答），这个朝代嘛一天就是打牌、打麻将。你讲作一些简单文章啊，这些他不用了。

吴晓东：现在老人也不坐到一起摆故事了？

罗鸿德：嗯，没搞。摆故事，这些只有那个吴伯，去年死的那个爱摆点点，这些都摆不拢。

吴晓东：吴伯？

罗鸿德：吴绍明，去年死了嘛。那个摆嘛，差不多圆满。现

---

① 指只知道务农，别的都不会。

		在我们这个寨子讲那个吴公会摆，他（其实）不会摆，人家讲他哦哦哦，点个头，实际上喊他摆，摆出个具体来，他讲不拢。
吴晓东：	吴公？哪个吴公？
罗鸿德：	吴焉脸嘛。
吴晓东：	他也是个享酿？
罗鸿德：	过去他家在我们这个寨子嘛，立了个鼓藏头。苗族吃鼓藏嘛，由他家搞赶先。他点头人才搞，他没点头他人家搞不拢。就那种了嘛。
吴晓东：	哦，他是鼓藏头。他也会摆一些故事但摆不圆满？
罗鸿德：	摆没圆满。
吴晓东：	你的那个儿子，他懂得也不少嘛。
罗鸿德：	不懂。
吴晓东：	懂。他摆得不少。
罗鸿德：	他摆点点简单，拿东来盖西的那种。
吴晓东：	还可以。
罗鸿德：	嘿嘿嘿。
吴晓东：	你当时是跟谁学？
罗鸿德：	跟光耀他老者学嘛。光耀家是几代人都用那个嘛。
吴晓东：	哦，你也是跟光耀他老者学。当时你念的那个～他到哪个时候就开始？
罗鸿德：	我们念那个从洪水朝天以后念过来。从洪水朝天以后，啊，人，鬼，一下都全部死完了。那种呢，后来呢，才有～两姊妹钻那个葫芦，然后她两个不死，然后钻那个大葫芦呢，水一涨它就越漂。那两个人

呢，然后呢，信鬼。我们从洪水朝天念来的。你做哪样也好，念这些鬼呀，从洪水朝天灭亡以后，这些坡坡脑脑的话呢，过去是一扎平阳了嘛，洪水朝天以后才把这些肥泥已经刮完了，剩这些坡坡脑脑，全部是石头嘛，它才刮不去。我们这些地方才有这些坡坡脑脑。

吴晓东： 你跟他学了多少天？

罗鸿德： 那不是跟天来学的，有时间在腻了，摆点点。

吴晓东： 在这之前你跟他学了多少时间？

罗鸿德： 也不是跟他学了多少时间，在腻了，来摆点点，像我俩摆这种。有时间在腻了摆点点，他又老，他又不去坡。哎，你教我点点。你想学哪样，比如你说想学语文他就教语文，你说想学英语他就教英语……就像这种。

吴晓东： 哦，他要问你想学哪样？

罗鸿德： 对。你想学哪样，想做哪样鬼。你想学哪样我就教你哪样。

吴晓东： 你当时想学哪样？

罗鸿德： 我当时？当时那个小个病呀，我就问这些了嘛。是那个喊，那种了嘛。

吴晓东： 等于你还没有正式来跟他学。

罗鸿德： 没正式。

吴晓东： 没正式学，刚开始想学。刚开始想学他就喊你吊那个……

罗鸿德： 哦！你比，他扭了你才学。

吴晓东： 但是你还没有学你怎么会念？
罗鸿德： 他教点点。
吴晓东： 教点点。
罗鸿德： 他教——首先念这个从洪水朝天以后哪样成哪样，哪样成哪样鬼，鬼从哪里来，人又从哪里发成鬼。从哪里——，你就念嘛。他让你做，他就扭让你看，他不让你做，就不扭咯。
吴晓东： 等于是要看祖宗让不让了。
罗鸿德： 嗯。

访谈四

访谈对象： 李玉军（男，27岁，三都民中老师，老家在排烧）
访谈时间： 2005年7月29日上午
访谈地点： 吴祖祥家门口
其他在场人：罗鸿德
访谈情境： 清早我和李玉军坐在门口聊天，罗鸿德主动过来与我们聊天
访谈编号： 20050729排烧苗族口头文学访谈05

李玉军： 我姑妈她们呢，回来，我奶她们呢，在家做针线，奶会摆，无形当中就摆起来。能用歌来唱的就唱歌，唱歌又摆，唱歌又解释，是那种意思了嘛。所以她们那个她摆那个故事并不是为了好玩，奶摆给姑妈她们就是她拿那个故事来教育她们，讲道理了嘛。

访谈五（一）

访谈对象： 石有良（男，60岁）
访谈时间： 2005年8月1日上午
访谈地点： 石有良家牛棚处
其他在场人：吴光耀
访谈情境： 与吴光耀等人修牛棚休息的时候，我独自来到石有
            良家的牛棚，石有良与他的孙子在那里，打了招呼，
            进去与他聊天
录音编号： 20050801 排烧苗族口头文学访谈 06

吴晓东： 你今年六十？

石有良： 嗯。

吴晓东： 这两个娃娃平时都是你带？

石有良： 奶（奶奶）带，我也带。我去打草啊。那种奶带。

吴晓东： 奶好大年纪？

石有良： 奶五十多岁，我大她三岁。

吴晓东： 她也是住这边还是住排烧那边？

石有良： 她住打渔那边嘛。①

吴晓东： 打渔乡。哦，你们是打渔乡的？

石有良： 她是打渔乡的，我们是拉揽乡。

吴晓东： 你现在家还是在排烧这里吗？

石有良： 嗯，在排烧。吴公在牛打角，牛角塘那里，我家在
         上头那里。

---

① 误解以为我问他他老伴的老家是哪里。

吴晓东： 给这两个小娃娃讲哪样故事？给我摆一摆嘛。
石有良： 哈哈哈哈哈哈。我教他说客话，一二三四五啊。有时教点点山歌啊。他小，他记不得。
吴晓东： 教点点山歌，是用苗话还是客话？
石有良： 苗话。
吴晓东： 你给他们摆月亮的故事吗？太阳的故事吗？
石有良： 哈哈哈哈。月亮吗？
吴晓东： 嗯。
石有良： 我摆月亮，摆太阳的故事。
吴晓东： 你给我摆一摆看。
石有良： 哈哈哈哈。嘿，我也不会摆嘛，嘿嘿。我讲句把我不会讲好多。
吴晓东： 能摆几句摆几句嘛。摆个月亮的故事我听听。
石有良： 我讲没成嘞。整个，吴公会讲完完。
吴晓东： 我不想听吴公讲，我想听你讲。
石有良： 我们整芒（做饭）吃。
吴晓东： 我吃过了，我不吃了。我想听你摆摆故事。
石有良： 哈哈哈，我不会摆哦，嘿嘿。他讲过他才晓得，我听，老人讲几句几句，现在我讲小小个，几句几句的，整个的我不会摆。
吴晓东： 人为什么要吃鱼的故事你会摆吗？
石有良： 肉？
吴晓东： 鱼。水里面的那个鱼。
石有良： 这个我不会摆。
石有良： 吴公他老者会摆他才会摆，我老者不会摆，我记不得，我听别个摆，我记不得。他学鬼师，他也晓得，摆古老，他也晓得。我们没晓得那些。

吴晓东： 太阳和月亮的故事你没听过？

石有良： 本是听点，过下嘴巴。嘿嘿。

吴晓东： 听成哪样子？你讲不全也无所谓嘛。

石有良： 嘿嘿，讲不成，我记不得，我只摆点点个，记不得了。

吴晓东： 蕨菜的故事你会吗？

石有良： 蕨菜吗？

吴晓东： 嗯。

石有良： 蕨菜，蕨菜……不会摆哦。

吴晓东： 为哪样要吃鼓藏呢？

石有良： 嘿嘿，哪个？鼓藏，以前老人讲，没发展人，没发展……搞鼓藏热闹才，才发展那些小个（孩子）。老人讲那种，意思就是那种。

吴晓东： 小个？哪样小个？

石有良： 生小娃娃。

吴晓东： 哦。吃鼓藏是发展人，是吗？

石有良： 哎，讲那种。那刚做那种也没得好多，这刚，嘿嘿嘿嘿，哎哟，没吃鼓藏这刚也得老火。这刚计划生育，哎哟，得多，没吃亏的。

……

吴晓东： 狗撵山羊的故事你听说过吗？

石有良： 狗撵山羊吗？没听讲过。他们那些会老人歌啊，会摆那些，那种他才晓得，我没晓得哦。我只见他们，

|||||得个调子来，唱我会唱点点，那种哦。
吴晓东： 那你唱几句我听听嘛。
石有良： 嘿嘿，没（不）大好讲。讲不大成。
吴晓东： 不要紧嘛，唱句把句听听。
石有良： 唱苗族吗？唱苗族我没会唱。唱客家。
吴晓东： 你唱客家的啊？苗话的你会唱哪些呢？
石有良： 苗话的我不会唱好多。
吴晓东： 我要唱山歌的。
石有良： 山歌我不会唱。
吴晓东： 插秧的歌有没有？砍树子的歌有没有？
石有良： 可能有啊。正月约妹二月来，二月忙去砍生柴。三月忙去撒秧种，四月又怕秧老来。五月有个端阳节，六月抬米下新街。七月有个七月半，八月又怕米黄来。九月有个重阳节，十月又怕打霜来。冬月又怕下冷来，腊月又怕过年来。妹有心来哥有心，有心有意今晚来。我只这么会唱点点山歌，教那些小个听做玩意（听着玩）。
吴晓东： 唱是哪么唱的？调子呢？

于是石有良老人唱了起来。当着两个小孩子的面唱的，那两个小孩很高兴，跟着学他的调子。趁他比较放得开的时候，我又问他。

吴晓东： 苗歌你会唱哪一首？苗歌。
石有良： 苗歌我不会好多。会一点点给他们唱着玩，唱不成哦。

吴晓东： 唱一点点听听。
石有良： 嘿嘿，吴公才会唱。

访谈五（二）

吴晓东： 吴烟脸他去了吗？
石有良： 他去了嘛。头回你来他还在没在？
吴晓东： 没在了。他会讲故事是吗？
石有良： 他会讲故事，他还会念鬼。
吴晓东： 他也会念鬼？
石有良： 对。鼓藏他也会念。吴公还不会念鼓藏，吴公只晓得念那些人死了。
吴晓东： 光耀他不会念鼓藏？
石有良： 嗯。可能他得也得点，没得多，那种。

学巫是一种专业性的技能，要有师傅专门传授，不像一般的故事的传承那样在平时很随意的场合便能得到。

访谈六

访谈对象： 罗正春（男，68岁）
访谈时间： 2005年7月31日
访谈地点： 罗正春家
其他在场人： 罗运辉、罗转富等多人
访谈情境： 我与罗转富、罗运辉一起到罗正春家吃饭，一边吃饭一边讲故事
录音编号： 20050731排烧苗族口头文学访谈04

吴晓东： 马蜂和蜜蜂的故事你晓得吗？
罗正春： 哦，我老了，我不研究这些。
吴晓东： 马蜂和蜜蜂的故事你不晓得？就是马蜂骗蜜蜂的事情，晓得点点吗？
罗正春： 点点我也不晓得，我只晓得共产党的事情。我19岁就入党了，老共产党员我。入党后我就离开田头了，一直干革命工作到我61岁我才退休。
吴晓东： 你去拉揽之前是在排烧这边长大的吗？
罗正春： 我在拉揽乡长大的。
吴晓东： 在拉揽乡那边长大的？从出生之后不在排烧这里长大？
罗正春： 在我家。
吴晓东： 19岁之前是在排烧这里？
罗正春： 是的。

访谈七

访谈对象： 吴祖松（男，20多岁，吴光耀的三儿子）
访谈时间： 2005年8月1日上午
访谈地点： 吴光耀家的牛棚处。
其他在场人：吴光耀、吴祖帮、吴祖培
访谈情境： 与吴光耀等人去修牛棚，重新盖屋顶，我也帮一些忙，大家一边干活一边聊天，我趁机访谈吴祖松
录音编号： 20050801 排烧苗族口头文学访谈07

吴晓东： 你会不会摆人爱抽烟爱吐口水的那个？

吴祖松：　没晓得嘞。

吴晓东：　吐口水那个没晓得？

吴祖松：　有个把没抽烟他也吐啊。

吴晓东：　粮种呢？①

吴祖松：　粮种？什么意思？

吴晓东：　就是谷子的那个种子是怎么来的？

吴祖松：　你是讲这个杂稻还是以前？

吴晓东：　就是这个稻子嘛。[我指了指田里的稻子]

吴祖松：　这个稻子就是杂稻了嘛。

吴晓东：　不是说杂稻。我是说这个稻子是哪个偷来的，是狗偷来的还是老鼠偷来的？

吴祖松：　是配的了嘛。就像苞谷，你栽两种品种，以后你收那个苞谷它就是配合的了。

吴晓东：　不不不，不是说这个。有个故事说是这个谷子种子说是老鼠偷来的。

吴祖松：　哦，你讲老者摆的那个？

吴晓东：　哎。

吴祖松：　那个昨晚他不摆了？

吴晓东：　对对，那个他摆了。那个牛为哪样要吃草这个故事呢？

吴祖松：　牛？为哪样要吃草？

吴晓东：　嗯。有没有这个故事？

吴祖松：　可能也要有，但我老者可能还是不懂。

---

① 因为他是吴光耀的儿子，以为他很懂，我就说得很省略。

吴晓东:	有没有青冈树的故事?
吴祖松:	青冈树?青冈树的我还没懂嘞。
吴祖松:	蜈蚣呢?就是很多很多脚的那个,蜈蚣虫。
吴祖松:	那些我不太学,我要听我老者摆才晓得。
吴晓东:	螺蛳呢?螺蛳有没有?
吴祖松:	螺蛳啊?
吴晓东:	嗯,田头那个螺蛳了嘛,田螺了嘛。有没有田螺的故事?
吴祖松:	可能也要有,那些老人晓得,我们没得到。
吴晓东:	燕子呢?家里面那个燕子,有故事没得?
吴祖松:	肯定样样都有,但是呢,我们这些小的没得老的摆得多。
吴晓东:	牛为哪样要打架,这个有没有故事?
吴祖松:	有。我听我老者他们摆过,但我搞忘记了。牛和这些狗啊,公鸡这些嘛,他们讲是以前啊,我们摆嘛摆没透,以前啊,做哪样(不知道为什么)打抢(抢东西)了,这刚(现在)一见就打架。公鸡、公狗、牛牯子这些嘛,一见就打架。
吴晓东:	哦哦,牛牯子。
吴祖松:	嗯,牛牯子、公狗、公鸡这些,都有故事的,我们摆还没出。
吴晓东:	大概是哪样子的?
吴祖松:	大概可能是它以前那个历史,抢,争哪样鬼(争什么)呢,可能有的赢了,不服一见就打,就像人有仇那种。争哪样子就搞还没清楚。争了嘛可能有一

　　　　　　　边赢哦，输的那边你就不服气，一撞到就打。牛、
　　　　　　　狗、鸡那些一撞就打架。实际这刚它又不争哪样了，
　　　　　　　像这种喂的各在各家吃。
吴晓东：　　　公牛可能是争母牛。
吴祖松：　　　可能也是争母牛，嘿嘿，这个故事我们摆没出啊。
　　　　　　　可能也是那个意思啊。

访谈八（一）

访谈对象：　　石有高（村支书，男，38岁）
访谈时间：　　2005年8月2日晚上19点
访谈地点：　　石有高家
其他在场人：　吴光耀、石有高妻子与儿子
访谈情境：　　他邀请我和吴光耀一起到他家吃晚饭，一边吃饭我
　　　　　　　们一边聊天
访谈编号：　　20050802排烧苗族口头文学访谈08

吴晓东：　　　你老者在你们小的时候经常给你们讲故事吗？
石有高：　　　我小的时候我不太在家。
吴晓东：　　　你当兵是哪时候走？
石有高：　　　我是1986年，那时候我才十多岁。
吴晓东：　　　那你见过吃鼓藏吗？
石有高：　　　没有！
吴晓东：　　　他给你摆过那些民间故事吗？比如我听吴公说的青
　　　　　　　蛙和鸭子的故事。
石有高：　　　没有。

吴晓东： 有说天上太阳月亮太多了，射日射月的故事呢？

石有高： 那些我都听不懂（不知道）。我懂事之后就没有挨老者（父亲）吃一顿饭。

吴晓东： 我再想想，蕨菜和大米的故事你知道吗？

石有高： 那我不晓得。

吴晓东： 蕨菜、大米……，啊，对了，狗为哪样要撵那个山羊？

石有高： 这没有听讲。

访谈八（二）

吴晓东： 牛为什么要吃杉树的尖尖？

石有高： 听说过，但摆不出了。

/吴光耀： 那个呢，那种。以前，老人死要做一个杉树老木（棺材）。老木讲，要我来埋老人，最好拿一头水牛来杀配合，最热闹。人就讲，真的真的，得一个老木，应该杀一头牛。牛讲，妈的，要你去埋，还要我去陪伴。于是，牛一见杉木就专门吃那个尖尖。它讲，你搞啊，让人杀我们，恨你！现在牛一见杉木就吃尖尖。

石有高： 听说过，但是怎么也想不起来。

吴晓东： 平时你这小娃娃也不叫你帮他们讲故事。

石有高： 哎，也不太叫，他专门跟他老师，和跟他这些平班的。我们他也不太讲，也想不起摆这些故事。

吴晓东： 他妈妈讲吗？

石有高： 也不讲。……唉，看起来，摆这些现在没有好多人了。

吴晓东：　你觉得这些故事会消失吗？

石有高：　哎，记得，就不消失。不记得，会摆的过去了，以后逐渐消失。

访谈九（一）

访谈对象：　吴祖祥（原村支书，50多岁，男）

访谈时间：　2005年8月3日上午

访谈地点：　吴祖祥家大门前的走廊上

其他在场人：无

访谈情境：　因村子里的水池坏了需要修理，吴祖祥从牛棚回家来处理这事。在水来之前他没事，于是我们两个坐在大门前的凉竹沙发上闲聊天，我根据自己知道的一些故事逐一问他

录音编号：　20050803排烧苗族口头文学访谈02

吴晓东：　民间故事你还记得哪样故事吗？

吴祖祥：　唉，记不得，原来不太挨老人，没听老人讲多少。

吴晓东：　你老者你妈妈他们给你讲过故事吗？

吴祖祥：　他们一般都不讲，大点就读书去了。

吴晓东：　原来你们在哪里读书？

吴祖祥：　小的时候在寨子读，大一点就到拉揽读。

吴晓东：　原来你们读书的时候寨子有几年级？

吴祖祥：　有完小。现在又不搞了，现在只有四年级。拉揽那边说，我们这里一办，学生就不到那里去了。那里

学生数量不够。

访谈九（二）

吴晓东：　狗为哪样要撵那个山羊呢？这个故事晓得吗？

吴祖祥：　那个，那个我搞也不清楚。那个有人晓得，一会儿去坡上我们摆。①

吴晓东：　那不用，我想看你晓得不。

吴祖祥：　哦，那个，那个我不晓得。

吴晓东：　听说过点点？

吴祖祥：　听也听说过，但是嘛，我记不清楚。

吴晓东：　晓得这个故事？

吴祖祥：　晓得有，不晓得它是怎么样才去撵那个我都搞不清楚。

吴晓东：　你晓得哪个晓得这个故事？

吴祖祥：　那个石有文，石有文可能晓得点。

吴晓东：　石有文多大年纪？

吴祖祥：　他大概四十，四十九。

吴晓东：　你怎么晓得他会讲这个故事？

吴祖祥：　他？我们原来在这里摆的时候，他多晓得一点。

……

吴晓东：　那个蕨菜和大米的故事，山上的蕨菜？

吴祖祥：　这个我也搞不清楚。

……

---

① 看来他知道这个故事，只是他不太叙述得清楚，所以不愿意讲。

吴晓东：   那个，牛为哪样要打架？

吴祖祥：   牛嘛，搞不清楚。

吴晓东：   牛为哪样要吃草呢？

吴祖祥：   哎呀，也搞不清楚。

访谈九（三）

吴晓东：   那个，牛为哪样要打架？

吴祖祥：   牛嘛，搞不清楚。

吴晓东：   牛为哪样要吃草呢？

吴祖祥：   哎呀，也搞不清楚。

访谈九（四）

吴晓东：   人为哪样要吃天上的鸟的故事晓得吗？

吴祖祥：   那个我也搞不清楚。

吴晓东：   夜晚的那些星星是怎样来的？

吴祖祥：   那个，那个也不懂。

吴晓东：   有没有关于青蛙的故事？

吴祖祥：   不晓得。

吴晓东：   螺蛳呢？田头里面的螺蛳。

吴祖祥：   不晓得。

访谈九（五）

吴晓东：   燕子有故事吗？

吴祖祥：   有可能有，但不懂哦。

吴晓东：   猴子是人变的故事你懂吗？

吴祖祥：　也不通。

吴晓东：　螳螂和那个蚕，吃桑叶的那个蚕，蚕为哪样要吃桑叶？

吴祖祥：　也搞不懂，蚕姑娘了嘛？

吴晓东：　对。

吴祖祥：　吃桑叶那个？我不清楚。

吴晓东：　粮种是怎么来的？谷种了嘛。

吴祖祥：　我不清楚。

吴晓东：　我听光耀说是老鼠去偷来的。

吴祖祥：　可能也是这种，他们会摆，我不太懂多。

吴晓东：　人为哪样抽烟爱吐口水？

吴祖祥：　嘿嘿，也搞不清楚。

吴晓东：　还有为哪样要用竹子做那个卦？

吴祖祥：　就是两半那个了嘛，我也不晓得。

访谈十

访谈对象：　罗春琴（女，小学五年级学生）

访谈时间：　2005年8月5日下午

访谈地点：　罗鸿德家走廊上

其他在场人：罗铃等

访谈情境：　我去找罗鸿德老人，他不在家，碰见他孙女罗铃、罗春琴以及其他小女孩在一起玩，于是便问她们一些故事。她们都很乐意和我说话，并且用的是普通话

录音编号：　20050805排烧苗族口头文学访谈03

吴晓东： 有个太阳的故事你知道吗,有好多好多的太阳,太热了,有个人就爬到一棵树上去把太阳射下来。

罗春琴： 听过。

吴晓东： 听过?

罗春琴： 嗯。你也知道呀。

吴晓东： 我只听过这一小点。

罗春琴： 我也只听过这一小点。

吴晓东： 有几个太阳?

罗春琴： 九个。

吴晓东： 后来呢?后来我就不知道了。

罗春琴： 后来有一个人爬到那棵树上去拿枪打太阳。

吴晓东： 然后呢?

罗春琴： 然后就不知道了。

吴晓东： 打下来没打下来呢?

罗春琴： 打下来了。嗯—,还有九个太阳的时候,人们晚上才去坡,白天在家都不好在的。

吴晓东： 什么?你再说一遍。

罗春琴： 不说了。

吴晓东： 猪和狗开田的故事你知道吗?

罗春琴： 哦!我公也讲过。

吴晓东： 你公也讲过?

罗春琴： 那个猪和狗去挖田的时候,狗懒狗去睡觉,猪挖一天的田,猪来吃饭,狗去(田里)转来转去,那个狗回来的时候,不知道是谁问那个狗,说,猪耙田你不耙田是不是?它说,不是呀,你们不信去看有谁的脚印。好啊，他们回去（看）的时候，都是狗的脚印。是不是呀？

……

吴晓东：　青蛙和鸭子的故事听说过吗？

罗春琴：　没听过。

吴晓东：　就是说鸭子吃青蛙的孩子的那个故事。

罗春琴：　没听说过。

……

吴晓东：　让我看看，那个猫头鹰为什么要吃耗子呢？

罗春琴：　也没听说过。

吴晓东：　你知道耗子吗？

罗春琴：　知道。

吴晓东：　我再问你一个故事好吗？

罗春琴：　好呀。

吴晓东：　天上的星星是怎样～成的，变成的，知道吗？

罗春琴：　我也不知道，我只知道那些～嗯～嘿嘿～那些人的故事，人在天上的故事。我不说了，我公来你听他说好了。

吴波是吴往报的孙女，说她爸爸妈妈给她用苗语讲故事，她会用苗语说，但不会用汉语说。她没有听说过猪开田的故事，狗撵山羊的故事她也没有听过。罗铃说她们课文中有狼的故事，罗铃说了牛为什么吃草的故事。

访谈十一

访谈对象： 罗铃（11岁，女，小学生，罗鸿德的大孙女）
访谈时间： 2005年8月5日下午
访谈地点： 罗铃家走廊上
其他在场人： 罗春琴等
访谈情境： 我去找罗鸿德老人，他不在家，碰见他孙女罗铃、罗春琴以及其他小女孩在一起玩，于是便问她们一些故事。她们都很乐意和我说话，并且用的是普通话
录音编号： 20050805排烧苗族口头文学访谈03

罗铃是一位小学五年级的女学生，我问她关于洪水的故事的时候，她说不太好说。

吴晓东： 你给我讲讲洪水的故事呀。
罗　玲： 嗯——不太好说。
吴晓东： 不太好说？为什么？
罗　玲： 为那个为那个……
吴晓东： 哦！我知道了，是因为他们两个后来结婚了你不好意思说，是吗？
罗　玲： 是呀。你知道呀你，你是故意来考我呀你！
吴晓东： 哈哈哈哈。那你就不说了？
罗　玲： 你都知道了我还说什么。
吴晓东： 那~我是老师呀，老师要考你，老师也知道呀，那老师为什么要考你？
罗　玲： 嘿嘿嘿。

罗铃没有听过田螺姑娘的故事。罗铃的父亲白天不做工的时候常给她讲故事，她姑姑夜晚也常给她讲故事。在牛棚，一般是上午放牛，下午就没有什么事情了。她说她姑姑从来没有给她讲过鬼的故事。

访谈十二（一）

访谈对象：　罗转贵（男，14岁，小学刚毕业，准备去县中学上学），罗鸿军（男，11岁）

访谈时间：　2005年8月7日上午

访谈地点：　罗转贵家

其他在场人：无

访谈情境：　早上去村电工罗运辉家想让他帮修一下电路，他上山割牛草去了，他儿子罗转贵与另一个叫罗鸿军的小男孩在煮面条，我坐下来等罗运辉，顺便访谈了两位小男孩，看他们对我已经搜集到的一些故事的了解程度。因为他们主动与我说普通话，所以访谈是用普通话进行的

录音编号：　20050807排烧苗族口头文学访谈01

吴晓东：　你没听说过？你会呀？会吗？就是说人～说那个鱼在河里拉屎拉尿让人吃的那个你不会？没听说过？

罗鸿军：　没听说过。

吴晓东：　哦～，那个～水牛和螃蟹，你知道螃蟹吗？

罗鸿军：　不知道。

吴晓东：　螃海［改用方言说］。知道吗？不知道呀？

罗鸿军：　嗯。

吴晓东：　不知道什么是螃蟹？

罗鸿军：　知道。

吴晓东：　我就是说水牛和螃蟹打冤家的故事你知道吗？说那个螃蟹夹那个牛鼻子[做夹鼻子状]。没听说过？那～蚯蚓，你知道蚯蚓吗？

罗鸿军：　知道。

吴晓东：　蚯蚓偷那个太阳的项圈，这个你知道吗？

罗鸿军：　不知道。

吴晓东：　也没听说过？你爸爸妈妈从来没给你讲过故事？

罗鸿军：　没讲过。

吴晓东：　那你会讲什么故事呢？你想一个我看看。不会一个都不知道吧，你都14岁了。那个"猪开田，狗吃饭的故事"听说过吗？

罗鸿军：　没听说过。

吴晓东：　听说过吗？转贵？

罗转贵：　那天晚上我们都讲过了。

吴晓东：　哦，讲过了，是吗？嗯，那个蕨菜，你知道蕨菜吗？

罗鸿军：　知道。蕨菜就是那个_____

吴晓东：　哎，就是那个长上去一卷一卷的，知道哈。蕨菜和大米争当那个头，看谁能当老大的那个故事，你听说过吗？

罗鸿军：　没有。

吴晓东：　你也没听说过？[转向罗转贵]

罗转贵：　嗯。

吴晓东：　那个~狗撵山~"狗撵山羊的故事"？会吗？没听说过？你呢？[转向罗转贵]

罗转贵：　我也没听说过。

吴晓东：　你也没听说过？说那个山羊的脚~脚丫丫有韭菜的味道。听说过吗？

罗转贵：　没有。

吴晓东：　没有哦。"水牛和螃蟹的故事"那天你说了啊，说了吗？

/罗转贵：　螃蟹那个——

吴晓东：　那天你说了吧，说了吗？我记着好像说了。

罗转贵：　说了。

吴晓东：　那个蚯蚓偷太阳的项圈的故事你没听说啊？[转向罗鸿军]

罗鸿军：　没有。

吴晓东：　牛为什么要吃草的故事知道吗？

罗转贵：　那个我好像知道。

吴晓东：　你知道啊？那天晚上你没说吧？

罗转贵：　没说。

吴晓东：　嗯，你坐着，给我说说。

……

吴晓东：　哦，你老爸告诉你的。[转向罗鸿军]你老爸没给你讲过故事？

罗鸿军：　我老爸没学问。

吴晓东：　你老爸~你妈呢？你妈没给你讲过？

罗鸿军：　我妈也没上学过．

吴晓东：　也没上学过。

罗鸿军：　哎。

吴晓东：　那你没听~比如听别的人，别的老公公说的？也没去听过？

罗鸿军：　听过。

吴晓东：　听过。在牛棚呀还是在哪儿，听别人家的老人？

罗鸿军：　听过。

吴晓东：　听过。你听过什么故事你给我讲讲。[停了很久罗鸿军没讲，我又接着说] 你先说一个名字，或者说一个大概呀，比如说人呀，和鱼呀的故事，关于什么动物或者关于什么植物的 [为罗鸿军不爱说话，我只能比较多地提示]。

访谈十二（二）

吴晓东：　那刚才他说的那个"彩虹和水牛的故事"你听说过吗？

罗鸿军：　没听说过。

吴晓东：　你的〈名字〉那个"军"是军队的军是吗？

罗鸿军：　是。

吴晓东 [翻笔记本]：我看还有什么故事啊。水牛为什么要吃杉树的那个尖尖？这个故事听说吗？你知道杉树吗？

罗鸿军：　知道。

吴晓东：　知道。那杉树的那个叶子，水牛为什么要吃它？

（罗鸿军摇头）

吴晓东：　不知道啊。[再翻动笔记本] 老人死了，要用那个枫香树来做那个叉叉来杀那个牛，知道这事吗？

罗鸿军： 知道。

吴晓东： 知道啊，为什么要用这个枫香树来做知道吗？

罗鸿军： 不知道。

/罗转贵： 我听说过一点。

吴晓东： 你听说过一点？

罗转贵： 嗯。

吴晓东： 那天晚上说了吗？没有吧？

罗转贵： 说了。

吴晓东： 那天晚上也说了啊。

罗转贵： 说了可是讲不通。

吴晓东： 你们两个知道什么叫作獭猫吗？

罗转贵： 獭猫？

吴晓东： 獭猫，水獭。在水里面的一种动物。［等一会儿没有人回答］不知道啊，它可以建那个，用那个树，树枝呀，把那水隔断，建一个坝，叫水獭，普通话叫水獭，你们这边叫獭猫。

罗转贵： 不知道。

吴晓东［转向罗鸿军］：你知道吗？

罗鸿军： 不知道。

访谈十二（三）

吴晓东： 哦，雷公哦。（停了一会儿）那个猫头鹰为什么要吃耗子你知道吗？

罗转贵： 我不知道。

罗鸿军： 我也不知道。

吴晓东： 你也不知道啊。马蜂为什么要骗？"马蜂和蜜蜂的故事"知道吗？

罗转贵： 不知道。

吴晓东： 你也不知道啊。说那个马蜂原来不会做窝，不会养孩子啊，后来叫那个蜜蜂帮它养。

罗转贵： 马蜂把蜜蜂的儿子吃了。

吴晓东： 听说过是吗？①

罗转贵： 只听说过一点。

吴晓东： 只听说过一点。能讲吗？能讲得全吗？

罗转贵： 不能。

吴晓东： 人为什么要吃鸟呢？② 知道吗？

罗转贵： 不知道。

吴晓东： 吃鼓藏你们知道吗？

罗转贵： 吃鼓藏是什么东西？

吴晓东： 你们叫~弄略。

罗转贵： 不知道。

吴晓东： 不知道啊，那~那就算了吧。星星是怎样形成的？这个故事知道吗？③

---

① 在我的提示下，罗转贵回忆起了这个故事的一些内容。那么，是他忘记了呢，还是我们说的题目不对？显然，我说的"马蜂和蜜蜂的故事"还激活不了罗转贵对故事的回忆。

② 这也可以说只是一个问题，不是故事的名称。我在用这样的提问访谈吴祖松的时候，他就曾经做过回答，而不是讲故事给我听。

③ 在用提问的题目之后，最好加上"这个故事知道吗？"这样他就明白是要故事，而不是要真的解释。但是这也可能失去某些东西，即被访谈人的认知问题。

罗转贵：　知道一点。

吴晓东：　你知道一点啊，那你说说。

罗转贵：　那～他说星星是＿＿＿＿那天神敲那月亮和太阳形成的。

吴晓东：　敲那个怎么了？敲那就……

罗转贵：　敲了就跳一点点亮亮的那个。

吴晓东：　火花是吗？

罗转贵：　嗯。就形成了星星，这都是老人说的。

吴晓东：　哦，都是老人说的。那～那个，为什么要敲那个太阳呢？知道吗？

罗转贵：　不知道。

吴晓东：　没有啊。就说这么形成的就完了，是吗？

罗转贵：　嗯。

吴晓东[翻笔记本]：说人变成猴子的故事知道吗？

罗转贵：　我只听说过猴子变成人。

吴晓东：　没说人变成猴子？

罗转贵：　嗯。

吴晓东：　人变成猴子又说怎么说的呢？

罗转贵：　只听说过一点，也搞不清楚。

吴晓东：　那一点点是什么？

罗转贵：　我们的社会书里有。

吴晓东：　书里面有是吗？

罗转贵：　嗯。

吴晓东：　哦。老人没有讲过什么故事是吗？

罗转贵：　嗯。

吴晓东：	说燕子为什么要到〈人的〉家里来住知道吗？
罗转贵：	燕子？
吴晓东：	燕子。燕子到家里来做窝。
罗转贵：	那个是凤凰_____
吴晓东：	什么？
罗转贵：	凤凰教那群鸟学习嘛。
吴晓东：	凤凰教群鸟学习？
罗转贵：	学习那些_____
吴晓东：	什么？
罗转贵：	学习那些劳动啊，后来群鸟不听，只有燕子比较听话，它就听课，后来燕子做的窝很暖和很暖和，其他的鸟做的窝却很冷。
吴晓东：	哦，这是老人说的还是书上说的？
罗转贵：	书上。
/罗鸿军：	书上。
吴晓东：	嗯。[翻笔记本]螺蛳，你知道螺蛳吗？在田里面的那个。
罗转贵：	知道啊。螺蛳它是有一圈一圈的嘛。
吴晓东：	不不不，不是。[吸气]是一种动物。
罗转贵：	哦，是那个在田里那个？
吴晓东：	嗯嗯，田里面那个。知道吗？
/罗鸿军：	给啊（苗语）。
吴晓东：	给？
罗转贵：	嗯。
吴晓东：	那个~它有什么故事吗？知道吗？

罗转贵： 不知道。

访谈十二（四）

罗转贵： 我也听我老爸说过。
吴晓东： 听老爸说过是吗？
罗转贵： 嗯。他老是说猴子打蚂蚱，他老是说，他听见我干（顶嘴）他，他说"猴子打蚂蚱"，就这样。
吴晓东： 哦，猴子打蚂蚱。
罗转贵： 然后我不知道是怎么回事，他就告诉我，他说，那猴子打蚂蚱打不到，就把一只猴子给打死了，他就这样说。
吴晓东： 哦哦哦。他说~他在什么情况下说你是猴子打蚂蚱呢？
罗转贵： 不知道。
吴晓东： 苗语是怎么说的这句话？
罗转贵： 他说，雷叠姑嘛（苗语）。
吴晓东： 雷叠姑。"雷叠姑"是什么？"雷"是什么？
罗转贵： "雷"是猴子。
吴晓东： 嗯。"叠"是打，"姑"是蚂蚱？
罗转贵： 嗯。
吴晓东： 你~你是在什么情况下他就说你是"雷叠姑"呢？是你很笨的时候？
罗转贵： 嗯。
吴晓东： 做什么事也没做成，或者就是说做什么事~老是笨手笨脚的，或者是什么，这种情况下他就说你"雷叠姑"，是这样的吗？

罗转贵： 嗯。

吴晓东： 你不清楚是什么意思的情况下他就给你讲了这个故事是吗？

罗转贵： 嗯，讲一段，点点。

吴晓东： 哦，没有像我刚才讲得这么全。

罗转贵： 嗯。

访谈十二（五）

吴晓东： 人是蛋孵出来的，你听说过吗？

罗转贵、罗鸿军：听说过。

吴晓东[对罗鸿军]：你也听说过？

罗鸿军： 嗯。

罗转贵： 这些动物都是从蛋里~那天鹅嘛，

/罗鸿军： 龙。

吴晓东： 哦，天鹅。

/罗鸿军： 龙下蛋，然后天鹅抱。

吴晓东： 哦，龙下蛋。

罗鸿军： 龙下七~七个蛋，天鹅抱。然后有一个蛋孵出人，有一个蛋孵出老蛇，有一个蛋孵出那个老虎，还有猪，还有一个化成猪。

/罗转贵： 还有牛、马那些嘛。

吴晓东： 牛呀、马那些。这个故事你听谁说的？

罗鸿军： 听老人说。

/罗转贵： 听老人~我也听老人说的。

吴晓东：	你听哪个老人说的？
罗鸿军：	我奶奶。
吴晓东：	你奶奶，哦，你奶奶会讲一点故事是吗？但是你爸爸妈妈从来没给你讲？
罗鸿军：	嗯。
吴晓东：	哦。[转乡罗转贵]嗯～你～你是听谁说的这个故事？
罗转贵：	我们俩也都是听他奶奶说的。
吴晓东：	哦，不是听你爸爸说的？
罗转贵：	嗯。
吴晓东：	你～你讲一下你记着的是什么～我～我刚才注意到你讲的和他有点不一样。就是你说的是什么，天鹅，天鹅生的蛋，是吗？
罗转贵：	不是，是龙生的，我也说是天鹅抱的。
吴晓东：	哦，是这样的。
罗转贵：	嗯。
吴晓东：	嗯。然后呢？你自己把这个故事复述一下可以吗？
罗转贵：	那个龙下蛋，那天鹅抱，那些老蛇什么都出来了，只剩人的蛋还没出来嘛。很久很久人的蛋～人才从蛋里出来。我会讲一点，＿＿＿就出去玩，就不听了。
吴晓东：	就不听了。就听过一遍？
罗转贵：	嗯。
吴晓东[问罗鸿军]：	你奶奶经常给你讲吗？经常讲是吗？
罗鸿军：	嗯。

吴晓东：　哦。那除了这个故事还讲了什么？你奶奶最会讲的是哪几个故事？

罗鸿军：　她讲的是我爷爷打猎。

吴晓东：　哦，你爷爷打猎的故事。刚才我们说的这些故事她很少讲是吗？

罗鸿军：　嗯。

吴晓东：　你爷爷打猎的故事，最喜欢讲这个故事？还讲什么吗？

罗鸿军：　没讲什么了。

吴晓东：　那你给我讲讲你爷爷打猎的故事。

罗鸿军：　爷爷_____很多鸟，他经常编那个～山上那个。

/ 罗转贵：　那个套子。

［冷场了一会儿］

吴晓东：　说呀。

罗鸿军：　说不好。

吴晓东：　你用苗语说。

［罗鸿军用苗语说了一遍］

罗转贵：　套了很多鸟，然后那个～别人家的老人就说，你爸爸套住这么多鸟，能不能分一只腿给我们吧，就这样。

吴晓东：　哦。她是说你爷爷是吗？不是～不是说神话，是说你爷爷真的事情。

罗鸿军：　嗯。

访谈十三

访谈对象： 吴昌文（男，80岁，吴祖明的父亲，参加过抗美援朝）

访谈时间： 2005年8月8日上午

访谈地点： 吴祖明家门前的走廊上

其他在场人： 无

访谈情境： 当天吴光耀为吴祖明家做祭娃娃神仪式，此仪式的祭品是一只小狗，在他们处理狗期间，我采访了吴昌文，他年纪虽大，但头脑特别清楚，也比较轻松自如

录音编号： 20050808排烧苗族口头文学访谈02

吴晓东： 那个牛，牛为哪样要打架呢？有没有故事？

吴昌文： ~有是有点，~

吴晓东： 有点忘记了哦，牛为哪样要吃草呢？这个有故事吗？

吴昌文： 久了嘛，记不得了。有，有是有，丢久了，记不得了。

吴晓东： 是不是说那个牛和那个彩虹？虹了嘛，下雨那个彩虹。

吴昌文： 彩虹啊？

吴晓东： 下雨的时候，彩虹，龙。牛和龙。

吴昌文： 有，有~

吴晓东： 但是忘记了？

吴昌文： 嗯。讲不清楚了。

第二节　认知语境在传承演变中的作用

一、心理图式

人们在讲述故事的时候，是什么制约着故事？这不得不提起认知语境。认知语境这一术语多少还有点抽象、模糊而不好把握。认知学科的研究者们分别从人工智能、认知心理学、认知语言学等不同的角度提出了知识草案（knowledge script）、心理图式（psychological schema）、框架（frame）等术语，有利于对认知语境的具体把握。这些术语在内容上很接近，很多学者都认为它们几乎是等同的概念。也有少数学者强调这些术语的区别，认为心理图式比知识草案复杂，几个知识草案可以组合成一个心理图式。

心理图式是真实世界的状态、事件或行为的典型结构概念化或经验化的结果，它描述了人们对惯常发生的事件、活动和行为形成的某种期待或预料。具体来说，心理图式由许多空位（slot，有的人译为"槽道"）组成，这些空位填满了默认值（default value，有的人译成"缺席赋值"），比如"看电影"在人们的心理图式中，大致包括买票、进场、找位子、观看、散场等内容，这些内容就是默认值。当听众听到某一个关键词汇的时候，就会激活他大脑中的心理图式，如果一个听众在听到"看电影"的时候，而"看电影"又是故事的主题的话，那么买票、进场、找位子、观看、散场等内容就是听众所期待的。认知研究者通过大量的试验发现，心理图式在语篇处理中具有指导作用，被测试者在回述语篇的时候，心理图式有明显的组织作用。

为了说明心理图式在理解中的作用，我们先来看看下面这段话，并试图理解它：

> 这个过程实际上是极其简单的，首先你要将东西分成不同的组。当然，一堆也可以，这就看你有多少要做了。如果缺少所需设施，你必须到别处去找，这是第二步，否则你一应俱全。不要干得太多，这一点很重要。这也就是说，一次干少些比干多些要好。这一点在短期内看起来似乎并不重要，但却容易产生混乱。一个错误的代价同样是很高的。在开始的时候，这一过程就将变得复杂。然而，很快它又将成为生活的一方面。很难预见这种任务在不久的将来会不复存在，而且没有人能够这样说。在这个过程完成之后，要将材料再次分成不同的组。然后将他们放在适当的地方，终究它们要被再次使用，而这一过程也必将重复。毕竟这是生活的一部分。①

听完或读完这一段话之后，没有多少人会感到这很容易记忆和理解。但如果在讲这一段话之前告诉听众这是在谈论"洗衣服"，情况马上就会大不一样。现在我们可以返回去再读一下这段话，感受一下心理图式的作用。

之所以会这样，是因为人们在长期的生活中，已经对洗衣服这一行为有了一定的认知，在头脑中有一个洗衣服的心理图式。即洗衣服应该是怎样的，怎样洗会使工作更容易一点，等等。这一头脑中的心理

---

① 鲁忠义、彭聃龄：《语篇理解研究》，北京：北京语言大学出版社，2003年，第133页。

图式，当它被作为一段言语的框架，它就成了语境。"洗衣服"这个标题作为一种语境，可以驱动人的自上而下的加工，易化言语理解。① 因为这一语境是储存在头脑中的，是靠后天的经验习得的，我们便称之为认知语境。上面这一段话在这一认知语境的框架下，自然更容易理解和记忆。

如果以某一心理图式作为语境，这一图式就是一个框架，民间故事的标题或开头语往往就是暗含了整个故事的框架。比如"狗为什么要撵山羊呢？"这样的民间故事开头（这样的开头往往被用来作为故事的标题），当听众听到这样的句子的时候，就会激活头脑中"狗撵山羊"的心理图式。在这一图式中，会有很多默认值，如猎犬、嗅觉、跟踪、发现猎物等。这一故事所讲述的，应该就是与这些默认值相关联的事情，听众对故事的发展有一个期待，也就是对这一心理图式中的空位的填补。当然，事情没有那么简单，在填补这些空位的时候，还有一个符合与不符合空位的问题。

下面是笔者在贵州排烧苗寨调查所搜集的两则故事，用来说明空位的填补。

过去，仙人叫狗、山羊各式各样的动物来一起跳月，跳三天三夜。山羊跳不好，不小心踩死了狗的崽。狗就到狮子、海里的龙王那里去告状。山羊认为狗要赔得太多，就说："那我到山上去住算了。"狗偷偷趁山羊睡觉的时候，把洋葱敲碎，放在山羊的蹄子夹夹里。这样，狗就能闻到葱的气味，找着山羊了。②

---

① 鲁忠义、彭聃龄：《语篇理解研究》，北京：北京语言大学出版社，2003年，第133页。

② 这则故事是罗鸿德老人讲述的，时间是2005年1月21日上午。

> 山羊呢，以前大家来跳舞，来吃鼓藏。吃鼓藏呢，不管哪样野兽都来跳舞，野猪也来，山羊也来，样样都来，狗也来，样样都来跳舞。狗的崽崽也来，那些山羊和那些野猪呢，它们跳得很。耍把戏，边跳边耍。好了，耍把戏呢，踩了那个狗崽。狗崽哭！站着哭，又睡在地下哭，哭得不得了。狗讲，你踩我的崽了，坏了。评理，看你怎么搞，评理呢，要多多钱。要么多嘞，山羊就怕了，野兽就怕了。山羊讲，要这么多，哪个给得了你！<u>我干脆跑算了</u>。你跑嘛，我还比你狠！你先跑，明天我马上找你，你过人栽那个韭菜，你臭韭菜；你过那块栽大葱大蒜的地，你臭大葱大蒜。我闻那个来找你。*山羊的脚夹绿绿茵茵的，臭那个*。①

"狗撵山羊"心理图式可以激活人们头脑中的一些默认值，比如猎犬通过嗅觉发现猎物、山羊躲避猎犬。两个语篇中的画线句子，就是默认值"山羊躲避猎犬"的体现，而斜体部分，则是默认值"猎犬通过嗅觉发现猎物"的具体体现。人们在记忆和理解这两个语篇的时候，起作用的主要是"狗撵山羊"心理图式，如果一个人对狗如何狩猎这样的事情没有任何认知的话，那么在理解这两个语篇的时候就会发生困难。如果大脑里已经有了相关的图式，他就会与他头脑中的默认值进行对比，符合了就将信息填补到图式中的空位里，否则，就排斥到图式框架之外。如果叙述者漏掉某个环节，听众也会通过图式的作用自行补充，达到理解的目的。

需要解决的一个问题是，每一个词语都会成为一个故事的语境，那么，哪一个词语才会真正成为整个故事的语境呢？我们目前不知道人是

---

① 这则故事是吴光耀老人讲述的，时间是2005年8月2日晚上。

怎样选择这一关键词汇，但我们知道，人具有这种能力。在讲故事的时候，讲述者可能给定一个故事的名称，也可能不给定这个故事的名称，在没有给定故事名称的情况下，故事的开头则非常关键，它往往包含了作为整个故事语境的关键词汇。

心理图式不仅包括关于行为的概念，也包括名称概念。名称概念在不同的地方或族群，有可能不一样。比如"老鼠"，在大城市，这是一个比较笼统的概念，而在贵州三都县的排烧苗寨，这一概念是由不同的鼠类组合而成的。排烧人对鼠的分类很细，这就决定了在他们的头脑中对鼠的认知与很多地方的人，特别是城市人，是不同的。他们将只在地下活动不爬树的，又会吃人的东西的鼠分为五种，这又分在家里和在外面。家里的两种，外面的三种。家里面的耗子叫 neng^{31}niang^{33}zai^{35}，小的叫 neng^{31}dia^{31}，大的叫 neng^{31}zei^{35}。在野外的三种里，一种是耗子中最小的，叫作 neng^{31}za^{31}，只有大拇指那样大小。还有一种嘴巴尖尖的，专门钻地下，一个冒出来一个屙屎，名字叫 neng^{31}gho^{35}long^{33}jong^{31}。一种是耗子中最大的，叫 neng^{31}zou^{33}。松鼠在排烧苗族的苗语中也属于老鼠，又分四种。大的叫 hao^{35}jia^{35}，小的叫 neng^{31}jiu^{35}，hao^{35}jia^{35}ghei^{31}。他们在讲述《耗子取谷种》这一则神话故事的时候，他们用的是 nen^{31}tsau^{31} 这个名称，这样才能激活相应的心理图式。

下面是笔者 2005 年 7 月 30 日晚上吴农爹老人讲述的关于"耗子取谷种"的故事：

文本一

访谈对象：　吴农爹（孤寡老人，60岁，男，不识字）

访谈时间：　2005 年 7 月 30 日晚上

访谈地点：　吴农爹的小房子里

其他在场人：	无
访谈情境：	吴农爹在自己的黑暗的小房里做饭，没有灯，几乎是摸黑。我路过，他叫我进去坐，我就去了，找了块板子坐下。我们两个，加上他喂的几只鸡和一个几块石头搭起来的锅，小房子就满了。边看他煮菜边与他聊天，等适应了之后便开始问他故事
录音编号：	20050730 排烧苗族口头文学调查 05
吴晓东：	谷子是怎么来的这个故事你讲讲。
吴农爹：	讲不成，我们一个讲一个的话，我不会讲客话。
吴晓东：	你讲点点，讲点点。就是那个谷子怎么来的那个。
吴农爹：	那个是人去上面的天上的去高头去要，要来嘛到那个岩岩上面打落。打落了，哪个都去不成了。请耗子去，请耗子去嘛，那样，到后来，耗子又讲，我去要种来送你们，你们才得种。<u>二天（以后），我要点，我要尖尖去，剩根根①送你们。</u>

　　讲完这个故事后，吴农爹强调取谷种的老鼠种类说："是那个小小的，在田埂那个啊，那个小小像老拇手在田埂那个才是，那个大大像手杆那个不是，那个吃空②。过去老人讲那种。那个小小的，那种小种的耗子才去要种子米来，那个大的会吃空。过去它讲我要尖尖，还要剩几线送你们做种。那个要完的是人家③，不是我们，你们碰到人家你们（可

---

① 应该是指一根谷穗大部分。
② 指这种老鼠吃一根谷穗时会不加选择地吃完。
③ 指别的老鼠。

以）打。人家比较大个，我们是小个的。"从他的描述我们可以知道耗子偷取粮种的是指 $neng^{31}za^{31}$。排烧苗族对耗子的生活习性很了解，一种只吃一线谷子的一小点；另一种吃一线谷子的全部。排烧人所讲述的耗子取谷种，是明确指的只吃一小点的那种。以上神话故事的画线部分，完全是由于对"$nen^{31}\ tsau^{31}$"这种耗子的认知所决定的。排烧人一听到"$nen^{31}\ tsau^{31}$"这个词，激活的图式会是一种很小的老鼠，它的特性是只吃一线谷子的尖尖部分，不吃完。以上画线的故事内容是他们所预料的。用汉语来讲述这个文本的时候，如果对老鼠没有类似排烧人那样的认知，听众所激活的关于老鼠的心理图式就不一样，那么，以上故事的画线部分就不属于心理图式的默认值，这则神话故事在传播中画线部分发生演化的潜在可能性就会很大。

　　从以上的分析我们可以知道，在老辈人用苗语讲述故事的时候，也一定是用这个词，而不直接用 $neng^{31}$（鼠），或其他的鼠类名词。只有这种鼠，才能与故事的情节吻合。可是，随着民俗的变异，年轻人已经不知道这种老鼠与粮种的关系，现在讲述这个故事的时候，则只要使用 $neng^{31}$（鼠）就可以了。

　　心理图式在文本的理解方面，具体除了空位与默认值以及单个概念的认知之外，还体现在故事图式上。故事图式是关于故事的整体结构的，要阐明故事图式，还得先说说故事语法。

　　故事语法（story grammar）是语言学家从神话、民间故事等口头叙事中提出来的一个术语，研究故事语法的目的是为了分析故事的结构，帮助人们更好地理解故事。这个术语明显处于语言学家们的习惯，它其实是一种比喻，指的是故事的结构。1975年，鲁姆哈特（Rumelhart）提出了故事语法理论，它的这一套语法包括一系列构成故事的句法规则和一系列决定故事语义表征的语义解释规则。不过他的这一套语法只适合分析单一情节的少数故事。后来，曼德勒（Mandler）和约翰逊（Johnson）以此为基础，对故事语法进行了一些改进，较为详细地阐明了故事的内在结构，使之成为一种适于分析具有完整结构的简单故事，特别是口头流传的神话之类的故事的有效工具。1980年，曼德勒和约翰逊为了描述故事的深层结构与表层结构的匹配关系，又提出了故事转换语法，这套语法包括删除规则（deletion rule）和换位规则（movement rule）。[1]

鲁姆哈特（1975）在研究故事结构的时候首先使用了"故事图式"这一术语。[2] 但他所指的实际上还是故事语法，曼德勒认为，故事图式是一种心理结构和加工机制，它是由反映故事内部结构的期待构成的，故事图式是对故事语法的心理反映。人们在听和读了许多故事，了解了故事中的事件链及事件间的各种关系后，逐渐形成故事图式。[3] 笔者在排烧苗寨搜集了很多和自然有关的故事，这些故事大多都是解释自然现象的，如蚯蚓为什么颈部有一白圈？人为什么要打鸟？人为什么要吃鱼？水牛为什么喜欢踩一些烂地方？狗为什么要撵山羊？在这些故事中，有一种思维上的定式，绝大部分都属于同一故事图式，这种图式呈现出一种二元对立的结构，就是在解释两种动物或人与某种动物的关系时，总是以"冤家"的模式来出现。如：《人为什么要吃人鱼》说的是鱼在水里拉屎拉尿，人让它们上岸来拉，它们说不行，所以人要吃鱼；《蚯蚓为什么颈部有一白圈？》说蚯蚓偷了太阳的项圈（蚯蚓颈部有一

---

[1] 鲁忠义、彭聃龄：《语篇理解研究》，北京：北京语言大学出版社，2003年，第95－100页。

[2] 鲁忠义、彭聃龄：《语篇理解研究》，北京：北京语言大学出版社，2003年，第118页。

[3] 鲁忠义、彭聃龄：《语篇理解研究》，北京：北京语言大学出版社，2003年，第118页。

白圈),所以太阳要出来会把蚯蚓晒死;《螃蟹与水牛的故事》说螃蟹用它的大夹子帮人穿了水牛的鼻子,现在水牛最喜欢踩那些有水的地方,就是为了踩死螃蟹,螃蟹背上的印就是水牛的脚印;《狗为什么要撵山羊?》是说山羊踩死了狗的崽,所以狗要上山撵山羊;《水牛为什么要吃杉树尖尖?》讲述的是人死了要用杉树做棺材,还要杀一头水牛,水牛说是杉树连累了它,所以要吃它的尖尖,不让它长大,人也就不会用它做棺材;另外,《猫头鹰与耗子的故事》与《马蜂与蜜蜂的故事》也是同一模式的故事。这种故事模式出现的概率如此之高,那么,是否真的是由于当地的人在听多了这一结构模式的故事之后,在头脑中已经形成故事图式,编造故事的时候也不自觉地受到这一故事图式的影响,还有待进一步探究。

正如第二章第一节中所说,"雷公—黄牛"这个故事可以取名为《黄牛为什么不洗澡?》《水牛为什么洗澡?》或者《水牛与雷公换声音》等等。其故事目的是解释为什么黄牛不洗澡而水牛洗澡这一现象,其情节是说黄牛不肯和雷公换声音而水牛和雷公换了声音,因此雷公让水牛洗澡而不许黄牛洗澡。在调查中,各人的讲述侧重点不同,有的强调黄牛为什么不洗澡,有的强调水牛为什么洗澡,而有的不强调洗澡的问题,而强调雷公的声音为什么如此之大。对一个故事而言,我们往往不仅认为它的内容是固定的,而且故事目的也是固定的,就像很多新版《伊索寓言》一样,在讲完每一个故事之后,编者都要告诉孩子们这个故事说明了什么,告诉人们不要怎样怎样,如此等等。其实,同一个故事,我们可以仁者见仁智者见智,从不同的角度来理解故事,讲述者可以用同一故事来达到不同的目的,在讲述的时候强调不同的方面。这往往是民间故事演变发展过程中的岔路口,是故事节点。

文本发生时的语境,即展演文本的临时性境况,是在村头的大石墩上，还是在烧着树蔸燃着旺火的火塘边上，是夹杂着抽着烟斗不停咳嗽的老人与两手托着腮帮巴眨着眼睛聆听的顽童，还是只有枕边昏昏欲睡的幼儿，这些都可能影响着文本的讲述。叼着烟斗的老人即使一言不发，也会使讲述者隐隐感到一种潜在的不安，说不定什么时候他会冒出一句"你讲得不对，不是这样的。话说……"面对昏昏欲睡的幼儿，自然三言两语打发了事，哪有心思娓娓道来从容叙述？但是，影响一个人的心境的因素千变万化，不同的人面对同一境况其心境也可能迥然千里。

与西南很多地区一样，在排烧，也流传着射日的神话。这里所流传神话的特点，在于解释马桑树为什么变矮了。故事大致是说原来马桑树原来很高大，有人顺着马桑树爬上天去射日，天神或别的什么因此发怒而将马桑树变矮了，因此人不能再顺着它上天了。有的地方没有将马桑树变矮与射日联系起来，而是说人派猴子爬上去向天神求雨，猴子打破雨瓶洪水淹没人类，天神便把马桑树变矮了。①

马桑树本来就是一种很矮的物种，为什么会产生马桑树有高大变矮小的神话故事呢？这很可能是认知的力量所致。马桑树与太阳联系起来，是源于人们对日出的观察，日出东方，一种是从水面升起，一种是地面升起。从地面升起往往以树来作为参考物，为此，才有"杳""東""杲"这样的三个字。"杳"是太阳刚刚冒出来，尚在树的底下之状（当然也可能是日落没于树下），故杳有暗的意思。杲是太阳已经升到树顶上，故"杲"有光明的意思。"東"是一个太阳升起时正处于树中间，躲在树的背后，一缕缕阳光从树的叶缝里透出来。不

---

① 《马桑树长到三尺要勾腰》，花垣县民间文学集成办公室编：《中国民间故事集成湖南卷花垣县资料本》，未正式出版。

用说，早上出现这种景象的方向一定是东方，"東"字故由此形成。显然，人们获得这样的经验应该是相当久远的事情了，而作为日出的参照物——树，也肯定不会是某一种特殊的树木。日出扶桑的说法，已经进入了神话传说的阶段。

《山海经》中的《大荒东经》有关于日出扶桑的最早记载："大荒之中，有山名曰孽摇頵羝。上有扶木，柱三百里，其叶如芥。有谷曰温源谷。汤谷上有扶木，一日方至，一日方出，皆载于乌。"笔者曾经在《环形大荒：〈大荒经〉的空间关系与叙事方式》①一文中论证过，《大荒经》是一部以四周山峦为坐标来叙事的著作，也就是说，作者站在一座观象台上，他的四周环绕着诸多的山峦，他便从东南角的山开始叙事，先提及某一座山的名字，然后讲述这座山所对应的方向有什么国家、民族、历史上这个方位发生过什么大事件，有过什么神话传说等等。他所说的大荒，都是指他目所能及之处。如果这种假设成立，以上的"大荒之中，有山名曰孽摇頵羝"便是一种写实，也就是说，作者是看得见那座叫孽摇頵羝的山的。他说道这座山的时候，才是一个相关的神话故事。这个神话便是日出扶桑的神话。也许一开始只说是扶木，正如以上《大荒东经》的那段记载，扶木得"扶"是大的意思，原本可能只是说一棵大树，后来被转变成了扶桑。无论原来的情形是怎样的，在《大荒经》成书的时代，这棵扶木被夸张为"柱三百里"，是很高大的。一棵太阳可以爬上去的树，被夸张一点，也是很自然的事情。

我们现在已经无从考察《大荒经》里的扶木是一种什么树木了，它很可能一开始就是指扶桑，也可能是后面才被说成扶桑。无论如何，这个被说成很高大的桑树总是要与现实中的桑树相结合的。在西南地区，

---

① 见《民族艺术》2008年第2期。

因为语音的关系，这棵树是与马桑树结合到一起的，而马桑树是一种很矮小的树种。因此，这个故事的情节与人们的认知就有了出入，只要一提及马桑树，当地的人们便会想起那种矮小的树种，也就是说，在他们的头脑里就会有关于马桑树的心理图式。这一心理图式没有"高大"这一因素，怎样也承担不起让人顺着爬上天去的重任，为了合理化，便延伸出"马桑树为什么长不高"的情节来，把马桑树说成以前很高，现在由于某种原因才变矮的，这是一个合理化、逻辑化的过程。这个过程就是怎样使故事与心理图式吻合的过程。

在排烧流传牛为什么喜欢吃杉树尖尖的故事，但如果用苗语来讲述这个故事，故事中的牛则一定是水牛，而不会是黄牛。这不仅因为这故事与一定的民俗联系在一起，还因为人们对牛的不同认知，水牛是喜欢吃杉木尖尖的，而且杀牛祭祖是用水牛的。

文本二

访谈对象：　吴祖松（男，20多岁，吴光耀的三儿子）
访谈时间：　2005年8月1日上午
访谈地点：　吴光耀家的牛棚处
其他在场人：吴光耀、吴祖帮、吴祖培
访谈情境：　与吴光耀等人去修牛棚，重新盖屋顶，我也帮一些忙，大家一边干活一边聊天，我趁机访谈吴祖松
录音编号：　20050801 排烧苗族口头文学访谈 07

吴晓东：　水牛为哪样要吃那个杉树？
吴祖松：　吃杉树？那个是我们民族，民间兴这种。死一个老人，拿一条牛来敲。死老人你必须拿那个杉树，必

须拿那个老木，老木就是用杉树来搞的。它[1]讲，哦，你们害得我们，死了着了你们去，还着我们来。人死了着到你们还着到我们。我们在坡上吃你们，吃你们去，没有你们我们就不会着（不会被人杀死），没着人敲。那个锥老火（刺锋利得很）了嘛，刺多多的，它硬吃。死了一个人，就用老木装着，还要敲一条牛，敲牛那牛就气那个杉树。

吴晓东：那个杉树的刺它也要吃？

吴祖松：多它也要吃嘞。高的它还要刮皮子。高的它就刮皮子，矮的它就吃。高的它嘴巴递不到上面，吃不到那个叶叶，它就拿角去打咯，碰咯，刮的刮咯。它气那个杉树多了（对杉木非常生气）。因为它说，该是你们就是你们着，着了你们还害了我们。

吴晓东：这都是水牛？

吴祖松：水牛。

吴晓东：你们这边没有黄牛？

吴祖松：黄牛有，很少有。

吴晓东：为哪样不爱黄牛？

吴祖松：黄牛因为喂它爱跑多了。

吴晓东：跑得快？

吴祖松：它跑得快。这些田边地角又……田也多地也多，它这边山马上跑那边山去了，你就麻烦老火。

---

[1] 指牛。

如果是用汉语讲述，就得使用"水牛"二字，而不能只使用"牛"一个字。否则在人们的头脑里所构成的心理图式便与杀牛送祖的习俗吻合不起来。当然，如果也使用杀黄牛送祖，情况又将有所改变。

关于吃鼓藏到底是祭祀什么的，笔者做了一些访谈。就目前的情况，有的人认为人是由蝴蝶妈妈下的蛋孵出来的，所以祭祀的是蝴蝶。可是笔者在排烧调查的时候，这种说法却被当地人彻底否认。这是否有地域性差别这里暂且不论，我们这里先关注一下关于下蛋的认知问题，因为排烧这里传说人是由人下的蛋孵出来的，而不是由蝴蝶下的蛋孵出来的，这就牵涉人下蛋的问题。

文本三

访谈对象：　吴光耀（享酿，男，61 岁，在排烧上完六年级）
访谈时间：　2005 年 8 月 6 日傍晚
访谈地点：　吴光耀家
其他在场人：吴德磊（6 岁，男，吴光耀的孙子）
访谈情境：　有一个外村的人来请吴光耀帮做"破胎"仪式，那人已经带来了他女儿的衣服，所以可以不用去他家做，而是直接在吴光耀家帮做，但要一只鸡，吴光耀叫那人去村里看看，让别人卖一只鸡给他。我们闲坐着等他去买鸡，没有事情，我便问吴光耀一些故事
录音编号：　20050806 排烧苗族口头文学访谈 08

吴晓东：　　是什么鸟下的蛋抱出这些？
/吴光耀：　　是一个人下的。

吴晓东： 人下的？

吴光耀： 人下的。

吴晓东： 是人自己下的蛋？

吴光耀： 人自己下的蛋。

吴晓东： 哦～，那他人下出那个蛋就抱出这六兄弟？

吴光耀： 嗯。

吴晓东： 抱出姜央？①

吴光耀： 嗯。姜央是最大的。

吴晓东： 姜央、雷公？

吴光耀： 嗯。

吴晓东： 老虎？

吴光耀： 老虎。

吴晓东： 老蛇？

吴光耀： 老蛇和龙。

吴晓东： 老蛇和龙。

吴光耀： ～到鬼。

吴晓东： 到鬼，再到人。

吴光耀： 再到人，人是第六的，六兄弟。

吴晓东： 哇，哦，这样子。昨天晚上你解释这个人，下蛋的应该是那个有～毛动物啊？

吴光耀： 嗯。[吴光耀的孙子用苗语问他一个问题，他回答，但讲述几乎没有中断]，一般下蛋要有毛那种，〈否

---

① 因为吴光耀之前给我讲过相关故事，所以这里我按他所说的复述六兄弟，并非我在引导他说。

则它〉没（不）会下蛋。

吴晓东： 有毛才能够下蛋？

吴光耀： 有毛应该下蛋嘞，有毛才下蛋，没有毛它没（不）会下蛋。

吴晓东： 但是青蛙也下蛋。

吴光耀： 青蛙也下蛋嘞，青蛙没下崽崽，青蛙下蛋。

吴晓东： 青蛙也下蛋。

吴光耀： 嗯。老蛇也下蛋。

吴晓东： 老鼠也～老鼠～

/吴光耀： 老蛇下蛋就像那个龙，＿＿＿＿就像那个鸡蛋，小点点。

吴晓东： 老蛇蛋。

吴光耀： 老蛇蛋棉老火，像＿＿＿＿＿，打也打没（不）破。

吴晓东： 你说这个像青蛙为哪样要下蛋，老蛇这样没有毛也下蛋？是为哪样？这个故事是怎么讲的？有故事吗？

吴光耀： 没有。但是嘛，＿＿＿＿本身它就下，那种。我还没（不）懂，本身呢～那个～老蛇也下蛋，老蛇蛋比鸡蛋小点点，打也打没（不）烂，你拿踩也踩没破的，像皮球棉那种。青蛙的蛋呢，它是像那个～塑料薄膜那种，一碰就破。

吴晓东： 鱼也没长毛。

吴光耀： 鱼也没长毛，鱼也下蛋。鱼也照样下蛋嘛，青蛙也下蛋，老蛇嘛也下蛋。

/吴晓东： 人也下蛋。

吴光耀： 人也~古老时候人下蛋。
吴晓东： 哦，这样子。

无论是哪一种，产卵这一环节是最主要的，也就是说，在讲述这一环节的时候，讲述人的头脑中是要有产卵这一图式的。一开始，产卵的主体应该是最为合理的，即鹅、大雁或乌龟，用不着附加任何的解释，后来由于某种原因，在讲述中产卵的主体发生了变异，就要附加一定的解释性情节了。正因为如此，在排烧苗寨流传的故事中就添加了这么一段解释性的情节：

文本四

访谈对象： 吴光耀（享酿，男，61岁，在排烧上完六年级）
访谈时间： 2005年8月6日傍晚
访谈地点： 吴光耀家
其他在场人：吴德磊（6岁，男，吴光耀的孙子）
访谈情境： 有一个外村的人来请吴光耀帮做"破胎"仪式，那人已经带来了他女儿的衣服，所以可以不用去他家做，而是直接在吴光耀家帮做，但要一只鸡，吴光耀叫那人去村里看看，让别人卖一只鸡给他。我们闲坐着等他去买鸡，没有事情，我便问吴光耀一些故事
录音编号： 20050806排烧苗族口头文学访谈08

吴光耀： 从那一回就没下蛋，生人了，没下蛋了，就下蛋那一回，后来就没下蛋了。

吴晓东：　你说下蛋的那个人她走路的时候～，响了嘛，是吗？

吴光耀：　响了嘛。她一边刮那个＿＿＿＿呢，响声音像她，Ta[①]讲，为什么你有崽？你走路你响？她讲，我的崽呢，不是下崽的，我的下蛋的，所以我的着夹了，我的蛋在肚子里一个敲着一个了，所以生鸡蛋来，我背鸡蛋，我不是背崽，那个奶（婆婆）讲那种了嘛。

……

吴晓东：　她走路响是哪一个问她？是哪一个问她"你肚子怎么响"？

吴光耀：　一个朋友问她。我们搭伙吃饭，为什么胀肚子了？我们吃我们也胀肚子，我们走路我们没响，你走路为什么会响呢？她讲，唉，我呢，搭伙吃饭，我吃少点，你的肚子装得饭，我的肚子呢，有崽了，有鸡蛋了，我吃少点。所以走路呢，我那个听响呢，就是那个鸡蛋夹呢，一个敲一个，一个鸡蛋敲一个，敲出声音。你们吃饭你们没敲，没响。是鸡蛋响，没（不）是哪样子响，那种了嘛。夜晚跑起来，响，耶，我们打伙吃饭，我的肚子又没响，你的肚子响哪样子声音？〈她讲〉，鸡蛋的声音，哪样子声音。

吴晓东：　问她的那个是她的朋友问她？

吴光耀：　她的朋友。

---

① 主语不明确。

一般情况下，人们在分类上会把下蛋当作鸟类的一个特征，正如吴光耀在访谈中所说，下蛋是"有毛的那种"指的便是鸟类。可是这种分类很快便出现了问题，因为没有毛而下蛋的动物很多。蛇、乌龟、鱼，等等。所以，一般说有毛的下蛋，并非说只有有毛的才下蛋，只是把下蛋作为鸟类的一个特征而已，不能推论出没有毛就不能下蛋。正是在这一逻辑的前提下，人下蛋才成为可能。吴光耀认为，古老时候人下蛋。

已出版的《苗族古歌》以及《苗族史诗》都将生蛋的妹榜妹留翻译为蝴蝶妈妈，虽然蝴蝶产的卵小了点，可还能凑合叫蛋，而人下蛋，就荒唐了。这是一种在认知上不许可的情况。但是，神话毕竟不是现实生活，虽然故事情节会受到认知的影响，但神话会挣脱这种羁绊，游离出逻辑之外。

心理图式对故事的影响，不仅在整个故事的主题上，同时也在一些细节上。比如故事的主角是某一种动物，那么，故事的情节很可能就会与人们对这种动物的认知相对应。这看似很简单，但具体到人们对动物分类以及对动物细致观察程度上，其差别又是十分惊人的。分类与人们生活有很大关系，往往把与自己生活相关的事物区分得比较细，而与自己无关的东西则只有一个大致的概念。比如对马的分类，牧区的人比农区的人分类要细致得多，爱斯基摩人对雪的分类远比我们要细致得多，分出正在下的雪，快融化的雪等许多种，而我们只有"雪"这个单一概念。分类在不同的历史时期也会发生变化，比如中国的中原地区对马的分类古代要比现代细致得多，以前有驹的概念，现在少了。分类不一样，也会影响到故事的变异。这是因为不同词汇的选用，会使人产生不同的心理图式，而心理图式又会直接导致相应情节的产生。

在排烧，蚂蚁有多种，有一种叫 $ke^{44}pi^{35}seu^{35}$ 的红蚂蚁，它们喜欢在树上爬，往往成一条线。人们认为它们所在的树容易被雷霹，雷霹有这种蚂蚁的树时，多是顺着蚂蚁爬的那条线。所以下雨的时候，要是在树下躲雨，要先看看那树是否有这种蚂蚁，以免被雷击中。一种叫 ke^{44}pi^{35}eu^{44}（勾皮鹅），是一种药材；一种叫 ke^{44}pi^{35}te^{51}（勾皮得），这种蚂蚁肚子大，不叮人，长腰，黑色。一种叫 ke^{44}pi^{35}ju^{44}（勾皮久），这种蚂蚁叮人。关于 ke^{44}pi^{35}ju^{44}，有一个传说：有一个老人，他有一个小孩，他叫人帮他小孩看看，那人说："这个小孩以后要死在蚂蚁的头上。"人们奇怪，蚂蚁那样小，他怎么可能死在蚂蚁的头上？后来，那小孩长大了，有一次在山上，他看见那种蚂蚁，想起那算命先生的话，就恨那蚂蚁，就用镰刀的把手去敲那些蚂蚁，一边敲一边说："人家说我以后要死在你们的头上，我让你们先死！"在他敲蚂蚁的时候，镰刀正好砍了他的头，他就死了，应了"死在蚂蚁头上"的话。所以，人见了这种蚂蚁，都要用脚去踩。

文本五

访谈对象：　吴祖祥（原村支书，50多岁，男）

访谈时间：　2005年8月3日上午

访谈地点：　吴祖祥家大门前的走廊上

其他在场人：无

访谈情境：　因村子里的水池坏了需要修理，吴祖祥从牛棚回家来处理这事。在水来之前他没事，闲着，于是我们两个坐在大门前的凉竹沙发上聊天，我根据自己知道的一些故事逐一问他

录音编号：　20050803排烧苗族口头文学访谈02

吴晓东：　还有一个就是蚂蚁和一个人的故事。

吴祖祥： 那个，我只懂有一种。一个人，我们少数民族爱拿去望了嘛，算命那些了嘛。得一个崽崽，他的父母拿去望望呢，说，你这个崽崽哦，他这个命呢，以后要被一个蚂蚁害他，他就着死。这种呢，拿去算命他又不保密，拿去讲。那个崽崽说，我就着给蚂蚁（被蚂蚁害)？不会吧，蚂蚁小小的，我着给它？好，有一天，他去坡，他去割草，他看见一个蚂蚁。他的镰刀呢，他又磨得快快的，见蚂蚁以后呢，你妈的，你妈的，我会死给你？好了，他拿镰刀去敲那个蚂蚁了嘛。哎哟，镰刀又快，自己割自己的颈子了，就是这种了。最简单的，那个是老火。证明望那个又对老火嘞。唉，小小的蚂蚁，我会死给你？搞你！没注意，镰刀又没翻口口到那边，翻口口来这边！你妈的，我死给你？好！一敲，哎哟！危险来了。嗯，我只懂这点，有这么回事。自己搞自己了嘛，哎哟！怪那个蚂蚁了嘛。那个算命的讲，以后要着一个蚂蚁害，他一听到，喔？他妈的，那个蚂蚁，着给你？哦，真的，狗日的，马上就着了，自己割自己的颈子了。

麻雀在排烧也有不同的分类，这也直接反应到故事中。下面的一个关于麻雀偷吃人的粮食所以人要吃麻雀的故事就是专指一类麻雀的：

文本六

访谈对象： 吴农爹（孤寡老人，60岁，男，不识字）

访谈时间：　　2005 年 7 月 30 日晚上
访谈地点：　　吴农爹的小房子里
其他在场人：　无
访谈情境：　　吴农爹在自己的黑暗的小房里做饭，没有灯，几乎是摸黑。我路过，他叫我进去坐，我就去了，找了块板子坐下。我们两个，加上他喂的几只鸡和一个几块石头搭起来的锅，小房子就满了。边看他煮菜边与他聊天，等适应了之后便开始问他故事
录音编号：　　20050730 排烧苗族口头文学调查 05

吴晓东：　麻雀的故事你晓得吗？

吴农爹：　麻雀的故事我没晓得。

吴晓东：　它为哪样要吃谷子？

吴农爹：　它偷吃。那个吃米那个小小的，它背它的这个，没晓得喊做哪样。

吴晓东：　脖子。

吴农爹：　脖子？哦。它背它的脖子到一边嘛。它背去一边，那样，鱼也讲我没吃哪样，麻雀也讲我没吃哪样。那个来挨人住那个麻雀才讲，不！那个背脖子在一边，你们去摸摸看。人才摸，哦，在一边，这边，哈哈，这样啊。

吴晓东：　山麻雀？

吴农爹：　那个小小那个。那个躲它的脖子拿去歪去一边，吃米它歪去一边。来挨人住那个麻雀才说，不啊！它吃啊！来挨人住这个麻雀没吃米。

吴晓东：　　来挨人住的这个不吃？

吴农爹：　　嗯。不吃，它才讲，那个吃你们的米，它躲，歪去一边，你们摸看。人才摸到，哦！它吃米，拿去一边躲了。

二、讲述目的：同一故事类型的不同讲述角度

以往我们有这样一种认识，一个故事类型，它的情节可能会在讲述的时候有一些变异，但其主题是不变的，否则就不是同一个故事类型了。在排烧的调查，让笔者感受最深的，就是同一个故事，即情节内容一样的叙事，可以从不同的角度来讲述，也就是说，其主题或目的也是可以变化的。下面是一个关于太阳与蚯蚓的故事，被访谈人吴光耀曾多次讲述过这个故事，他讲述的时候不仅会出现我们预料之中的一些微小的，语言上的变化，而且他有时讲述的目的是不一样的：

文本一

访谈对象：　　吴光耀（享酿，男，61岁，在排烧上完六年级）

访谈时间：　　2005年8月1日晚上

访谈地点：　　吴祖松家

其他在场人：　吴祖松、吴祖帮、吴祖明等多人

访谈情境：　　我们从牛棚回来，大家一起喝酒。白天就讲了不少故事，晚上继续讲

录音编号：　　20050801排烧苗族口头文学访谈10

吴光耀：　　那个蚯蚓讲话我讲给你了吗？

吴晓东：　　蚯蚓讲话？没有。

第四章　神话与故事的传承演变　　273

吴光耀：　以前蚯蚓也讲话。以前有七个太阳七个月亮。晒在地面上草都不生了。人都在晚夜做活路，白天做不成，辣老火烫老火（烫得很）。有一种树高老火，爬那个树拿枪射掉它去，太阳也只剩一个月亮也只剩一个。好了，太阳和月亮不满意了，不爱来了，天天都黑，晚晚都黑。你们还是来，黑了我们做不起活路我们没得吃。〈太阳月亮〉讲，你们射了，我们去了。月亮是男的，太阳是女的。月亮讲，〈如果〉白天你去，晚夜我就去，〈如果〉晚夜你去，那白天我就去。月亮是男的，月亮由太阳选。太阳讲，白天去人家见我我又害羞，去夜晚我又怕我不敢去。你又害羞，哎，不怕，打个项圈给你打扮好点，打扮好点你自去，白天你不去。打项圈给太阳，太阳也同意了。蚯蚓呢，蚯蚓讲，打项圈给太阳它不满意，它悄悄给偷去了。太阳讲，我不去了，蚯蚓偷我的项圈去了。偷你的项圈去了，没有办法。太阳讲，我不去了。项圈被偷去了，你不去我们白天没得做活路，黑老火了。有的就想办法，讲，我们送针给你，哪个看你你就刺他，就看不见你了。

吴晓东：　这就是蚯蚓的故事？

吴光耀：　嗯，蚯蚓和太阳的故事。这是蚯蚓讲道理偷人家的———，嘿嘿。

讲这个故事的时候吴光耀完全是从"蚯蚓会讲话"这个角度来开始的，从内容上看，是与射日神话相关的。可是，他给这一内容起过两个不同的故事名称,一个是《蚯蚓会讲话》,一个是《蚯蚓为什么身上有一圈一圈的?》,因为他给起这样的名称,所以他在讲述的时候也是有一定侧重的,把射日的内容简化了,只一句带过。

以下我们再引用吴光耀从解释蚯蚓为什么身上会有一圈一圈的纹路这个角度来讲述同一个故事:

文本二

访谈对象:	吴光耀(享酿,男,61岁,在排烧上完六年级)
访谈时间:	2005年7月31日晚上
访谈地点:	吴祖松(20多岁,吴光耀的三儿子)家
其他在场人:	吴祖松、吴祖帮(吴光耀的二儿子,30岁)、吴往报等多人。
访谈情境:	晚上在吴祖松家吃晚饭,大家围在一起喝酒。吴光耀喝酒后更喜欢讲故事了,其他人也很愿意讲
录音编号:	20050731排烧苗族口头文学访谈12

吴光耀: 以前呢,有七个太阳,七个月亮。七个太阳和七个月亮呢晒在地面上草都不生,人呢出活出不去了。这才射掉了六个,剩下一个。太阳是女的,月亮是男的。月亮讲,我是男的,随便你,你去白天,晚夜我又去,你去晚夜,白天我又走。好了,太阳讲,我是女的我走白天,可是白天我又害羞,夜晚我又怕。太阳死活都没来了,太阳讲,哎,我是个女的——你们还没听到嘛,我和家门摆这个太阳。——以前呢有七个太阳七个月亮,晒在地面上呢

	草都不生了。好了，
/吴往报：	拉活路了。
吴光耀：	射掉了，太阳只留一个，月亮只留一个。月亮是男的，太阳是女的。太阳呢，晚夜我又不敢去，白天不敢走。白天见我了害羞。好了，打个项圈给你嘛。打项圈给太阳呢，你是女的，打个项圈给你，打扮漂亮点你自个去了嘛。蚯蚓呢，蚯蚓就讲，偷偷，悄悄偷偷摸摸的，偷了那个太阳的项圈去了。偷了太阳的项圈呢，哎，她讲，我更加不去了，人家打项圈给我，_____偷了我的项圈。
/吴晓东：	哪个偷了项圈？
吴光耀：	蚯蚓。
/吴往报：	现在蚯蚓有个把有项圈。
//吴祖帮：	看到发一种亮光，是一圈圈，发一种亮光。在太阳天你挖到蚯蚓的时候你看到一圈圈亮光它是反光，肉眼可以看得到的。
吴光耀：	蚯蚓偷我的项圈，我就不去了。
/吴晓东：	她要去哪里呢？
//吴祖松：	白天太阳走，晚上月亮走，那个意思了嘛。
吴光耀：	蚯蚓得了项圈蚯蚓钻泥巴了。以后我_____它，你照样去啰。太阳讲，好！你打项圈给了我，我照样去。以后我把地面上撒石尘，五六月间我搞得热得不得了蚯蚓自己会跳来的，蚯蚓一跳来我晒得干它就死了。现在五六月间干旱蚯蚓在路上死了。太阳讲，我最怕害羞了。好嘛，你怕哪样子害羞嘛，拿

针给你，他看你你就拿针刺他眼睛，就看不见你了嘛。

/吴晓东：　是哪个给那个针？是月亮？

吴光耀：　不是月亮。

/吴祖松：　叫太阳去的那个人。

//吴祖帮：　老天爷。

吴光耀：　就是那个射掉七个太阳的_____。

很明显，这次吴光耀的讲述不是为了从"所有的动物以前都会说话"这个角度来讲述的。在前文我们已经说明，在与动物有关的故事中，难免动物会有对话的场面，怎样看待这种对话，表明了讲述人的一种态度。如果认为这是一种拟人手法，那说明讲述人并不相信这个故事是真的，并不相信动物会说话。而强调"所有的动物都会会说"，则表明讲述者相信这个故事是真的。前者是在说神话；后者是在说历史。不过这里不是想表达讲述者的态度，而是要说明讲述者因为不同的态度会引起故事不同的变异。以下再来看"人—鱼"的例子。

文本三

访谈对象：　张文兴（男，排烧小学老师，水族）

访谈时间：　2005年8月7日傍晚

访谈地点：　吴光耀家

其他在场人：吴光耀、石光全

访谈情境：　白天我买了半边猪头，晚上在吴光耀家煮吃，在排烧小学的张文兴与吴光耀的亲家石光全也一起来吃，之前我们一起聊天讲故事，期间小孩闹哄哄的，吴

　　　　　　　　光耀的孙子开电扇，致使录音效果欠佳，杂音很大
录音编号：　20050807 排烧苗族口头文学访谈 04

张文兴：　那个鱼，啊，死不闭眼睛就是说，～人和它是怎么吵架的，它讲我们在水里面吃，我们又不吃你们的哪样东西，我们只喝水。哎，喝水。那么，[咳嗽]你们要赖说我们做坏事，我们做哪样坏事呢？人说，你呀，我们喝水，你在水里面虽吃水不吃人的什么东西，但你就拉屎在里面呢，我们喝水，我们就上当给你了。哟，如人真的是要赖我，那我们以后死都不闭眼睛，嘿嘿嘿，所以现在鱼死不闭眼睛的来历。嘿嘿嘿嘿，嘿嘿嘿嘿……

吴晓东：　这故事在你老家那里都是这么说的？
张文兴：　嗯。
吴晓东：　我在这个调查我也听说这个故事，说有个习惯，说人到水里面捉鱼嘛，那一天就不能往河～往水里面拉屎拉尿，有这么个习惯吗？
张文兴：　哎。
吴光耀：　有。

　　"人—鱼"的故事一般都是从"捕鱼的时候为什么不能拉屎拉尿？"的角度来叙述的，而张文兴这次是从"鱼死了为什么不瞑目？"的角度来叙述的。可见同一故事内容经常可以从不同的角度来叙事，这其实是一个普遍的现象。

　　这里举一个《苗族民间故事选》里的一个例子，此故事集搜集了一

篇流传于贵州西部，编写者为之取名为《狗取粮种》的故事，不过故事的目的是解释狗为什么会吃屎。故事是这样的：

> 很古很古的时候，人吃草根树皮，苦得要死。玉当玉母很同情，叫派个人上天去取粮种。叫谁去呢？人们想呀想呀，想破脑袋也没想出个合适的人选来。恰在这时，狗自告奋勇说它要去。人对它说："子一迪，天上的粮种蛮多，玉当玉母如问你要哪种，你就说，要五尺长的果，五寸长的秆，不要说颠倒了。"狗说了声不会，就欢欢喜喜地走了。狗一边奔跑，一边不停地念："五尺长的果，五寸长的秆；五尺长的果，五寸长的秆……"它只顾念，不看路上平不平，突然踩了个空脚，摔了一跤。谁知记性颠倒了，嘴里的话也就颠倒了。它爬起来又向前跑，就念成"五寸长的果，五尺长的秆；五寸长的果，五尺长的秆……"一直念到天上。玉当玉母见狗蛮辛苦，夸它一番之后就问："子一迪，你要哪样粮种呀？"狗摇摇尾巴说："我要五寸长的果，五尺长的秆。"玉当玉母就说："哦，这是苞谷。"说着就丢个五寸长的苞谷给它。狗含着个苞谷回到人间，心头有说不出的快乐。人见狗上天取粮种回来了，也有说不完的快乐，大大地夸了它一番："子一迪，你立了大功了啦！你真是我们忠实的朋友。"狗把苞谷交给人时，人见这苞谷才有五寸长，就问："子一迪，这是果呢还是秆呀？"狗说："是果嘛！"人说："你是咋个对玉当玉母说的呢？"狗说："他问我要哪样粮种，我就说要五寸长的果，五尺长的秆。他便丢个苞谷给我。"人问："子一迪，你是咋搞的，把我的话说颠倒了。"狗默了一下神，才想起来，就说："哦，我跑急了，路上摔了一跤，记性给摔颠倒了，话也就说颠倒了。"人没有吼它，只说："算了吧，二天粮食不够

吃，大家都节省点！"狗说："不，你不能少吃，这是我的错。二天粮食不够吃，我便吃屎吧！"人说："这个使不得，要饿大家饿，要吃大家吃。"话虽这么说，可是，狗自知对人不起，从那以后，它要替人省点粮食，就自己去吃屎。代代相传，成了习惯。这就是狗为什么吃屎的由来。①

故事后面注释这是一位叫杨福云的苗族讲述，整理者是燕宝，流传地点是在贵州西部，没有具体到哪一个村子搜集的。我们不知道当时讲述者是怎样讲述这个故事的，但从后面一句"这就是狗为什么吃屎的由来"来看，在民间，这一故事可以用来解释"狗为什么吃屎"，当然也可以用来解释"粮种的由来"。那么，到底应该取什么样的标题呢？这关键要看当时讲述人讲述这个故事的目的。讲述人一般每次只从一个角度来讲述，这相当于故事的目的或主题，因此，讲述人自己取什么样的标题是一个非常关键的问题，一旦他的标题确定了，便形成了固定的心理图式，这一图式导引这故事的发展方向。从以上故事结尾来看，讲述者其实是为了解释"狗为什么吃屎"的问题，而不是解释"粮种的由来"，虽然故事里涉及了粮种来源的内容。因此，取名为《狗为什么吃屎？》更为合适一些。

正是由于这种变化，致使故事的母题得以变换，一个故事类型慢慢过渡到另一个类型。两个表面上看没有任何关系的口头叙事作品，我们依然可以找到其中间的过渡文本，并将这两个文本联通起来。所有的故事并不是孤立的，每一个故事都可以通过一些关系与其他的故事联通起来。所有的口头叙事作品可以组成一个网，一个系统。

---

① 燕宝：《苗族民间故事选》，上海：上海文艺出版社，1981年。

类型的划分具有阶段性的特点。我们不妨用一种英文变字游戏来作说明，这种游戏就是从一个词变到另一个词，比如从 cool 变到 warm，每一步都变一个字母，如：

Warm（暖和）
Worm（虫）
Word（词）
Wood（木头）
Wool（羊毛）
Cool（凉）

第一步是把 a 变成 o，单词由 warm 变成了 worm；第二步是把 m 变成 d，这样，单词又由 worm 变成了 word。就这样一步一步的，最后竟然变成了一个与 warm 意义完全相反的 cool。其实，民间口头叙事的变异也是如此。我们可以把一个字母看成一个母题，几个母题组成一个故事。每一次变换一个母题（或几个母题），这样不断变换，用不了多久，一个故事就会变成另一个表面上看与之毫无关系的故事。

这里就牵涉一个故事类型的问题，其实类型只是对口头故事分类上的一种人为切割，具有很强烈的人为性。如果我们把以上单词比喻成一则则故事，那么把单词 warm 和 worm 看成同一类型的故事，估计问题不大，再把 word 归为同类型可能也可以，但差别估计就有点大了。到了 cool，就绝对与 warm 不是同一类型了。这其中有一个渐变的过程，不是很明显。我们在口头叙事的研究中，一般喜欢注意同一类型故事之间的关系，将它们放在一起比较，寻找它们的变异过程。但我们往往忽略了整个故事群都是一个系统，它们的关系也很重要，因为同一类型的故事的变异与这种网络关系是分不开的。

　　正因为我们只注意同一类型的比较，我们便往往只注意到故事的稳定性一面。比如，狗耕田的故事，我们拿现在所搜集到的故事与一千年以前的记载进行比较，可以发现这一故事基本上没有变，其结构基本一致，所以我们便得出结论，这一故事具有一定的稳定性。这固然没有错，但是，我们在做这种比较的时候，我们其实是只将那些类型变异很小的故事拿来比较，而变异大的故事，往往被我们排斥在比较之外。就像我们往往只拿单词 warm 与单词 worm 或 word 等稍微接近的去做比较，而不会去与单词 cool 做比较。其实，一个故事一旦产生并在民间流传，它就一直处于不可逆转的变异之中。它不是单线传播的，而是多线传播和变异的。一个故事在变异的历史中，每一阶段有其中的一个或两个母题变换，没有多久，这个故事就会变得面目全非。我们不仅不能将这两个故事归为同一类型，我们甚至难以认识这两个故事的其中一个是由另一个演变而来的，就像我们不会发现 cool 有可能由 warm 演变而来的一样。

第五章 神话、故事及相关习俗

习俗与口头文学往往相辅相成，相互依赖。有的是先有口头传说，然后延伸出相应的民俗，有的是先有某种民俗，然后才用口头故事来解释这种习俗的原因。两种情况都是比较普遍的现象，比如用狗去捕猎，狗是肉食动物，天生具有捕猎的本领，人驯化了狗之后，狗的这一功能依然被利用，为了解释这一功能，人们就编造出狗为什么会撵山羊的故事。

　　语境，简言之，乃话语的环境。这一概念从语言学借用到口头叙事学之后，"语"便不再是语言学中的话语概念了，不再包含对话、演讲之类的话语，而是指民间的口头叙事文本，也就是传统上所说的神话、传说和故事等。这类故事的流传，经常依赖于相关的民俗作为其生存的文化语境，一旦这些民俗由于环境的变化而消失，其相关的故事也可能随之消失。当然，故事的消失不是那么亦步亦趋，也许要稍微地滞后一点，比如排烧人已经很少打猎了，但"狗为什么要撵山羊"的故事依然有一些人会讲。不同的口头文本，对文化语境的依赖程度各异。比如祭词必定是在祭仪中演诵，酒歌是在饭桌前舒喉，情歌除了一个人独自唱给想象中的情人之外，大多是在男女的对歌中演唱，其所需的语境相对固定。而散文体的故事，对语境的依赖远远不如韵文体的文本。相对来说，与民俗相关的祭祀词对民俗的依赖要大得多，比如，由于环境的变化，狩猎在排烧近些年几近衰微了，与之相关的祭祀猎神的仪式也几乎看不到，因此，只有在祭祀猎神的仪式上才演唱的祭祀词也就处于濒危的状态之中。

一、狩猎与狩猎词的濒危

排烧的很多民间故事都与动物有关，而这些故事中的动物正在消失或者已经消失了，对于当地人来说，等于是故事的文化语境正在消失或已经消失。伴随着动物消失的，是与之相关的某些习俗，这些习俗的消失，可能会直接影响到某些叙事存在以及对这些叙事的理解，比如排烧苗族原来传说老虎与人是兄弟，不应该自相残杀，所以在排烧以前有一个习俗，就是老虎踩了人所设的套夹或掉进人所挖的陷阱之后，要先将老虎关进笼子里，让老人念一段词，然后才将老虎杀死。这段词的意思是说老虎与人以前是亲兄弟，老虎不应该吃人，是因为它先吃了人，今天人才设套捕它，要将它杀死。被访谈人罗运辉说，念这段词时，老虎会流泪后悔，口服心服，然后人才将老虎杀死。

从对罗鸿德的访谈可以知道，以前排烧的狩猎活动还是比较普遍的，野兽比较多。排烧一带野兽的减少，主要是大环境下猎物的减少，是人们的过度捕猎造成的，并不是由于森林的减少。在访谈中可以了解到，排烧一带以前的森林并不比现在茂盛。

访谈对象：　罗鸿德（73岁，男，读过私塾、完小，曾在三都粮食局工作）

访谈时间：　2005年7月30日上午

访谈地点：　罗鸿德家堂屋

其他在场人：无

访谈情境：　上午我一个人去找罗鸿德聊天，他讲了一些关于森林、吃鼓藏、老鼠等方面的事情

录音编号： 20050730 排烧苗族口头文学访谈 03

吴晓东： 那解放初期，有没有限制？
罗鸿德： 没有限制。打渔他也没有限制，打猎他也没有限制。
吴晓东： 可以炸鱼，可以用药？
罗鸿德： 打猎他尽量让你去打。
吴晓东： 那打猎可能就是那时候全部打完了？
罗鸿德： 那没晓得，搞各种各样，它自己了种了。
吴晓东： 你觉得这是不是人口太多了的原因？
罗鸿德： 没（不）是人口太多了。
吴晓东： 嗯？
罗鸿德： 没（不）是人口太多了。是技术太多了。
吴晓东： 是技术太多了？
罗鸿德： 技术太多了。看现在安那个捉野物夹的话，把那个铁夹一安，它去那里就着了。技术多这些野物就容易捕完。
吴晓东： 我还以为原来的树比现在还多。
罗鸿德： 没。
吴晓东： 你们打猎就在附近打？
罗鸿德： 就在附近打。
吴晓东： 远处不去？
罗鸿德： 远处也去嘛，瑶人山也去。
吴晓东： 瑶人山过去一直有树吗？
罗鸿德： 瑶人山过去树子多。
吴晓东： 但是这附近就没得？

罗鸿德：　附近没得。瑶人山嘛是深山老林，那个树都是大树。
吴晓东：　当时这附近没有树也有老虎？
罗鸿德：　有嘛！
吴晓东：　是不是老虎经常在瑶人山那边，它要找吃的它就过来了？
罗鸿德：　是了嘛。
吴晓东：　你们除了做农活，还到山上采哪样果子吃？
罗鸿德：　现在有点梨子啊，四五月间有杨梅啊，大杨梅小杨梅啊，唉，也没有多少果果。
吴晓东：　你小的时候也没有哪样果果？
罗鸿德：　我年轻的时候多点，现在少点。现在寨子边边梨子李子都没得，砍掉了。

　　笔者调查时排烧苗寨人的生态意识不算很强，生态意识只是一种副产品，即神灵崇拜的副产品，所以说人们不是很主动地去保护生态，而是一种被动地保护。说实话，居住在高山上的人们，难以体会到生态的危机，只有一边享受城市的繁华一边感慨空气污浊的城市人才会体会到生态对他们的重要。野兽的减少对排烧苗族的影响其实并不是很大，因为他们早已从采集狩猎过渡到了以农业为主的社会，采集与狩猎只是他们生活的一种补充。既然是补充，就不是一种必需。他们有谚语说："打猎不会富，捕鱼不发财。"但我们可以想象，如果目前仍然存在丰富的野兽，无论作为一种补充，还是作为一种休闲时的娱乐，人们还是乐于去野外狩猎的。可是，由于野兽的消失，狩猎正在从他们的生活中彻底消失。人们看不见狩猎前的祭祀了，也看不见狩猎归来时的谢兽神仪式，再也听不到相关的祭祀词了。虽然人与虎的一些故事目前依然有人会说，但也逐渐淡出排烧人的故事体系。正是出于这种原因，笔者才决定违背干预的原则，请吴光林念了一次祭祀猎神的神词，并录了像，录了音，以备以后研究之用（详见第六章）。

二、粽粑节与吃粽粑的故事

在排烧，除了春节，还有几个比较重要的节日：粽粑节、尝新节、吃新节。粽粑节是在三月份过，与汉族地区的端午节（农历五月五）时间上有一些差异。至于排烧的粽粑节来历是怎样的，人们已经难以追溯到真正的源头。这一节日当与迁徙有一定的关系，也就是说，这一节日当是从有这一节日习俗的地方迁徙来排烧的时候把这一习俗带来的，这种迁徙包括逃难、寻找土地、婚姻等各种类型，比如某一家人逃难到了这里，便将这一节日带到了这里，或某一个姑娘嫁到了这里，把这一节日传播到了这里，由一家人先过，扩展到几家，再扩展到全寨。总之，这是一个文化传播的过程而已。

不过，排烧人关于粽粑节历史的来源，却有它自己的传说，这一传说关注到了这一区域的一个特点，就是这一区域的苗族寨子有的过有的不过，因此可以说这个传说是解释"为什么有的地方过粽粑节而有的地方不过？"的，当然，在这种解释的过程中，也就暗含了"我们这里为什么过粽粑节？"这一问题。这两个问题都可以作为故事的标题，但其呈现的图式无疑是有些许差别，这些差别会成为故事发展的导向。当然，除了这种认知上的因素，外部的原因，也就是粽粑节的存在、发展或消失，无疑也会影响这个故事的流传。

以下是笔者的几次关于粽粑节故事的访谈：

访谈一

访谈对象：　吴祖帮（男，30岁，吴光耀的二儿子）

访谈时间：　2005年8月1日晚上

访谈地点：　吴祖松家

其他在场人：吴光耀、吴祖松、吴祖明、吴祖培等

访谈情境：　我们从牛栅回来，大家一起喝酒。白天就讲了不少故事，晚上继续讲

录音编号：　20050801排烧苗族口头文学访谈11

吴祖帮：　　我们把棕粑包起来，哪个的煮得熟快当就承认哪个过棕粑节了嘛，哪个的熟得慢就不理睬它了。就不吃，可以吃可以不吃。但是我们这里的一个老人他比较滑头，也比较尖。他包好棕粑，拿叶子和那个糯米来包好。包好拿泡起水，泡起水……噢，今天我就发米给你们了，明天煮，明天我一喊下锅大家一起下锅。我喊好，看哪个熟得快当就承认哪个吃了嘛，就承认哪个最隆重，以哪个最为这个。我们这边这个，我们这个寨子来说呢，那个老人呢，也要这个也包这个棕粑。今晚上他包好拿个棕粑泡水，那个米涨了嘛，涨水完了嘛。第二天他一煮，他的棕粑煮得最快当。人家是包白米噢，干米，包完就放起第二天煮。煮还没有煮，我们寨子的〈就已经熟了〉，在我们寨子来说呢，现在吃棕粑，是最隆重的。这个也是老人摆的古，我们只是听，听一种传

说，也不懂到底是不是这种，有没有这么回事。所以呢，在他们那边，棕粑呢，要包不包，无所谓，不管。但是，如果你要去他那边呢，〈他们〉也不好意思。他讲，没过节，但也弄一点，不隆重。老人一个摆给一个，我们只是听摆的，不晓得到底有没有这么回事。

吴晓东： 除了这几个节日还有哪样节？有没有姊妹节？

吴祖帮： 姊妹节只能在丹寨那边。

吴晓东： 所以我们这边主要是棕粑节、尝新节、吃新节、春节。还有哪样吗？

吴祖明： 就是这种。

吴祖帮： 比较隆重就是这些。

吴晓东： 水族的端节你们过不过？

吴祖帮： 不过。

吴祖松： 原先我们家也是水族。我们坐在苗族寨子来说，原先我们公，本来是个水族。我们奶是个苗族。再加上坐在苗族寨子来说，你不说苗话是不可能的啊，人家个个都讲苗话，你讲水话。我们是苗族，但是变相苗族，如果真正追根究底，我们是水族。

访谈二

访谈对象： 石有高（村支书，男，38岁）
访谈时间： 2005年8月2日晚上午19点
访谈地点： 石有高家

其他在场人：　吴光耀、石有高妻子与儿子
访谈情境：　　他邀请我和吴光耀一起到他家吃晚饭，我们一边吃饭一边聊天
访谈编号：　　20050802 排烧苗族口头文学访谈 07

石有高：　当时是在范围所有的寨子，一个寨子包一个棕粑。几十个地方，一个地方派一个代表。你在你地方你〈拿〉一个来，我在我地方我拿一个去。都煮在一锅，哪个的熟哪个就过这个棕粑节，哪个的不熟就不过这个节。我们排烧这个地方的棕粑熟，打渔乡有个村的棕粑也熟，盖赖①的没有熟，有两个地方吃棕粑嘛。老人定这个条约。

吴晓东：　怎么可能不熟呢？

石有高：　也怪了。

吴光耀：　古怪了。

笔者问的这个问题其实只要与吴祖帮所说的做一个比较就可以明白了，吴祖帮说的是谁的先熟，他所在的寨子就吃。石有高说的熟，其实也就是先熟。当然，蒸粽子也可能出现夹生的可能。

访谈三

访谈对象：吴祖祥（原村支书，男，50多岁）
访谈时间：2005年8月3日上午

---

① 盖赖：离排烧不远的一个村寨。

访谈地点： 吴祖祥家大门前的走廊上
其他在场人：无
访谈情境： 因村子里的水池坏了需要修理，吴祖祥从牛棚回家来处理这事。在水来之前他没事，于是我们两个坐在大门前的凉竹沙发上闲聊天，我根据自己知道的一些故事逐一问他
录音编号： 20050803 排烧苗族口头文学访谈 02

吴晓东： 吃新节有哪样故事吗？
吴祖祥： 有可能有，有一定的意思才吃，但我不晓得。吃粽粑，老人呢，我们这一带，几个寨子了嘛，老人打伙来包粽粑，看哪个的煮熟。一个寨子来一个人了嘛，我们包，煮到一锅，解开看，哪个的熟就哪个寨子吃粽粑，不熟就不吃。他们那些地方，高寨啊，打略啊，他们的不熟，解来看，像米了嘞，所以他们不吃。我们的熟，所以我们才吃粽粑。我们吃粽粑又不像他们的端午，照样包粽粑，但是季节不一样，我们呢，是三月份，叶叶正在发的时候我们就包了。汉族吃的那个端午呢，是五月五。季节是不同，一样包粽粑。
吴晓东： 这附近有哪几个苗族寨子吃粽粑？
吴祖祥： 只有我们寨子，还有柳排，柳排是打渔乡的，盖赖也吃。

三、留谷穗习俗与老鼠取粮种的神话故事

在排烧，原来与"粮种是怎样来的？"这个故事相关的民俗事项至少有两个，一个是祭祀谷神；一个是在割稻谷的时候要留下最后的几蔸给老鼠。这两个民俗事项在排烧都已经消失了。

谷神，也叫米种神，排烧苗语为 ka^{44}io^{35}nen^{44}。谷神在这里也等于田神，分男神与女神，主要管不让米落魂，除了保护庄稼茂盛，还保护仓库里的粮食，不让谷仓里的粮食生一种像飞蛾那样的小虫子，即米虫。笔者没有机会目睹祭祀谷神的仪式，据享酿吴光耀说，祭祀仪式是这样的：祭品是第一年用母鸡；第二年用母鸭子；第三年用小母猪或公猪，还要一升米、刀头肉、三束带秆的糯米捆在一起，用男人的头帕来捆糯米秆。还要项圈、鸡蛋。第一年三个，第二年五个，第三年七个，都是单数。如果第一年五个，则第二年七个，第三年九个，总之是每年加两个。祭祀时间在秋收时节，不超过秋收，边打米边做，大多是在农历六月的第一个牛场天（cu^{35}wei^{51}te^{44}，节气）。祭祀地点在家里面，在各家门口晒楼上祭祀。笔者问享酿是否可以念诵祭祀词，他说祭祀词不敢念，但可以讲述，于是他讲了大意。大意是：你们开田开地很辛苦，我们要报答你们，请你们享用。

前文已经谈及排烧这里对鼠的分类，不再重复。从访谈里我们可以知道，这里流传的老鼠取粮种的故事中的老鼠是指 neng^{31}za^{31}。因为它与其他老鼠生活习性不同，伴随着这一故事，在排烧曾经有相应的留谷穗给老鼠吃的习俗。以下是相关的访谈。

访谈一

访谈对象：　吴农爹（孤寡老人，60岁，男，不识字）

访谈时间： 2005年7月30日晚上
访谈地点： 吴农爹的小房子里
其他在场人：无
访谈情境： 吴农爹在自己的黑暗的小房里做饭，没有灯，几乎是摸黑。我路过，他叫我进去坐，我就去了，找了块板子坐下。我们两个，加上他喂的几只鸡和一个几块石头搭起来的锅，小房子就满了。边看他煮菜边与他聊天，等适应了之后便开始问他故事。在调查的时候，语言多少有一定的影响。在排烧，人们虽然都会一定程度的汉语，但平日里互相之间还是以说苗语为主。我在调查的时候，只能用汉语，而他们在说故事的时候，也直接用汉语说
录音编号： 20050730排烧苗族口头文学调查05

吴晓东： 谷子是怎么来的这个故事你讲讲。
吴农爹： 讲不成，我们一个讲一个的话，我不会讲客话。
吴晓东： 你讲点点，讲点点。就是那个谷子怎么来的那个。
吴农爹： 那个是人去上面的天上的去高头去要，要来嘛到那个岩岩上面打落。打落了，哪个都去不成了。请耗子去，请耗子去嘛，那样，到后来，耗子又讲，我去要种来送你们，你们才得种。二天（以后），我要点，我要尖尖去，剩根根送你们。

说到取谷种的老鼠，吴农爹强调说："是那个小小的，在田埂那个啊，那个小小像老拇手在田埂那个才是，那个大大像手杆那个不是，那

个吃空。过去老人讲那种。那个小小的，那种小种的耗子才去要种子米来；那个大的会吃空。过去它讲我要尖尖，还要剩几线送你们做种。那个要完的是人家，不是我们，你们碰到人家你们〈可以〉打。人家比较大个，我们是小个的。"

访谈二

访谈对象：　石有高（村支书，男，38岁）
访谈时间：　2005年8月2日晚上19点
访谈地点：　石有高家
其他在场人：吴光耀、石有高妻子与儿子
访谈情境：　他邀请我和吴光耀一起到他家吃晚饭，我们一边吃饭一边聊天
访谈编号：　20050802排烧苗族口头文学访谈08

吴晓东：　谷种是怎么来的这个故事？
石有高：　那个谷子？
吴晓东：　嗯。
石有高：　那个谷子我也不会摆了，那个摆比较_____，这个谷种呢，以前有个我们苗族喊做疏越，去要来这个种子来。
吴晓东：　疏越是什么。
石有高：　就是那个人了嘛。我听老人讲，但现在让我摆我摆不出。
吴晓东：　是哪种动物拿过来的？
石有高：　好像不是什么动物，我以前听摆过，但是我记不得。

第五章 神话、故事及相关习俗　297

吴晓东：　是哪种动物去把谷种取过来了？
石有高：　不是动物嘞，是人还是鬼嘞。

石有高明显讲到了另一个故事，关于老鼠取谷种的故事，后来在我没有请他说的时候，他自己又说得很生动。

吴晓东：　吴公给我说过，说老鼠去偷那个谷子。这个故事你听说过吗？
石有高：　这个故事我没有听说过。

石有高否认得特别快，看来当时他是不往那边想。这时候，我转向吴光耀——

吴晓东：　吴公，有没有那个敬谷魂的？
吴光耀：　有敬。以前那个谷子嘛，是雷公要来，大大的，大个大个的，来到大岩缝那里，掉在那里了，不好去要来。人没有办法了，跟耗子讲，你细小一点，你帮我去要点点谷种来。谷种大个大个的。它讲，好！它呢，它去要来呢，它又小，不会____，回去拿鸭子来咬点点来，现在谷子小小个。它讲，我要有待遇①嘞。人讲，随你嘛，送你打伙吃嘛。以前大米呢，田头也丢（留下不割）两苑，田坎也丢两苑，最后也丢两苑不割。它是白胸膛那个要的，黑胸膛那个不是，不是那个帮我们要种子来。它讲，

---

① 这个很现代的词确实出自吴光耀。他在当地是一个有文化的人，读过《三字经》等。

> 你们还没来打，我来要两边的，我要尖尖的，两溜两溜下来那个才是我〈吃的〉，那个全部要完（全部吃完）那个不是我嘞！人说，他妈的，没给我们要来〈谷种〉的也来吃，我们干脆割完算了，所以现在才割完。

石有高是排烧的支书，年龄不算很大，他没有看见过留谷穗给老鼠的习俗，我又找机会问吴祖祥是否知道割谷子最后要留两蔸，他说他一点都不知道。

访谈三

访谈对象：　吴祖松（男，20多岁，吴光耀的三儿子）
访谈时间：　2005年8月1日上午
访谈地点：　吴光耀家的牛棚处
其他在场人：吴光耀、吴祖帮、吴祖培
访谈情境：　与吴光耀等人去修牛棚，重新盖屋顶，我也帮一些忙，大家一边干活一边聊天，我趁机访谈吴祖松
录音编号：　20050801排烧苗族口头文学访谈07

吴晓东：　昨天晚上你老者（父亲）说那个老鼠去取那个谷子，谷种。你们收谷子的时候最后留两蔸那个谷子不割了嘛，是嘛？

吴祖松：　嗯。

吴晓东：　这个你看见过吗？

吴祖松：　那个以前留，这刚也没留了。

吴晓东：	你碰见过吗？你见过吗？
吴祖松：	嗯。
吴晓东：	看见过？
吴祖松：	嗯。以前留，这刚咯……就像这块田，你从这头割去了，到那头角角就可以留两苑了嘛。老鼠带那个米种来，它没累嘛也要留点给它过生活。
吴晓东：	你小的时候你也看见过吗？
吴祖松：	到我们这代我们没看见过，但老人是这样讲。

笔者十分关注这种民俗是什么时候消失的，在吴光耀讲述的故事中，已经加上了这种民俗消失的原因。在与吴祖松对话的时候，他先是含混地表达自己看见过，我两次问他是否看见过，他都以"嗯"来回答。因为他只是二十多岁的小伙子，笔者自然表示怀疑，如果他也看见过这种民俗的存在，那就说明这是刚刚消失没有多久。不过在笔者的再三追问下，他表示："到我们这代我们没看见过，但老人是这样讲。"看来这一民俗已经消失有一些年头了。

四、吃鼓藏习俗及其神话故事

（一）吃鼓藏的由来

吃鼓藏的习俗虽然在一个村寨里相隔的时间很长，传统上是十二年吃一次，很难遇到，但对于整个具有吃鼓藏习俗的苗区来说，也算不上难得遇见，因为这村不吃那村吃。吃鼓藏是苗区最大的一项祭典，十分隆重，其中包含十分烦杂的环节与禁忌。关于这些环节与禁忌，也有相应的神话故事，这些神话故事与仪式相互依赖。以下是"为什么要吃鼓藏？""砍牛架子为什么要用枫木？""为什么砍牛前要先砍枫树？"等神话故事的调查。

先看看"为什么要吃鼓藏?"的故事。

访谈一

访谈对象：	罗鸿德（男，73岁，读过私塾、完小，曾在三都粮食局工作）
访谈时间：	2005年7月30日上午
访谈地点：	罗鸿德家堂屋
其他在场人：	无
访谈情境：	上午我一个人去找罗鸿德聊天，他讲了一些关于森林、吃鼓藏、老鼠等方面的事情
录音编号：	20050730排烧苗族口头文学访谈03

吴晓东： 你们这里有没有活路头？每年插秧的时候是不是要由他先搞？

罗鸿德： 活路头？过去是底下那个吴老头。

吴晓东： 吴烟脸？

罗鸿德： 嗯，吴烟脸搞。

吴晓东： 就是那鼓藏头？要他先搞？

罗鸿德： 要他先搞嘛，不准其他搞嘛，要他家搞赶先。栽秧、撒秧都是他家搞赶先。

吴晓东： 每年都是这么的？

罗鸿德： 现在没管了。

吴晓东： 他是从哪一年就不起这个作用了呢？

罗鸿德： 从——我看——从1980年以后就没管了。

吴晓东：　哪一家喜欢先搞就哪一家搞了？

罗鸿德：　哎，是了嘛，这刚没管了。

吴晓东：　你觉得是为哪样就没管了呢？

罗鸿德：　没晓得。

吴晓东：　鼓藏头是选出来的？

罗鸿德：　不是选。

吴晓东：　那是他老者〈传下来的〉？

罗鸿德：　老祖宗来刨才搞嘛。①

吴晓东：　老祖宗？和老祖宗有哪样关系？

罗鸿德：　有哪样关系啊，他那个魂魄来跟你要牛，他就来刨你，把你搞病，这样病那样病，你坐没坐住没住（受不了），你才去搞那个鼓藏。哎，搞那个鼓藏有哪样用！米又完米，酒又完酒，一家一条牛。

吴晓东：　一家一条那就多了啊。

罗鸿德：　多了嘛。解放后我们搞这一回一共敲去一百多条牛。

吴晓东：　一次？

罗鸿德：　一次。一个时间，不讲一次，一时间杀一百多条牛。②

吴晓东：　〈一家〉杀一条牛吃不完那吃多长时间？

罗鸿德：　还有人客（客人）呢！

吴晓东：　客人？

罗鸿德：　哎，还有人客。抬着礼信（礼物）来，你要回他，

---

① 从后面的对话可看出罗鸿德老人由选鼓藏头的话题转到了为什么要吃鼓藏。
② 吃鼓藏的牛是同时杀的，所以罗鸿德老人说"一时间"。

　　　　　　　你要给点他去，一些要一腿啊。唉，除了锅巴没得饭，你〈还〉讲吃不完！

吴晓东：　　你觉得活路头有哪样用吗？
罗鸿德：　　诶，我也没晓得有哪样用，过去讲他家做，也是这样打米，这刚没有活路头也照样打米。
吴晓东：　　原来认为他家先做才能丰收？
罗鸿德：　　诶，那是老人的迷信。有些还继承，有些我感觉也没有什么作用。

……

吴晓东：　　听说以前的树子比现在还多？
罗鸿德：　　嗯。
吴晓东：　　以前的还少些？
罗鸿德：　　嗯。
吴晓东：　　是不是以前少的时候好喂牛些？
罗鸿德：　　嗯。
吴晓东：　　草多些？
罗鸿德：　　草多些。
吴晓东：　　我原来还以为以前树子要多些。
罗鸿德：　　以前没多。
吴晓东：　　那这些树子大概是从哪时候开始多起来了？
罗鸿德：　　从～哎哟～从～包产到户。
吴晓东：　　生产队的时候树子也是很少的？
罗鸿德：　　很少。
吴晓东：　　那解放以前呢？国民党的时候呢？
罗鸿德：　　没多。

罗鸿德说得很清楚，吃鼓藏是因为祖宗来骚扰，即"他那个魂魄来跟你要牛，他就来刨你，把你搞病，这样病那样病，你坐没坐住，你才去搞那个鼓藏"。按他这种说法，吃鼓藏的时间应该是不固定，也就村子发生了一些不吉利的事情，很多人生病，或出现一些灾难性事件，等等。这应该是最原始的阶段了，在离排烧不远的榕江县，吃鼓藏的原因也有类似的说法。这种说法是比较宽泛的，不指向某一个祖先，而是指所有的祖先，每一家人的祖先。除了这种观念，排烧关于吃鼓藏的来源已经开始有了新的传说，这又分两种，其中一种认为吃鼓藏是纪念一对正在恋爱的男女。女的叫包勾，"包"是花的意思，"勾"是虫子的意思。

访谈二

访谈对象：罗运辉（男，50多岁，电工）
访谈时间：2005年7月31日上午
访谈地点：罗运辉家堂屋靠近大门口处
其他在场人：无
访谈情境：我在罗运辉家给电器充电，顺便对他进行访谈。他儿子罗转富在家，但没有一起坐着聊
录音编号：20050731排烧苗族口头文学访谈01

吴晓东：　说吃鼓藏是纪念蝴蝶，有没有这种说法？
罗运辉：　没有。我们吃鼓藏是纪念那两个夫妻，纪念他们。
吴晓东：　夫妻两个？
罗运辉：　哦，两个朋友。
吴晓东：　哪两个朋友？

罗运辉： 女的是拉揽下去以前那个村子〈的〉，现在没存在了。

吴晓东： 现在不存在，以前有个村子？

罗运辉： 嗯，有个寨子。

吴晓东： 纪念他们两个？

罗运辉： 嗯。

吴晓东： 你们是不是这么说，叫妹榜妹柳。

罗运辉： 没叫。

吴晓东： 蝴蝶叫勾柳？吃鼓藏不是纪念那个妹柳？

罗运辉： 不是，是纪念包勾。[这时罗运辉用苗语咨询了一下其他的人]

吴晓东： 包勾是什么意思？

罗运辉： 就是这个女的〈名字〉。我们吃鼓藏就是为了纪念她。

吴晓东： 她的名字叫包勾？

罗运辉： 嗯。

吴晓东： 包是哪样意思？

罗运辉： 包是花。

吴晓东： 勾呢？

罗运辉： 勾是虫子。

吴晓东： 不是纪念勾柳，是纪念勾柳吗？

罗运辉： 不是。

吴晓东： 包勾那她是虫子吗？

罗运辉： 诶，她名字取这种嘛。

吴晓东： 她是一个人，不是虫子？

罗运辉：	对。但是她非常好像~又像一朵花，又像个虫虫这种。
吴晓东：	这只是一个名字，她是一个人。
罗运辉：	对对。哪天再给你摆完完的。
吴晓东：	好，哪天我再找你。
罗运辉：	因为吃这个鼓藏是为了纪念她，所以我们吃这个鼓藏就要忌一点。没乱说话，尽找好的说，坏的尽量不说。
吴晓东：	他们的故事是怎样的呢？
罗运辉：	那个男的非常想那个女的，女朋友了嘛。这个男的是这边的，那个女的是拉揽那边下去，度假村下去背后那个寨子。
吴晓东：	那个男的叫什么名字？
罗运辉：	这个我忘记了，我要问他们。
吴晓东：	他是排烧人？排烧的？
罗运辉：	嗯。哦，那个男的喊作柳，苟柳。
吴晓东：	那他们叫包勾包柳。
罗运辉：	苟柳和包勾。他老了我们喊作苟。
吴晓东：	苟是爷爷的意思？
罗运辉：	苟喊作公公了嘛。——我可以摆他们的过程，有空再摆那个吃鼓藏。——男的和女的他们两个相撞（碰见）以后，非常地一个挂（挂念）一个，每晚都是。虽然路很远，但是白天没有时间，晚上才有。三百六十天我都能见你一面我才落心（放心），你能见我一面你才落心。那晚他去打鱼，拿网去网鱼，

那个女的也不帮助〈他一起网鱼〉，苟柳的朋友，还有别的男的也比较好抢了嘛，哪个好抢哪个就去追求了嘛。那些朋友就讲，喊龙去拉他的网脚，拉苟柳的网脚。

吴晓东：　拉网脚是什么意思？

罗运辉：　拉网脚嘛苟柳才去刨那个网，才没去接触那个包勾。有一句话就是"窝嘎力罗比豪，篓比克那啊尼咖"，意思就是讲你干扰他那个网，他去刨他那个网，耽误他时间，他才没来接触这个包勾，才丢给别个了嘛。然后有一晚上他去的时候，我们这个民族嘛种那个荞子，他砍那个荞子叶叶，做一个棚棚，专门守野鸡，野鸡爱来吃。苟柳去躲在那个棚棚里，老虎从这个棚棚的第一个，那个岭子非常长，那个铁塔下去那里。老虎就从上面一扑扑下去，苟柳和包勾就约起，就是讲，我来得快（来得早），就在第二个还是第三个棚棚，他两个规定的，约起在那里等。苟柳嘛来还没快（还没有来），那个女的就提前来了。来了坐在那个棚棚等那个公。那个公还没去，那个老虎来扑下去，扑那个包勾，把那个包勾咬掉。咬死了，好，这个男的去呢，看见他的朋友被咬死了，他气，就去睡，把那个女的放在上面盖着他。盖着他呢老虎饿了又想来吃，把这个女的吃掉了嘛。好，这个老虎一来的时候，他晓得才拿那个刀，以前我们寨子，我们老人，这刚我们家还有那个大砍刀，他才拿那个刀捅那个〈老虎〉死。死了以后他就放那个老虎和那个女的一起在那个棚棚。在那个棚棚呢，赶后那个女方的老人找啊，到处找。找呢，找去找来撞（发现）在那个棚棚。撞在那个棚棚呢，他讲，那个老虎也死了，老虎是刀捅的，女的是老虎咬的。所以他就传这个话给这个寨子来找了嘛，①找呢他讲，这个男的非常有本事，这个女的，他的姑娘虽然没在了，没在世了，他还没知道这个男的，苟柳的名字，他还没知道是他。这个年青人是哪个？捅这个老虎。以前的事情嘛，老人的事情嘛，个个都不敢讲了嘛。找你讲不是你，找他讲不是他，找我讲不是我。〈就〉集中寨子的青年来，讲，你们露刀出来让我看，露刀出来呢，苟柳的那把刀就粘有那个老虎血，老虎的血粘满了……

以下是对吴光耀的访谈，他说纪念的祖宗名与罗运辉所说的一致。

访谈三

访谈对象：　吴光耀（享酿，男，61岁，在排烧上完六年级。）
访谈时间：　2005年7月31日晚上
访谈地点：　吴祖松（20多岁，吴光耀的三儿子）家
其他在场人：吴祖松、吴祖帮（吴光耀的二儿子，30岁）、吴往报等多人
访谈情境：　晚上在吴祖松家吃晚饭，大家围在一起喝酒，吴光

---

① 指找捅死老虎的人。

耀喝酒后更喜欢讲故事了，其他人也很愿意讲

录音编号：　20050731 排烧苗族口头文学访谈 09

吴光耀：　蜘蛛结网要天干，蚂蚁搬家要下雨。

吴晓东：　有没有关于蜘蛛的故事？

吴光耀：　没得。这个蜘蛛没有用。在家里那个大大的蜘蛛，它来吃你那个菜和饭，你吃了颈根要肿。

吴晓东：　家里面那个有毒？

吴光耀：　噢，家里面那个大大的。还有那个大大的蝴蝶，它那个灰落在菜里，吃了也要肿颈根。

吴晓东：　那种蝴蝶苗话怎么说？

吴光耀：　勾巴俩柳。那是一种大蝴蝶。蜻蜓我们喊作勾雅。

吴晓东：　黔东南那边吃鼓藏说是祭蝴蝶，是不是这么回事？

吴光耀：　我们不忌。①

吴晓东：　那这边吃鼓藏是为了祭哪样？

吴光耀：　我们忌几天几夜不准过小沟，小河小沟不准过；不抬水，水都抬好到家里面来，不准要柴不准割草。客也不准上来，② 我们也不准出去。

吴晓东：　我是说吃鼓藏是为哪样要吃鼓藏，是供哪个祖宗？

吴光耀：　供那个祖宗，为了发展嘛。

吴晓东：　那祖宗是人还是蝴蝶？

吴光耀：　人，不是蝴蝶。杀牛杀猪念给那个老祖宗。

吴晓东：　那个老祖宗的名字叫哪样？

---

① 吴光耀老人把祭祀的祭听成了忌讳的忌。
② 指不准进入排烧村寨，因为排烧苗寨处在山顶上，故说"上来"。

吴光耀：	就是那个他家的老人。
/吴祖松：	你敬你家老人,我敬我家老人。
吴光耀：	你家老人叫哪样就叫他的名字来要那个牛,杀猪就叫他来要那个猪。老人的名字。各家各人名字不同。
吴晓东：	我听罗运辉说是祭祀一对老祖宗叫什么苟柳?对吗?
吴光耀：	是了嘛。
吴晓东：	苟柳是一个人吗?
吴光耀：	是一个人。
吴晓东：	还有呢?他们是一对夫妻?
吴光耀：	一对夫妻。
吴晓东：	还有一个叫包勾?
吴光耀：	哎。我们的鼓藏就是苟柳,等一会我摆给你听。

从吴祖松的插话可以看出排烧这里吃鼓藏与其邻县榕江是一样的,各家祭祀各家的老人。吴光耀其实也表达了相同的意思,各家呼唤自家先人来领取所杀的牛或者猪。不过,在这种祭祀对象十分明确的背景下,依然流传着吃鼓藏是祭祀一对男女夫妻的传说。

访谈四

访谈对象： 吴祖祥（原村支书,男,50多岁）
访谈时间： 2005年8月3日上午
访谈地点： 吴祖祥家大门前的走廊上
其他在场人：无
访谈情境： 因村子里的水池坏了需要修理,吴祖祥从牛棚回家

来处理这事。在水来之前他没事，于是我们两个坐在大门前的凉竹沙发上闲聊天，我根据自己知道的一些故事逐一问他

录音编号： 20050803 排烧苗族口头文学访谈 02

吴晓东： 人和老虎的故事有吗？

吴祖祥： 可能也有。

吴晓东： 我听罗运辉说吃鼓藏是纪念一对夫妻？那对夫妻他妻子被老虎咬了嘛？

吴祖祥： 嗯，是是。我看，我想想，老人摆过。老虎，一对夫妻。那个女方那一方有两姊妹，男方去找那个姐姐，他就爱了嘛。之后呢，一个人一个寨子，他去的时候，挨那个姐姐。唉，我摆呢也不大通，我听讲我没认真听。摆到这里呢，后面怎么回事呢……哦，是这种！他去呢，那个男的每晚都去那里。他们是约，约定你在这里等我，我在这里等你，约定一个地方。来之后呢，每晚都来这里，来这里相见。那种呢，好！有一晚上男的去不快了（去迟了），老虎来咬女的死了。唉，我摆不通，讲不通，不通顺嘛。

吴晓东： 老虎咬死那个女的之后呢？

吴祖祥： 咬死呢，那个男的去，男的看咬死了。它还没得吃，它还想来吃。那男的去底下，拿那个咬死的女的盖他，盖他的上面。第二次老虎又想来吃，那个男的抱得那个老虎了，我们少数民族嘛，背刀了嘛，就

拿刀把老虎捅死了。杀死以后呢，女方的父亲呢，说，你们也是爱心（相爱）了，但是老虎把她咬死了呢，咬死以后你又把老虎杀死，这也证明你有本事。父亲又把那个妹妹嫁给那个男的。嫁了以后，就来吃鼓藏。吃鼓藏给死的那个姐姐，等于是悼念她一回了嘛。用老虎的皮子来搞那个鼓。鼓呢，要一个木啊，抠那个木，抠中间，丢两边（挖空中间，保留两边）。那个皮子呢，两头拿去蒙好，敲。现在我们寨子这边吃鼓藏就是带那两姊妹的那个鼓藏来吃。那个名，要那个名啊，她的那个名义。一个是包，一个是勾，喊做酿包勾，我们吃鼓藏就是酿包勾，吃鼓藏叫弄酿。带着那两姊妹名字来讲。

吴晓东：酿是什么意思？

吴祖祥：酿是鼓了嘛，弄酿就是吃鼓藏。

吴晓东：酿包勾合起来是什么意思？

吴祖祥：酿包勾就是带那两姊妹的名字……包是姐的名字了嘛，勾是妹的名字。吃鼓藏带她两姊妹的名字来吃的，就像商标一样。

吴晓东：那男的叫哪样名字？

吴祖祥：那男的我忘记了。

吴晓东：他们说包是花的意思，那勾是什么意思。

吴祖祥：勾是虫子。

吴晓东：专门吃鼓藏的那一对鼓叫酿包勾？

吴祖祥：不是，不是这种。鼓呢，有一些不叫酿包勾也搞那种来敲。酿包勾呢，证明就是对那两姊妹，从她们那里开始。有一些不是酿包勾也敲鼓，但是不讲是酿包勾。比如酿厄务，厄是龙，务是水。

吴晓东：　水龙鼓？

吴祖祥：　嗯。

吴晓东：　也是对一种鼓的称呼？那这也是吃鼓藏的鼓？

吴祖祥：　嗯！也是，同样一个鼓，但是商标就是厄务，那个商标就是包勾，包勾就是两姊妹的名字，各是一种吃鼓藏，酿包勾，酿厄务，我们这里就是两种吃鼓藏。

吴晓东：　两种吃鼓藏？

吴祖祥：　但是一样的。有一种呢有忌，要忌；一种不忌。忌呢就是忌话，讲好话，专门讲好话，不要讲那些，啊，吵架啊，不好的那种，比如讲"你死"，那种不成，忌好好的。你一讲你就着啊，这是酿包勾，要忌啊。那种酿厄务不太忌。

（二）吃鼓藏、杀牛送祖习俗与枫木的关系

排烧苗寨的故事中除了有解释吃鼓藏来源之外，还有解释杀牛时为什么要用枫木。其实，不止是吃鼓藏时杀牛要用枫木，在平时老人去世时杀牛也要用到枫木。排烧苗寨的丧葬仪式中，如果去世的人是一位成年人，则要杀一头牛给他。这里杀牛的方式比较独特，要用两根枫香树干做成一个叉叉，然后将牛的脖子夹在叉叉上，用另一根枫香木压住牛的脖子，使牛无法动弹，这样，一个人才用斧头砍向牛头，使牛致死。如果仔细观察，会发现这里有这样一种习俗，即动手杀牛之前，刀斧手要先用斧头轻轻砍一下那个枫香树做的架子。为什么要有这样的举动呢？排烧流传的故事是这样解释的：死人要用杉树做棺材，还要用枫香树棍子来套牛，防止牛乱动。牛知道是杉树与枫香树让它死，所以牛恨枫香树和杉树，专门拱枫香树的根，吃它的叶子，也喜欢吃杉树的尖尖。牛不满意，所以人要先砍枫香树一刀。人说："我先杀枫香树，再杀你，这样你满意了吧！"

笔者未曾在排烧苗寨见到丧葬仪式，但2005年1月26日笔者在排烧寨对面的山寨高寨目睹了一次"杀牛送祖"的仪式，其中杀牛的环节与吃鼓藏几乎是一样的，也是要将枫木做成一个木架，将牛的脖子夹在枫木架子上，然后用斧头砍向牛头，置牛于死地。正如传说中一样，砍牛人也要先在枫木架子上先砍几斧头。

笔者曾在离排烧不远的榕江县计划乡乌略寨目睹了一次吃鼓藏祭仪，仪式的杀牛环节也要使用枫木。笔者在调查报告中这样写道："半个小时后，鼓藏头妻子的四弟与五弟在火把的照耀下，用特制的拉牛绳套将牯脏牛从楼底下的牛栏里牵出来，直接拉到屋外准备好的木架上，将牛头拉放到叉叉上，又将那根绳索绕过木叉下的横木，好几个人紧紧将绳向后拉住，另几个人则立即将绑在木叉上的横木拉下，压住牛脖子，使它动弹不得。这时，五弟迅速拿起斧头，先向枫木架砍一下，然后猛向牛头砍去。"[①]

以下是相关习俗的访谈。

访谈一

访谈对象： 罗正春（男，68岁）

---

① 吴晓东：《神秘的祭典——贵州榕江县乌略寨吃牯脏纪实》，《民族遗产》2008年第00期。

访谈时间：　2005年8月1日上午
访谈地点：　野外
其他在场人：无
访谈情境：　罗正春在割牛草，我与吴光耀等一起来修牛棚，见了罗正春，便去与他聊天
访谈编号：　20050801排烧苗族口头文学访谈02

吴晓东：　老人死了为哪样要敲牛晓得吗？
罗正春：　没晓得！老人这个问题我还没搞清楚。
吴晓东：　没有哪样故事？
罗正春：　没有哪样故事。
吴晓东：　敲牛的时候那个叉叉要用枫木是吗？
罗正春：　嗯。
吴晓东：　为哪样要用那个枫木树？
罗正春：　没晓得了，老人搞这个家伙我也搞不拢身。

访谈二

访谈对象：　吴祖松（男，20多岁，吴光耀的三儿子）
访谈时间：　2005年8月1日上午
访谈地点：　吴光耀家的牛棚处
其他在场人：吴光耀、吴祖帮、吴祖培
访谈情境：　与吴光耀等人去修牛棚，重新盖屋顶，我也帮一些忙，大家一边干活一边聊天，我趁机访谈吴祖松
录音编号：　20050801排烧苗族口头文学访谈07

吴晓东： 牛和那个枫香树有什么关系？

吴祖松： 哪个？

吴晓东： 杀牛不是要用那个枫香树做那个木架架？

吴祖松： 噢。那个，是我们的一种风俗，喜欢用那种枫香树来搞，必须要枫香树。

吴晓东： 必须用？

吴祖松： 别的我不清楚，我老者清楚。杀牛的时候搞那个架架必须用枫香树，不能用别样树子。

访谈三

访谈对象： 石有高（村支书，男，38岁）

访谈时间： 2005年8月2日晚上19点

访谈地点： 石有高家

其他在场人： 吴光耀、石有高妻子与儿子

访谈情境： 他邀请我和吴光耀一起到他家吃晚饭，一边吃饭我们一边聊天

访谈编号： 20050802排烧苗族口头文学访谈08

吴晓东： 老人死了要杀牛，那个杀牛的架子要用枫树做。为什么要用这个枫树？

石有高： 哦，这个枫树呢，以前老人摆这个必须要用枫树来杀它，是这个道理。因为是呢，以前有个我们喊做苟厄苟厄的啊，以前摆那个苟厄。

吴晓东： 苟厄是哪样？

/吴光耀： 姜央啊。
吴晓东： 苟厄是姜央？
石有高： 姜央呢，以前啊，他拿牛来穿，就像穿一只麻雀那样，就是拿那根来穿，不破了嘛（指开膛破肚），牛不破了。穿整个的来敲。嘿嘿。后来我们要敲牛给老人必须要那个枫香，枫树。

访谈四

访谈对象： 吴祖祥（原村支书，男，50多岁）
访谈时间： 2005年8月3日上午
访谈地点： 吴祖祥家大门前的走廊上
其他在场人：无
访谈情境： 因村子里的水池坏了需要修理，吴祖祥从牛棚回家来处理这事。在水来之前他没事，闲着，于是我们两个坐在大门前的凉竹沙发上聊天，我根据自己知道的一些故事逐一问他
录音编号： 20050803排烧苗族口头文学访谈02

吴晓东： 老人去世，要敲牛送老人，敲牛那个架子必须是枫香树，为哪样？
吴祖祥： 那个我搞不清楚，不过呢，一定要枫香，不要别样树，是真的，而且要那个真正从……种子落下去生出来的那种才要，那个砍一回再发出来的也不要。

吴祖祥知道杀牛送祖的时候要先砍一下枫木架子，我原来听说是砍

两刀，吴祖祥说不砍两刀也要砍一刀。他说他就杀过牛，当时也砍过枫木架子。说是听老人这么讲，他就照做，但不知道意思是什么。他说杀牛的时候还要撒几十颗米在被砍的地方，但也不知道是什么意思。先撒米，再砍一两下架子，然后再砍牛。最好是一斧头，最多三斧头，一下就成了，另两斧头是搞个意思。看来和榕江计划乡乌略寨的说法一致。我问他砍牛下斧头的次数问题，是单数还是双数，他说一般是单数。

访谈五

访谈对象：　吴昌文（男，80岁，吴祖明的父亲，参加过抗美援朝）

访谈时间：　2005年8月8日上午

访谈地点：　吴祖明家门前的走廊上

其他在场人：无

访谈情境：　当天吴光耀为吴祖明家做祭娃娃神仪式，此仪式的祭品是一只小狗，在他们处理狗期间，我采访了吴昌文，他年纪虽大，但头脑特别清楚，也比较轻松自如

录音编号：　20050808排烧苗族口头文学访谈02

吴晓东：　老人死了，杀那个牛要用那个枫木做那个木架架，啊？

吴昌文：　嗯，枫香。

吴晓东：　为哪样要用那个枫香树呢？还要砍一下那个枫香树？不能用别的树？

吴昌文：　不用别的，只用枫香。

吴晓东： 为哪样要用枫香，为哪样要砍一刀呢？

吴昌文： 要砍一根枫香了嘛，杀牛也好，敲牛也好，把那个架架也好，首先呢，你想杀那个牛呢，你要砍那个枫香赶先。你第一~第一刀的话呢，你要砍那个枫香赶先（先砍枫树）。先砍那个架架，后才敲牛。这个意思是这种。我也杀好多嘛，首先砍那个枫香赶先。第一，头刀的话呢，慢慢地把那个枫香砍一刀，后来呢，你慢（再）敲牛！意思就这种哦。

吴晓东： 那为哪样要砍一下呢？

吴昌文： 嗯~

　　吃鼓藏是集体性的、家族性的祭祖，而杀牛送祖是单家独户的行为。虽然这两种使用水牛作为牺牲的祭仪有一定的差别，但都有一个共同的特点，即送牛给去世的人使用。

　　由于历朝政府的禁止，吃鼓藏这种祭仪虽然在贵州依然偶能见到，但已日薄西山，大有消亡的趋势。大量的祭词也将失去生存的依附，从而为人们所忘却。但是，在排烧，牛依然是当地人不可或缺的，目前多数家庭依然保留有养水牛的习惯（有的家庭也开始改为养既能犁田又能托运的马），而且，杀牛送祖依然十分盛行。所谓杀牛送祖，就是老人去世了，要杀一头水牛来为老人送行，否则，人们相信，去世的人将难以进入祖先们居住的地方，即使当时杀不起牛，等以后有了钱，也要补杀。笔者在排烧调查的时候，就遇见一次移坟，原因就是去世的人当时没有得到牛来送行，后来屡屡出事，怀疑是因此事而起，故将坟移走，并补杀一只猪。

(三)吃鼓藏习俗在排烧的式微

吃鼓藏在贵州苗族地区是一种大型祭典,1949年以后很长一段时间受到禁止,大家对它的了解已经不多。吃鼓藏有地区的差异性,同一个地方也有不同种类,比如吴祖祥所说的,在排烧有"酿包勾"和"酿厄务"两种。这其实还只是从用鼓的角度来区分的,吃鼓藏还有规模上的区分,比如在排烧,有全村一起吃的吃鼓藏,也有只限于某一姓氏吃的吃鼓藏。在一次访谈中吴光耀说,在排烧,只有石家和吴家才当全村的鼓藏头,罗家的人只是当罗家自己这一支的鼓藏头,只祭祀罗家这一支公(祖先),不是整个寨子的。

不同种类虽然大体上一样,同时也有一些微小的差异,比如吴祖祥所说的一种禁忌多,另一种禁忌少。石有高说罗家吃鼓藏忌讳比较多,而吴家和石家忌讳少一些。从起鼓藏到吃鼓藏,有三年时间,每一家这期间都要买牛。吴光耀说鼓藏头家先杀牛,然后放铁炮,听到铁炮之后,其他人家就一起同时杀牛。以前吃鼓藏,外村没有亲戚而自己来看热闹的,属于没有落脚处的人。这些人都到鼓藏头家吃饭。以前没有广播,都是靠嘴巴喊:"吃晚饭了,有落脚处的到落脚处吃,没有落脚处的都到鼓藏头家吃。"鼓藏头家要专请厨师来做饭。十多个人,一直负责到结束。鼓藏头家最后要给帮忙的人一块肉,一团糯米饭,当地叫芒雕。"芒"是饭,"雕"是团、坨。一团饭,叫一雕芒。

燕子在很多地方都受到人们的爱护,在黔东南,流传着一个故事,说是燕子带着苗族找到了一个好地方安居,人们才作为回报让燕子在屋里做窝。[①] 在排烧,燕子同样受到人们的尊敬,排烧传说,过去燕子是

[①] 中国民间文艺研究会贵州分会、贵州省苗族民间文学讲习会编印:《民间文学资料》第五十一集,1982年,第354-356页。

他们的老人，所以现在他们才伺候燕子。这种传说与习俗实在是没有多少特殊之处，因为中国的很多地方都存在。在排烧关于燕子的特殊之处在于，他们说燕子原来是他们的鼓藏头。鼓藏头是贵州苗族吃鼓藏仪式中的一个重要角色，过去人们错误地以为鼓藏头就是吃鼓藏仪式中指挥仪式怎样做的头领，其实不是那样的，鼓藏头只是仪式中扮演尸神的人物，他要坐在祭坛那里供人们祭祀，相传以前鼓藏头在整个仪式期间都不能睡觉，这只不过是要他扮似一座神像而已。所以，说燕子是鼓藏头，无异于说燕子是他们的祖先。

1954年，排烧苗族吃最后一次鼓藏，以后就再没有吃过，吴光耀说只见过一次吃鼓藏，当年他才9岁。石有高说没有见过吃鼓藏。至于为什么不举行吃鼓藏，吴光耀说是因为公鸡不叫，不敢吃。准备用来吃鼓藏的那只鸡，到了时间它不叫，其他鸡都叫了好几遍了，它还不叫。这应该只是一种托词而已，排烧苗族之所以很长时间没有举行吃鼓藏仪式，主要是在解放初期破除迷信的大背景下受到限制才不吃的，自那时起，整个苗族地区都几乎没有再吃鼓藏，只是到改革开放之后，解禁了，才有地方恢复这种习俗。

以下是一些关于排烧对吃鼓藏历史的访谈，从这些访谈可以看出，吃鼓藏这一文化语境在排烧基本是消失了。

访谈一

访谈对象：　罗运辉（50多岁，男，电工）
访谈时间：　2005年7月31日上午
访谈地点：　罗运辉家堂屋靠近大门口处
其他在场人：无

访谈情境：	我在罗运辉家给电器充电，顺便对他进行访谈。他儿子罗转富在家，但没有一起坐着聊
录音编号：	20050731 排烧苗族口头文学访谈 01

罗运辉：	以前吃那个鼓藏，家家都要有那个牯子牛。
吴晓东：	来准备吃鼓藏？
罗运辉：	嗯。
吴晓东：	鼓藏头是选出来的还是……
罗运辉：	选出来的。这寨子只有底下那个吴家一个，还有我哥，叫罗胜一①。
吴晓东：	现在没有鼓藏头了嘛？
罗运辉：	这刚都没爱搞，个个都没敢当。这个社会太乱了，你当那个鼓藏头，吃啊各种各样问题不大，就是讲搞那个保安问题。
吴晓东：	鼓藏头还要管这个保安？
罗运辉：	嗯。反正人山人海来吃住各种各样都归你。
吴晓东：	你见过吃鼓藏吗？
罗运辉：	没见！
吴晓东：	你小的时候也没见过？
罗运辉：	没见！
吴晓东：	那你今年多大年纪了？
罗运辉：	我四十多了。
吴晓东：	四十多都没见过，等于是起码四十多年都没搞了。

---

① 名字听录音不是很清楚，但姓罗是肯定的。

罗运辉： 没，没搞了。

吴晓东： 鼓藏头也当活路头？

罗运辉： 嗯，比如你种苞谷啊，准备插秧啊，都是由他先种了寨子才种。

吴晓东： 现在还是这种？

罗运辉： 也是这种！

吴晓东： 但是我听说没有鼓藏头了呢？他去世了。

罗运辉： 但他还有那些孙孙崽崽啊。

吴晓东： 由他们家先做？

罗运辉： 嗯。

吴晓东： 那这个鼓藏头在生产队的时候有没有用过？

罗运辉： 没。

访谈二

访谈对象： 罗正春（男，68岁）

访谈时间： 2005年8月1日上午

访谈地点： 野外

其他在场人：无

访谈情境： 罗正春在割牛草，我与吴光耀等一起来修牛棚，见了罗正春，便去与他聊天

访谈编号： 20050801排烧苗族口头文学访谈01

吴晓东： 你家有几头牛？

罗正春： 我喂的有两头，还有那些崽崽喂的，一共有四头。

吴晓东： 那也不少嘛。

罗正春： 也不少嘛，多了也不好照护。

吴晓东： 现在牛没有地方放了是吗？

罗正春： 没有地方放了。

吴晓东： 没有草？

罗正春： 没有草。

吴晓东： 以前是不是草多些？

罗正春： 是这种了嘛。

吴晓东： 以前树子少一些？

罗正春： 嗯。以前树子少一些。现在到处都栽树子了。

吴晓东： 栽树子就没有地方放牛了？

罗正春： 没有地方放牛了。

吴晓东： 以前不要割草？

罗正春： 割嘞，照样割嘛。

吴晓东： 那不是放在坡上，它自己吃嘛。

罗正春： 冬天可以放，这两天放，庄稼多得很，放不得。

吴晓东： 哦，要吃庄稼？

罗正春： 要吃庄稼。

吴晓东： 我听他们说以前喂的牛比现在要多？

罗正春： 嗯，以前喂多点。

吴晓东： 以前为哪样要喂那么多呢？

罗正春： 不晓得，老人也是这么。

吴晓东： 是不是为吃鼓藏？

罗正春： 对了，吃鼓藏。

吴晓东： 现在不吃鼓藏嘛喂少点。

罗正春： 没吃了，现在不搞了，那个浪费老火。一家敲一条牛嘞，猪不算。

吴晓东： 还要敲猪？

罗正春： 还要杀猪嘞。

吴晓东： 原来你家老者是鼓藏头的时候吃过鼓藏吗？

罗正春： 吃过。

吴晓东： 吃过几回？

罗正春： 我记得是两回。

吴晓东： 你看过两回？

罗正春： 我看过一回，没见过一回。那时候还没生我们。

吴晓东： 你见过的那一年你有多大年级？

罗正春： 我得十三岁。

吴晓东： 大概是哪一年？

罗正春： 哎呀，没得年岁了。已经解放了。

吴晓东： 你们这里吃鼓藏是多少年吃一次？

罗正春： 原来是七年啊，十三＜年＞啊。

吴晓东： 排烧是多少年吃一回？

罗正春： 排烧？以前是七＜年＞也有，十三年也有，没定。以前是七年，十三年，那这回定不了了，这回时间长多了，搞不拢了。也没有师傅念了嘛。

吴晓东： 哦，也没有师傅念了？

罗正春： 死完了。

吴晓东： 要鼓藏头来念是吗？

罗正春： 对了。

吴晓东： 鼓藏头只是主持嘛，念还是师傅念吗？

罗正春：　念还是师傅念嘛。没有师傅念，现在不晓得行当了。要主持有个人念，才晓得要哪样用哪样。

吴晓东：　吴公不晓得？

罗正春：　吴公可能～也～可能～也许比我晓得得多，也许可能也搞不拢。他年轻嘛。他比我年轻，我多他。

吴晓东：　他六十一岁。

罗正春：　他六十一岁。我七十三了嘛。

吴晓东：　那你们为哪样要吃鼓藏呢？

罗正春：　没晓得。这个我又搞不拢了。

吴晓东：　那你老者去了之后是谁当鼓藏头？

罗正春：　他们吴家嘛。

吴晓东：　是不是吴烟脸？

罗正春：　是吴烟脸家嘛。他也死了嘛。

吴晓东：　他是去年去的？

罗正春：　前年？去年，去年。

吴晓东：　他当鼓藏头的时候吃过鼓藏吗？

罗正春：　吃过。

吴晓东：　他当鼓藏头的时候吃过几次？

罗正春：　吃过两次。

吴晓东：　那等于你一共是见过几次吃鼓藏？

罗正春：　只是见过一次。

吴晓东：　那是见你父亲那一次呢还是？

罗正春：　不是，见我这一代，1953年这一批。

吴晓东：　那时候是吴烟脸当鼓藏头还是你老者当鼓藏头？

罗正春：　吴烟脸当。

吴晓东： 你父亲那时候你没见过？
罗正春： 没见过。我只是听我父亲讲的。
吴晓东： 你父亲还没有去世的时候就换成吴烟脸了。
罗正春： 对了对了。
吴晓东： 那你父亲还没有去世他为什么就不当了呢？
罗正春： 没有能力了嘛，穷了嘛。
吴晓东： 穷了？
罗正春： 因为家底不厚，穷了，搞不拢身。当鼓藏头的要杀两头牛哦！
吴晓东： 当鼓藏头的那一家要杀两头，其他的只要杀一头？
罗正春： 噢。
吴晓东： 所以当时你们家是搞不起了？
罗正春： 搞不起了。穷了，他不搞了。前年他们要我搞我也没愿搞。
吴晓东： 想让你搞？
罗正春： 前年他们讲你来当鼓藏头我们吃一回，我讲我不搞。那个浪费老火了，要好多钱。

访谈三

访谈对象： 石有良（男，60岁）
访谈时间： 2005年8月1日上午
访谈地点： 石有良家牛棚处
其他在场人：吴光耀
访谈情境： 与吴光耀等人修牛棚休息的时候，我独自来到石有

　　　　　　　良家的牛棚，石有良与他的孙子在那里，打了招呼，
　　　　　　　进去与他聊天
录音编号：　20050801 排烧苗族口头文学访谈 06

吴晓东：　吴烟脸他去了吗？
石有良：　他去了嘛。头回你来他还在没在？
吴晓东：　没在了。他会讲故事是吗？
石有良：　他会讲故事，他还会念鬼。
吴晓东：　他也会念鬼？
石有良：　对。鼓藏他也会念。吴公还不会念鼓藏，吴公只晓得念那些人死了。
吴晓东：　光耀他不会念鼓藏？
石有良：　嗯。可能他得也得点，没得多，那种。

五、保寨树习俗与保寨树的传说故事

　　在贵州，很多的苗族地区都有在村头寨尾留保寨树的习俗，排烧苗寨也一样。进入苗族寨子之前，你会远远看见村头或寨尾有几棵高耸入云的大树，这树极可能就是那个寨子的保寨树。顾名思义，保寨树就是保护这个寨子的树，使整个寨子人丁兴旺、五谷丰登，无灾无害。

　　在排烧以及周围一些寨子的保寨树多是枫香树，这可能与苗族崇拜枫香树有关，苗族都称枫香树为母亲树。黔东南苗族民间相传，远古时代，一棵枫香树倒了，化为万物。《砍枫香树》是这样写的：

　　　　枫香树倒了，/百种东西从枫香树生出来/千种东西从枫香树生出来。/我们看枫香树生什么东西？/树根变成鼓，/树干生妹

留，／树尖变成金鸡，／树心变成博桑①博啥②。／树皮变成蜻蜓，／木片变成蜜蜂，／树包包变成猫头鹰，／大树耕变成龙，／小树根变成鱼鳅。

另一则黔东南苗族关于枫香树的传说是这样的：

> 古时候有一个名字叫"相先娄，把告养"的绝嗣鬼师，某天在大枫树的树洞中发现留相、榜相两姊妹，二人共生了十六个蛋。这些蛋有六个孵成人，其中的"昂"和"拉"成为苗族的祖先，因此部分苗族崇拜枫树。③

保寨树也不完全都是枫香树，在排烧，保寨树还有其他树种，即椌桐树或者合木树。保寨树有一个特点，都能长得很高，成为参天大树。

那么，保寨树是怎样形成的？也就是说，是怎样被认定为保寨树的？这其实是一个渐变的过程，几乎没有什么指定的因素，一棵在村头寨尾的古树，自然会被认为是保寨树的。这是慢慢形成的。有的一开始是某一个人的保命树，保命树是不准别人砍的，这种树往往能得到很好的保护，时间长了，长得特别高大，如果加上一些传说，便会演变成保寨树。保寨树多少有一些神秘的色彩，也伴随着一些离奇的传说。

保寨树在排烧有一些传说。吴光耀说，有一棵保寨树被砍倒了，从树里出来一个姑娘，她说："我走了，我的房子倒了。"吴光耀的二儿子吴祖帮说，有人看见保寨树上有火星，过几天，他家的房子被烧，而当

---

① 博桑：传说是一个聪明的人。
② 博啥：传说是一个聪明的人。
③ 李廷贵、张山、周光召主编：《苗族历史与文化》，北京：中央民族大学出版社，1996年，第176页。

远远望见寨头的那棵大树就是保寨树

时他家没有人在家里,也没有烧过火。他也说,有人看见有美女从保寨树上下来。这种传说与拉揽通往排烧的路边那棵大榕树的传说有某些相似之处,即有仙女在那棵树上。总的来说,在排烧,保寨树被说成是女性,或者是女神居住的地方。

正因为这样,排烧人对保寨树心存敬畏,常常有人去祭祀它。保寨树是一种神树,同时也被视为一种怪树,神与怪是相对而言的。在排烧有一棵保寨树,挨着一户人家,这家人怕保寨树作祟于他家,又害怕那是神树,于是花钱请了一个哑巴帮砍那棵树,但由于害怕,不敢直接砍倒,只是把保寨树的皮给砍了一圈,只要皮接不上,这棵树就会慢慢地死去。这一行为体现了两种不同的害怕心理,一种是害怕神树作怪;另一种是害怕神树发怒报复。

以下是关于保寨树的访谈。

经常有人祭祀保寨树

访谈一

访谈对象：　李玉军（男，27岁，三都民中老师，老家在排烧）
访谈时间：　2005年7月28日
访谈地点：　去小寨玩的路上
其他在场人：平立豪
访谈情境：　我们当天下午刚到排烧，晚饭前我们三人没事，往小寨那边散步，一路聊天
录音编号：　20050728排烧苗族口头文学访谈12

吴晓东：　he 木是哪一个 he？
李玉军：　喝得很，就是痒得很。

吴晓东：　哦，不是合不合的合。你说那个是保寨树？

李玉军：　嗯。

吴晓东：　上次吴光耀带我去看的时候他说是枫香树。

李玉军：　我们那边，小寨那边，是喝木。

吴晓东：　排烧这里有几棵保寨树？

李玉军：　不晓得。那边有一棵。

吴晓东：　长大它就变了啊？

李玉军：　反正它都在那里。在寨子边的这些树一长大，寨子上就不准砍了。

吴晓东：　就变成保寨树了？

李玉军：　嗯。一个寨子有一棵大树呢，你看起来呢，就觉得——

吴晓东：　舒服？

李玉军：　嗯。有一种威——

/平立豪：　我家那里有一棵枫香。八十年代末九十年代初，那枫香就倒了，不是，枯了。枯了以后呢，保寨树枯了是有点怪事。它自己倒，或是从中〈间枯〉，风吹了以后呢，一段段桠撕下来，断那种了，寨子不久就要出现什么东西。还有一种预兆是，像这个打渔寨，打渔乡有一个寨子，那寨子后面有两棵树是保寨树咯，那树子是姊妹树。姊妹树呢，那树子枯了以后，吹一股大风那树子就倒了。倒了后来那寨子呢，也死好多人。后来又死好多牛，整个寨子的牛都死光了。死光以后呢，政府就，他没有钱买耕牛喂咯，政府就拨钱买牛给他们喂。喂以后那牛又死了。死了以后呢,他们就算,算呢,哦,原来是树子倒了以后呢伤了龙脉。后来打一个报告给省里面,寨子就统一搬迁。

吴晓东: 还打了报告?

平立豪: 哎,打了报告。

吴晓东: 省里面同意了?

平立豪: 同意了,后来就搬了。

吴晓东: 搬到哪里?

平立豪: 搬到公路边了。也得一个七八年吧。

吴晓东: 七八年?

平立豪: 嗯。

吴晓东: 这个事发生在七八年前?

平立豪: 七八年前。像我家那棵大枫香树,上面枯那一节,枯得几年以后,我家那里有两棵枫香树同时枯死。一棵呢就是在一个,一个山,这种山是火山形的那种,独独的一座的那种,这山顶上有一棵枫香树相当大,几个人抱,几个人抱都抱不住。旁边一座山呢,也有一棵枫香树,也是这么大。好,两棵枫香树同一年当中枯,然后呢,吹风,倒了,好了,我们寨子有三年,从1993年开始,哦,1988年开始,一次火灾,到1993年一次火灾,到1995年一次火灾,三次。

吴晓东: 你不是说你们家就着那次烧了吗?

平立豪: 是了嘛。

吴晓东: 那两棵树你们是否把它们看成保寨树?

平立豪： 是保寨树嘛。

吴晓东： 现在已经死了？

平立豪： 有一棵死了，有一棵还有一点。

吴晓东： 就是枯了。

访谈二

访谈对象： 吴祖祥（原村支书，50多岁，男）

访谈时间： 2005年8月3日上午

访谈地点： 吴祖祥家大门前的走廊上

其他在场人：无

访谈情境： 因村子里的水池坏了需要修理，吴祖祥从牛棚回家来处理这事。在水来之前他没事，于是我们两个坐在大门前的凉竹沙发上闲聊天，我根据自己知道的一些故事逐一问他

录音编号： 20050803排烧苗族口头文学访谈03

吴晓东： 听说保寨树你砍它它会流血？

吴祖祥： 嗯，有时候也是这种嘞。有一年，有一个人，我们吴家，去开一个屋基，他去砍那个树子，几斧头，最后流出那个水，不是血，是水，但是是红色的。大家去看，说，哦，这是保寨树。寨子后来人病了，个个都病。它是保寨树，你去砍它，等于是砍寨子。等于龙脉来这里养起，搞它来就伤了。

吴晓东： 这是你听老人说呢还是你自己见过？

吴祖祥：　　听老人说，自己没有见过。

　　与平立豪的讲述一样，吴祖祥把保寨树与龙脉联系起来，说龙脉如果不小心被挖了，要那人买鹅、朱砂，杀鹅祭祀，将血、朱砂埋下去，请鬼师来念。保寨树的功能就是保住一个寨子的龙脉，龙脉保住了，整个寨子才会处于一种兴旺发达的状态；保寨树遭到破坏，等于寨子的龙脉遭到破坏，所以，人们相信保寨树是不能砍伐的。保寨树的信仰就目前的情况来看，还将有很长的持续时间，相关的传说故事也将继续传承下去。

第六章 民间信仰与祭仪

在排烧，有各种神灵信仰，山山水水，沟沟壑壑，树树木木，花花草草，无不都有相关的神灵。

有山自然有山神。不过山神是个总称，山神有多种，比如有悬崖神、山谷神等。山神又有大小之分，大的叫 $zoŋ^{51}ge^{44}te^{22}$，中等的叫 $zoŋ^{51}wo^{35}$，小的叫 $zoŋ^{51}ge^{51}fei^{44}$。吴光耀介绍说，山路上如果你见到野物死，你不要讲出来，直接走开，或吐口水说"呸！"如果你直接讲"这里死了一只兔子""快看，这里死了一只竹狸"等等，则容易生病。如果因为这种原因生病，要是大山神作祟，则要用黄牛、猪、狗、鸡、鸭子五种动物同时来解；要是中等山神作祟，则用狗来解；小山神作祟，则用鸡或鸭子来解。在下毛毛雨，或大雾天气，在山中，山神容易出来。大山神会发出声音，比如与你对骂。在山上，除了山神，还有野菩萨，野菩萨是老人死后埋了很久以后变成的。祭祀野菩萨要用鸡、香、纸。野菩萨与家菩萨全部都是男人变成的，所以也叫土地公公。女的变不成菩萨，年轻人死也变不成菩萨，只能是老人死之后才能变成菩萨。

坡上还有一种鬼叫 $i^{44}mi^{35}$，传说在坡上做活路，滚石头，如果滚着这个鬼的头部，你就会头痛；如果滚着脚，你就会脚痛。解法不用做仪式，在山上采点草，叶子捣碎，搽在痛的地方，说："我不知道你在那里，滚着你了，给你点药。"就好了。这也要用石头先占，才会知道是否着了这种鬼。

有一种鬼叫板凳鬼，苗语叫 te²²tei³¹。天快亮的时候，有人喊你的名字，你如果答应，就可能着这种鬼。如果不答应，板凳鬼会认为你不在家，你就着不了。这鬼不敲门。这鬼只喊一两声，不会超过四五声，所以如果天快亮的时候有人叫你，不要着急答应，等喊了四五声再应，以免着鬼。如果你上坡烧炭、住牛棚，有耗子、鸟叫，你要说："你招不到我的魂！"

有一种鬼叫 pa⁵³lin⁴⁴te³⁵kio⁴⁴，在老坟远处，听见有人说话，以为前面有人，追过去，又不见人；以为有人在后，等一会，也不见有人来。到坟边听，又听不到。着这种鬼，要招魂。

火花神（te³¹ge³¹ga³⁵gen⁵¹，即星星拉屎）所在的地方，草绿茵茵的，如果割给牛吃，牛会得急病。肚子胀鼓鼓的，抽筋。不用解药，用铁条烧红之后拿去刺牛的身上，就可以好，也不用祭祀。要刺过牛皮，但不要刺得太深刺到肠子。因为烧红，不会流血。可在铁条上做记号要刺多深。吴光耀见他的父亲做过，但自己没有做过。他说他的父亲做那次见了效果。

山坡里有各种动物，以前人们经常打猎，这就有猎神。猎神管辖这山林里的动物，只有猎神保佑，人们才会有所收获。不过现在祭祀猎神的仪式已经没有了。

人们经常与山林里的鸟兽打交道，自然产生了相关的认知与禁忌，阳雀便是一个很典型的例子。阳雀的叫声很有时节性，它开春开始叫，到六月份，以后就听不见它的叫声了，大概有半年的时间。排烧这里有一首用汉语唱的歌：

　　有心爬树爬到尖，
　　有心引水引到田，

有心跟哥跟到老，

不学阳雀叫半年。

正因为阳雀时令性很显著，排烧人相信，如果一年中第一次听见阳雀叫，不管你在做什么活路，这一年就总是与这件事有关。比如第一次听见阳雀叫的时候，你在拉屎，这一年你会总是背时；① 如果第一次听见阳雀叫的时候你在走路，你就会走路厉害；如果在睡觉，那表明这一年你会卧病不起；如果在吃饭，那这一年都有饭吃。这些禁忌在很多民族的文化中都有表现。

与山相对的是水，有山神也有水神。排烧寨在山顶上，在山寨脚下，有一条小河。往拉揽这边，是很有名的都柳江。这一段河水不算太大，但很清。传说河里有河神，一般在深潭一带。常人看不见，中魔的人才看得见，常常会看成一朵花或别的什么，于是跳下去死掉。这是受到河神的引诱。这是凶死，死得不好，要火化，不能像正常死亡那样埋葬。河神都是女的。排烧苗语叫 wei^{35}sua^{44}ki^{44}，其中 wei^{35} 是"女"的意思，ki^{44} 是"神"的意思，sua^{44} 是河神的名字。吴光耀说，十多年前，有一次在拉揽的巫嘴沟，有一个男子，才十几岁，他与别人一起放牛，见潭中有花，便跳下潭里面，再也不起来了。那男子是排烧人。

井水是原来排烧饮用水主要来源，水井神被称为水井娘娘。祭祀水井娘娘，是因为小孩被水井娘娘作祟，生了病。祭祀水井娘娘不一定非要到水井边，吴光耀说，只要到有水的地方就可以了。有一次笔者观看祭祀水井娘娘就是在村寨后面的一个沟谷，那里有一条几乎干涸了的小水沟，不知从哪个地方流出一点水来，但看不见明显的水井，也没有让

---

① 背时：指倒霉，这一禁忌流传很广，据说是屎与死在西南方言中是同音的。

人饮水的水坑。

　　与水相关的神不仅存在于地上，也存在于天上，排烧苗寨有乌云神的概念。如果干旱，便需要求雨，祭祀乌云神。排烧求雨的地方叫"党蒿"，在小寨的山背后，牺牲用猪（大小不限，公母不管，颜色不论）、鱼、道头肉、牛皮、酒、米、饭。要五个属龙的享酿一起求，穿花衣服，穿裙子（吴光耀说是打扮成天神的样子），一人拿一把木制的刺刀。享酿要念求雨巫词，大概是说：我们是同一个父母，现在无雨，口干，庄稼死了，请下雨。所谓的"我们是同一个父母"，是指苗族古歌中关于姜央与雷公都是由枫香树死后演化而来的。求雨在排烧很少举行，吴光耀的父亲主持过一次，具体是哪一年记不清楚了，吴光耀都没有见过。吴光耀说，他父亲交代给他怎么怎么做，所以他也会求雨，但求雨必须是属龙的人念才下，他虽然会念，但他属鸡，念了也不准，不会下。

　　有了神灵的观念，便会有与神灵打交道的行为。与神灵打交道需要神职人员，这种神职人员在排烧叫享酿（ɕian^{24}niaŋ^{51}），吴光耀是排烧最主要的享酿，属鸡，1945年生。在排烧上过学，上完六年级。有三男一女，都已长大成人。吴光耀性格开朗、随和、喜欢饮酒、吹笛子。我去调查的时候，三都民族中学的老师李玉军介绍我去找他，并建议我给他买一支笛子。他非常高兴，第一天就拿着笛子吹了好久，与李玉军的生父吴祖祥一起演奏"八仙"。他是我调查的主要对象。我拍摄了他替人家做的"祭水井娘娘""祭买卖娘娘""祭三晚娘娘（小娘娘）""砍板凳""招魂""移坟"等仪式。另一个主要的享酿叫吴光新。我看过他做"添命"的仪式，据说他可以做扫火星的仪式，只是我没机会见到。吴光新1939年生，他父亲也是享酿，他是跟父亲学的。他有五兄弟，都不爱跟父亲学做祭祀。他说女的也可以学，学分两种方式：一种是一句句教，另一种是看师傅做、听。

排烧的享酿没有自己的神龛，即祭祀自己师傅的那种师坛，但知道神龛这个概念。离排烧两个多小时路程的排月苗寨在都柳江边，那里交通比较方便，可能是受到其他文化的影响，那里的享酿有自己的神龛，但以前也没有。

做仪式需要法器，但排烧享酿的法器很少，主要是一个小石球，苗语叫野巴（je^{44}pa^{24}），以及临时做的竹卦。排烧享酿的竹卦苗语叫弄（noŋ^{35}），是在做法事的时候用来与神灵沟通的，用一节竹子剖开分为两半既可。吴光耀说要用小水竹做，男享酿每做一次巫事要重新做一次竹卦，女享酿则用固定的。吴光耀讲了一个传说：仙人发现只有竹子能编成箩筐、簸箕等，所以就派它来让人用。用竹子来做卦（答），是因为竹子正直，人要他来当证人！每当向神灵问某一个事情的时候，就要打卦，即将其扔在地上，看竹片正面与背面的组合，一正一背为顺卦，两正或两背即阳卦或阴卦，都不是好卦。

法器小石球是用来探测作祟的鬼神的。人生病了，一般都被认为是某一种鬼神作祟。人家来找享酿帮看家人生病的原因的时候，要带一点病人的东西，一点小布条、头发或别的什么。享酿就将人家拿来的东西夹在石球的绳子上，用手提着，开始念一些鬼名，一旦说中作祟的鬼神名字，那个小球就会动，享酿便知道是那种鬼作的祟了。吴光耀说，就是把小球挂在某个固定的地方，不用手拿，当念到那作祟的鬼神名字的时候，小球同样会动。吴光耀的野巴是用水泥做成的，在自己家一般都是使用这个来判，若在其他地方，野巴没有带在他身边，来人求他测是什么鬼神作祟，他便会随地捡一块石头代替。

排烧的人们认为，鬼神的最终目的也不是为了让人生病，生病只是一种传递信息的方式，告诉人，我要吃的。只要给吃的，我就不再骚扰

用小石球判断是何鬼神作祟

你，你的病也就会好的。基于这样的认识，祭祀鬼神的时间有两种：一般意义上说，是鬼神吃了祭品之后，它才不再骚扰病人，病人的病情才会好转，所以一旦测出是何种鬼神作祟，便要先祭祀它。可是在排烧，享酿测鬼之后，断定完是哪一种鬼作祟了，便直接给鬼神许诺，说如果你让病人好，就满足你的要求，给你什么什么吃，并且限定病好的时间。如果病人在限定的时间内好了，主人家才来请享酿做仪式还愿。

　　人们祭祀各种鬼神的时候，大同小异，都是先交牲，即在呈送祭品之前先向神通报一下，让神下凡来享用，这也就是一般意义上的降神。神降临了，要神稍做休息，然后将牺牲杀了，奉上，这叫上熟，上熟的时候一般也就是和神谈判的时候，要神吃了祭品之后不要再来骚扰病人。神吃完祭品，享酿将神送走，这叫送神，送完神也就结束了。

　　在调查期间，笔者看了一些仪式，有祭祀水井娘娘、小娘娘、魂魄娘娘、买卖娘娘、豆腐娘娘、猎神、娃娃神、田螺姑娘、搬家鬼、板凳鬼等，还有添命仪式、引魂、破胎、移坟等。有几种仪式在排烧虽很流行但没有记录到,一种是祭祀大娘娘神,一种是祭祀强盗娘娘神,还有求雨仪式。祭祀这种娘娘神禁忌很多,一般不让外人看。笔者就两次知道吴光耀去帮别人做这堂鬼,但主人家都拒绝我去看,更不用说拍摄了。有一次我们是到另一个叫排鸟的寨子,那个寨子的人专门来请吴光耀去做仪式,我和协力人李玉军跟着他一起,到了那里,主人家在做大娘娘神这堂法事的时候也没有让我和李玉军看。

在排烧调查时了解到,有一些民间信仰在这里已经难以见到,比如吃鼓藏。原来排烧有一个鼓藏头,叫吴烟脸,2004年去世了。据说上一次吃鼓藏是在1954年。我在调查时只看见两只破旧的木鼓放在一个小仓库的楼下,表面已经斑驳不堪。据说还有两个藏在山里石洞中的木鼓,一般不让人轻易去看,怕惊动了祖先而又不吃鼓藏,得罪了祖先。所以连很多村子里的人,特别是一些年轻人,都不知道那两个鼓藏在哪里。虽如此,排烧苗寨的民间信仰依然是很浓厚的,在与村民们的交谈中,处处能感受到这一点,在这里调研的那段日子里,几乎每天都能看

排烧依然保留有吃鼓藏的一对鼓

到祭祀活动，虽然活动不大，可能只是在村外小沟边杀只小鸡，享酿简单念个半小时，或某一家人的堂屋里，简单杀只小狗，祭祀一个上午。下面是笔者见到的一些仪式。

一、祭水井娘娘

水井娘娘，是指在野外山谷等有点水的地方居住的神。走在这些地方，被水井娘娘神作祟，便要祭祀。

2005年1月17日上午，我与陪我一起调查的平立豪老师一起跟享酿吴光耀去帮一家人做仪式——祭水井娘娘。[①]头一天我们几个散步从小寨回大寨的时候，见一位穿着西装的小伙子过来与吴光耀用苗语说了些什么，后来吴光耀告诉我们说他姓吴，他家小孩不舒服，晚上要测一下看是什么作祟。当天晚上测了一下，说是水井娘娘作祟，故第二天来祭水井娘娘。我们来到寨子边上的一道小沟边，不远处不知从何地流出一点水。吴光耀说，做这个仪式只要在类似这样有点水的地方就可以。

吴光耀在小沟边先用几片芭蕉叶垫在地下，然后在芭蕉叶上放上六个碗。三个空的，上面分别放一双筷子，另外三个碗一个里面放了一块煮熟了的猪肉，一个放些盐和辣椒粉，还有一个装了半碗米，米上面还放了两块小竹片，这是临时做的竹卦。吴光耀说，排烧的男享酿用的卦都是临时做的，用完之后就扔了，而女享酿的卦做好一付之后可以反复用，不扔。在这些碗的前面，插了两块竹片，上面绑着几绺白色的纸旗。旁边一个酒壶，还有一只被绑了腿不能动弹的母鸡。不远处架着一个锅，烧着水。

这些祭品摆好之后，吴光耀先向水井娘娘神通呈一遍。这是降神

[①] 当天我们观看了两次祭祀水井娘娘的仪式，祭祀仪式程序是一样的，这里介绍的是第一次。

交牲环节，即向神说，我们来祭祀您了，给您送来什么什么，您下来受祭吧。因这个环节还没有把鸡杀死，所以也说是交生，与杀死后的"上熟"对应。念完，主人往三个空碗倒满米酒，将那块冷的熟猪肉切了，让吴光耀、平立豪和我三个把酒喝了，就着那些冷猪肉下酒，可以蘸点辣椒粉和盐巴。吃完告一段落。

之后主人开始杀鸡。他喝了一口酒，将酒喷向鸡头，然后用刀割鸡的脖子，让血流到盛有米的那个碗里。鸡死了之后，放进原先准备好的开水里，把毛修了，再拿去有水的地方开膛破肚，洗净后整只一起放到窝里煮熟。煮的时候，还在锅里放一些大米。

鸡煮熟之后，整个捞出来，放在一些树叶上，由享酿吴光耀再念一遍祭祀词，这是上熟环节，即祭献已经煮熟的祭品。上熟完之后，将鸡切碎，再放到锅里和一些蔬菜一起煮。最后，大家一起吃完。这些肉不带回家。

此仪式有录像和图片资料，但录像的资料比较零碎，资料的编号

① 在有水的地方祭水井娘娘
② 祭水井娘娘的交牲
③ 用鸡祭水井娘娘
④ 将鸡和米、菜一起煮
⑤ 大家将祭品在野外吃完

如下：

20050117 排烧苗族仪式祭水井娘娘录像 01—23
20050117 排烧苗族仪式祭水井娘娘图片 01—31

二、祭小娘娘

小娘娘神又叫三晚娘娘神，这是管小孩的一种神，"三晚"表示小孩才出生不久，和"小"是一个意思。一般婴儿生病，很可能被认为是这种小娘娘神作怪，需要祭祀。

笔者观看的这次祭祀是在 2005 年 1 月 19 日的上午 11 点到下午 14 点，当时除了主人家的人员之外，只有我和平立豪两个外人。

祭祀小娘娘神的场地是在家里。在火塘边的一面墙下。用稻草扎了一个小人，靠在墙上，稻草人上插有两面纸旗，再用一块白布盖上。在稻草人前，放一个簸箕，里面放一碗米，米上放一盏点着的煤油灯。米上插有一根香。两边分别放两个反扣着的碗，和两双筷子，以及两坨米饭，每坨米饭边还放半边煮熟的鸡蛋。

准备就绪，由享酿吴光耀念一遍祭祀词。念完，由主人家的两位妇女把饭和鸡蛋都吃掉，其中一位是孩子的妈妈，吃的时候还抱着生病的孩子，另一位是孩子的奶奶。吃的时候都是用手抓，不用筷子，那两堆饭并不吃完。这是交牲环节。

之后，男主人将鸡杀了，修理干净，煮熟，由享酿切一部分分两堆放在簸箕里，其中有鸡爪、内脏等，原来那两个反扣着的空碗现在盛满了菜米粥。准备好之后，由享酿再念一遍上熟的祭祀词，边念还要边打卦，一直到得到顺卦，即一阴一阳。念完，再让那两位女主人将粥喝了，仪式才算结束。

结束之后，大家才来将鸡肉，包括用来祭祀的那两堆，放在火锅里煮，大家一起吃，喝酒。

此仪式有图片资料，资料的编号如下：

20050119 排烧苗族仪式祭小娘娘图片 01—29

① 祭小娘娘的交牲
② 交牲之后两位女主人用手抓米饭与鸡蛋吃
③ 上熟时打卦
④ 上熟之后两位女主人把粥喝了

三、祭魂魄娘娘

魂魄娘娘，顾名思义，是管魂魄的女神。

2005年5月10日晚上，吴光耀给一家人做了这一仪式。具体时间是在晚上不到9点钟就开始了，12点才结束。因为是在晚上，时间上安排得也不是很紧凑。祭祀的地点是在主人家的房屋外面。

祭祀处放了一张中间有一个孔的那种火锅圆桌。桌子上放五个碗，一碗装有大米，一碗装有米饭和两只螃蟹，另外三碗倒了点米酒，桌旁用笼子关了一只鸭子，待交牲完了之后杀的，这些都是交牲的祭品。在桌子上，还放了几样属于这个仪式特点的法器，一种是芭茅草，这种草在当地巫事中被广泛运用，都是用来驱赶恶鬼的；另一种是带刺的小木棍，好似狼牙棒；还有一种是临时简单做的弓箭。从这几种法器看，魂魄娘娘是一位比较凶猛的女神，得以凶器加以驱赶。

此仪式的过程依然是享酿先念诵祭词交牲，之后将鸭子杀了，修理好，煮熟，再由享酿念诵祭词上熟，然后送神结束。在交牲的时候要打卦，在上熟的时候要使用预先准备的芭茅草、带刺小木棍进行赶鬼，还要用弓箭射杀鬼神。

魂魄娘娘仪式有完整录音与一些图片，但没有摄像，归档如下：

20050810排烧苗族仪式祭魂魄娘娘录音01—03

20050810排烧苗族仪式祭魂魄娘娘图片01—13

① 祭魂魄娘娘的交牲
② 祭魂魄娘娘的上熟
③ 用弓箭驱鬼

四、祭买卖娘娘

买卖娘娘，是一种主管买卖的商业神。不知为什么在排烧这个偏僻而商业又不发达的地方会存在这种神灵信仰。更奇怪的是，祭祀这种神，并不是要祈求生意兴隆，而是由于孩子生病，不得已而为之。

笔者观看这个仪式是在2005年1月17日下午，与观看祭祀水井娘娘神的仪式是在同一天。我与平立豪一起跟随吴光耀来到做仪式的主人家，女主人抱着生病的孩子。

享酿吴光耀先准备纸旗、竹卦等，还准备了一把秤，一把伞，这两样东西都是做买卖的时候要用的，从这两样东西看，我们也能确认这确实是一位主管买卖的商业神。祭祀买卖娘娘神的地点分两处，首先是在家里的火塘边，在这里享酿念了一会儿祭词，大概有12分钟。这时享酿前面只有一碗大米，没有别的祭品。准备的伞和秤也没有特意摆好，只是放在一个口袋里。旁边还有一根很大的芭茅草，不过在家里念诵祭词的整个过程中，没有看见享酿用此芭茅草驱赶鬼。

在家里念完后，大家把这些东西拿到村外路边，在那里再做一次仪式。这时的仪式颇似祭祀水井娘娘的仪式，用一些蕨菜叶子铺垫在地上，在上面放六个碗，三个倒了一些酒，一个盛了米饭，一个盛了大米，还有一个装了一坨预先煮熟了的猪肉。在这些祭品前，插了三根竹片，上面绑有一些白纸条，这是纸旗。与三根纸旗一起的，还插了一根芭茅草。这时准备好的雨伞和做买卖的秤摆了出来。另外，旁边摆了一只绑住了脚的母鸡。一切准备就绪，享酿吴光耀开始念祭词交牲，大约6分钟。念完交牲祭词，在场的人把那三碗酒喝了。

在交牲的时候，男主人一直在准备锅子、柴火等。等享酿念完交牲祭词，便准备杀鸡。在修理鸡前，要先用火在鸡的毛上燎一下。修理干净鸡，再整只煮熟。煮熟后，放在蕨菜叶子上，享酿再念一次上熟的祭词，念上熟祭词的时候，要焚香，三支插在地上。念完祭词后送神，就结束了。

大家要在祭祀地点把鸡肉都吃完，然后再回家。

祭祀买卖娘娘神的仪式有一些图片与录像资料，归档如下：

20050117 排烧苗族仪式祭买卖娘娘录像 01—09

20050117 排烧苗族仪式祭买卖娘娘图片 01—43

① 祭买卖娘娘要有雨伞和秤
② 修理鸡毛之前用火燎一下鸡毛
③ 在野外吃完祭品

五、祭豆腐娘娘

笔者观看祭豆腐娘娘是在2005年8月12日上午。

祭豆腐娘娘神的仪式分两段,场地不一样。前一段在主人家室内,仪式没有什么特殊之处,只是祭品与其他仪式不同,这个仪式是要放三堆豆腐,三个空碗,以及一碗米、一碗饭、一碗腊肉,吴光耀说,只要是肉就行,不一定非是腊肉不可。享酿在家里要先念诵一段祭词,从录像看,大约为9分钟。念完祭词,享酿将装祭品的簸箕整个端出门,到村外的一棵大树旁边,再祭祀一遍。在室内祭祀的时候,三个碗是空的,在野外祭祀的时候,三个碗都要倒满酒,念三分钟的祭词。享酿将碗里的饭夹三小坨分别放到三堆豆腐那里,将酒洒向地里,又将豆腐装好,准备拿回。之后,簸箕里只剩下一个空碗,享酿再念了6分钟的祭词,最后将原来插在簸箕上的三绺纸旗拔出来,插到野外地里,才算结束。将簸箕拿回的时候,吴光耀解释说,簸箕里的碗要反扣上,这样神才不流连忘返。

祭祀豆腐娘娘仪式有图片与录像资料,归档如下:

20050812排烧苗族仪式祭豆腐娘娘图片01—05
20050812排烧苗族仪式祭豆腐娘娘录像01—12

由于忙于摄像,一个人就很少拍照,只有5张图片资料,以下插图的后两张为录像截图:

扫码观看"祭豆腐娘娘"视频资料

① 祭豆腐娘娘需有豆腐
② 在野外祭祀的时候才用酒
③ 碗拿回家时要反扣

六、祭猎神

在访谈中得知，以前排烧这里经常狩猎，狩猎前都要祭祀猎神，有祭祀仪式。不过这种传统已经不存在了，因为这里已经不再狩猎，祭祀猎神的仪式已经失去了它的生存空间，但村民吴光林依然会念诵祭祀猎神的祭祀词。

排烧苗寨祭祀猎神的传统已经消失，如果固守着一些条条框框，就意味着可能永远不会知道排烧这个地方以前狩猎之前祭祀猎神的祭词是怎样的了，2005年8月11日，我和李玉军问吴光林是否可以演唱狩猎词，他说可以，只是要见一点血。我问是什么意思，他说就是要杀一只鸡，不能凭空念。如果凭空念，猎神降临，没有祭品享用，会降灾难的。我说一只鸡问题不大，是否有一只鸡就可以念，不会影响什么吗？他说没有问题，于是我决定让吴光林演唱一次。也许我们得不到最完整的祭祀词，但至少能得到一个大概，总比没有要好得多。是否可以演唱，是否违背田野伦理，这要看是否违背这一仪式的禁忌，只要不违背，而且演唱者愿意演唱，那就可以。

谈妥之后，我们准备第二天在村子里买一只鸡到村外去做。第二天，我和李玉军上午看了两个小仪式，一个是祭祀搬家鬼；另一个是祭祀豆腐娘娘神。做完这两个仪式，我和李玉军去村子里找鸡，走到小学那边，鸡没找到，我们被邀请去喝酒吃饭，给她们照相。后来吴光林也来了，大家又喝了一会儿。组长去村里帮我们买鸡，是一只大白公鸡，花了25元，我给了他钱。大家喝得差不多的时候，吴光耀、李玉军、吴光林、吴光林儿子、组长和我一共6个人到离吴光耀家不远的村外，简单地做了一下祭祀猎神的仪式。

先砍了些树枝垫在地下，树枝上放三个碗，碗里倒了点米酒，没有别的祭品，鸡绑了脚放在地上。吴光林先念了一段祭词，是交牲。交牲完之后，他把鸡杀了，将血洒在树枝上，然后将鸡扔在一旁。又念了一段祭词，就结束了。结束后吴光林拔了几根鸡毛放在树枝上，把树枝收起来放在树丛里，我们便回去了。

大家回吴光耀家整那只鸡，吴光耀又买了点猪肉，我又去买了五瓶啤酒、两瓶白酒，在这里喝了之后，又去支书家喝，11点多才散场。

我是用相机的录像功能给这一简短的仪式录像，共7个文件：

20050812 排烧苗族仪式祭猎神录像 01—07

另外，在录像的同时，我也录了音，分为2个文件：

20050812 排烧苗族仪式祭猎神录音 01—02

由于忙于摄像与录音，很少照片，只有两张图片资料，图③、图④为录像截图。扫描书中二维码可观看"祭猎神"视频资料。

20050812 排烧苗族仪式祭猎神图片 01—02

① 准备祭祀猎神的祭品
② 将鸡血洒在树枝上祭祀猎神
③ 拔几根鸡毛放在树枝上
④ 将树枝放在树丛里

七、添命仪式

添命，不是要给一个人多添一条命，而是要给一个人延长寿命，因此有的地方也叫添寿或延寿，比如纳西族也有延寿仪式。

在排烧观看和拍摄添命仪式，是在 2005 年 1 月 20 日。那天我和协力人平立豪先访谈了一会儿吴光耀，后来吴光耀有事出去了，我们便找到村支书石有高，让他帮我们找人访谈，他把我们领到一家人，那里正在做添命仪式。做仪式的是一位叫吴光新的享酿。能碰见这么好的机会，我心里十分高兴，便认真地在一边拍摄。当时感到遗憾的是，我们没有赶上开头。幸运的是，正好吴光新还要为另一家人做同一仪式，于是我们便跟他一起到另一家去看，同时也拍摄到了完整的添命仪式过程。我是用 sony 数码摄像机拍摄此仪式，用的是数码磁带。

我们到第二家的时候，主人家已经准备好了用具。在火塘边放着一个簸箕，簸箕里放三个碗，碗里盛满了米，其中一个在米上还放了个鸡蛋，插了几块钱。簸箕一边放着两捆稻草，谷穗一头朝地下竖着的，像个小人似的，另一边放了一堆野草，连根、土一起挖来的。除了这些，还有一支竹枝。吴光新用竹子现做了一付卦，然后将竹枝插在稻草上，便开始念诵祭词。边念还边打卦，有时还要在簸箕里撒一些米。当第一段祭词念完，他拿起一把刀砍向那堆野草，连砍了几下，然后女主人家拿开野草，在掉下的土里找，找到一只小虫子，拿给享酿，享酿从碗里拿出一点饭，将小虫子包起来，放回碗里。休息了几分钟，继续念诵祭词、看米卦，享酿用一个小布袋将那只小虫子装起来，再用几根带谷穗的稻草将布袋连同几根鸡毛一起绑在竹枝上，让人爬梯子将竹枝挂在堂屋的一面墙壁上，这才算仪式全部结束了。

结束之后，大家才坐拢来一起吃饭，主菜自然是那只用来祭祀的鸡。

资料归档如下：

20050120 排烧苗族仪式添命图片 01—12
20050120 排烧苗族仪式添命录像 01—02

① 添命仪式的交牲
② 将找到的小虫子用小布袋装起来并绑在竹枝上
③ 将竹枝挂在堂屋的一面墙壁上

八、祭搬家鬼

观看到这一仪式共两次，一次是在 2005 年 8 月 9 日，地点是在一个叫校引的地方；另一次是在同月的 12 日，在排烧。校引离排烧苗寨还有一段路，是行政上也属于排烧的一个自然村。校引的形成是由于排烧有的人家田地在校引这块地方，离住的地方太远，便在田地边建牛棚，平时牛就关养在这里，因怕牛被人偷走，总得有一个人常年在牛棚里住着，因此牛棚里做饭生活的一套器具一应俱全。慢慢地，懒得两头跑，家人便移居到牛棚这边来，来的人多了，就成了小村子。因此，校引人的一切亲属关系都在排烧，生活习俗也完全一样。校引由于村子小，没有自己的享酿，平时要做点什么巫事，都得到排烧来请人做。这里记述的是校引的那次祭祀搬家鬼仪式。

祭祀搬家鬼场地安排在堂屋里，在那里放上一张圆桌，桌上放三碗酒，不满，五碗辣椒粉，每碗一小点，一满碗饭，一大根芭茅草，两根刚砍来的带刺的小木棍，四根干的剥了皮的棍子，另外还有一把匕首，这些都是用来驱赶鬼的。享酿手拿一个空碗（在排烧做的时候是一个竹子编的容器），身后背着一把剑。祭祀程序大体上也是交牲、上熟。其间杀的牺牲是一只公鸡。在念诵祭词的时候，要不时地打卦和撒米，还要拿剑到处驱赶恶鬼，还要去主人的卧室里驱赶。之后，主人家还要在走廊那里朝外放几枪。最后大家才一起吃饭。

这一仪式的录音只有一个文件，当时我是将 MP3 录音笔放在吴光耀的口袋里录的，这个文件共 10 分钟 47 秒；录像共分为 12 个文件，一个文件三分钟。

20050809 排烧苗族仪式祭搬家鬼录音 01
20050809 排烧苗族仪式祭搬家鬼录音 01—12

第六章　民间信仰与祭仪

扫码观看
"祭搬家鬼"
视频资料

① 祭搬家鬼仪式的交牲
② 放枪驱鬼
③ 仪式之后聚餐

九、引魂仪式

2005年8月6日上午，我没有安排什么访谈等事务，只是洗洗衣服。快到中午的时候，吴光耀来叫我，一起去为吴祖文家的小孩做引魂仪式。在排烧，有引魂与招魂的区别，以下是涉及这一区别的访谈：

访谈对象：　李玉军（27岁，男，三都民中老师，老家在排烧）
访谈时间：　2005年7月29日上午
访谈地点：　吴祖祥家门口
其他在场人：罗鸿德
访谈情境：　早上，没有什么事情，我与李玉军坐在家门前聊天，后来罗鸿德老人过来与我们一起聊
录音编号：　20050729排烧苗族口头文学访谈01

李玉军：　我们有引魂。

吴晓东：　引魂和招魂是两码事？

李玉军：　两码事。引魂是指小的；招魂是指〈大人〉落魄了。引魂一般是小娃娃，小娃娃的多。小娃娃吓着了，走路不顺心了。我们背小娃从寨子那边走这里，走坡呀，走亲戚呀，过路的时候，走沟沟，别人架的小桥，就要喊他一句："来到家。"喊他的魂，要不他的魂就在这些地方留了。别个所以架这个桥做好事。昨天我们那个是坐的板凳哦，板凳桥。有的在沟沟的时候呢，他特意架一个木桥。你背你小娃过的时候呢，你小娃就留魂了，留到哪里？就留到架桥的人家，架桥的目的不是做好事，〈是〉为了求孩子。

吴晓东：　求那是求别人家孩子，把别人家孩子求走了。

李玉军： 嗯，他得了，别人已经失了。这种情况你要把你孩子引过来。

吴晓东： 哦，那你过桥的时候你要怎么做？

李玉军： 碰到这种情况一般～成长到十几岁了可以过，很小的时候你要绕着走，你要绕不要过他那个桥。绕着你还要喊一句："回家呀，崽呀。"不断地念，那种意思。架桥的人拿鸡蛋呀，拿米杀鸡呀，在那里供过一回了，让他的菩萨在那里等小孩来，嘿。

吴晓东： 哦——这等于又是做好事又是做坏事。

罗鸿德： 是嘛，又是做好事又是做坏事。

李玉军： 就是这种。你小孩一过那里，一旦迷上了，那他的魂就落到别家去了，她想要孩子她就怀了，怀的就是你家孩子。一般呢，一般习惯，假如你，像我妹她们背小娃回来啰，那她们去的时候我们要给点糯米，小娃呢，还要煮一个鸡蛋给小娃背在胸口。

吴晓东： 哦，放在胸口这里。

李玉军： 对。这是有意思的啰，保起他的魂，保起他的魂回到家。

吴晓东： 用鸡蛋保？

李玉军： 鸡蛋魂，米魂。家里面的一个给点点，一个给点点。最主要呢，大家都保他，平平安安回到家。他那个米并不是为了吃的，吃并不是很重要。原来有这个习俗下来，现在就变成吃的，其实吃不重要。在外人看来，苗族走亲戚怎么扛那么一大挑一大挑的，很难看，其实并不是，他们不懂。

吴晓东： 米魂和那个鸡蛋魂保孩子？

李玉军： 哎，保平安。

吴晓东： 米魂怎么能保呢？

李玉军： 没晓得，反正现在，这个我们用鬼，用哪样，走路，都要用这个米，这个东西，包括去采药，都要拿一把米去，我要采这棵药了，我要先撒一把米。

吴晓东： 撒在那个药那里？

罗鸿德： 撒在那个药根。

李玉军： 还要念几句。

吴晓东： 怎么念？

李玉军： 他念，他那个意思就是说，他说，啊——

/罗鸿德： 你原来是一根草，还是一根菜，但是今天你宝贵了，要你跟我当个啊~啊~帮我去救人。你们是根菜，你们是根草，但是今天我称呼你是个药王！一个药，你跟我，随我去的话呢，今天我去救人，你跟我去。

李玉军： 就是那种意思，再撒一把米给它。你送一把米，意思就是交换。

吴晓东： 交换？

李玉军： 你要付出一种代价给它呀。

……

吴晓东： 除了这个走路、采药要用这个米，其他还有哪些地方要用米？

李玉军： 用鬼肯定离不开米。

吴晓东： 平时生活呢？

李玉军： 平时生活比如发脉，大人走路，走夜路也要带米。

> 现在也有还用，包括牛丢了，作为你家牛丢了，喊大家去〈帮忙找〉的时候，你要带一碗米。

从访谈可知，引魂其实就是为小娃娃招魂；招魂一般是指为成人做。

那天我和吴光耀到了吴祖文家，在家里准备了做仪式的用具、祭品之后便去了村子下面的路边，那里有一棵保寨树，我们就在保寨树旁边做仪式。

与其他仪式一样，享酿砍了些树枝垫在地下，在树枝上放了三碗酒，一碗米，米上竖着一个鸡蛋，一碗小干鱼和肉，还有一篮子米饭。右边放着笼子关着的两只鸡，一公一母，左边放着一个篮子，篮子里放了一套衣服。

享酿先念祭词交牲，念完后要从饭篮子里面夹三坨饭放在三个酒碗旁边，然后大家把酒喝了。接着将公鸡杀死，母鸡不杀。就在附近将鸡修理好，与菜一起煮熟。享酿盛了三碗菜放在树枝上，鸡整个也放在树枝上，再念上熟祭词。之后，将菜饭吃了，鸡肉没吃。享酿开始抖那些垫着的树枝，从里面落下一只蜘蛛来，他马上将它捡起来，放在原来放衣服的篮子里，说是魂回来了。仪式结束。

引魂只有录音与图片，没有录像：

  20050806 排烧苗族仪式引魂录音 01—02
  20050806 排烧苗族仪式引魂图片 01—56

① 在一棵保寨树下做引魂仪式
② 交牲后夹点饭祭祀
③ 杀鸡祭祀

④ 引魂仪式的上熟
⑤ 抖树枝找象征灵魂的小虫子
⑥ 将找到的小蜘蛛放在篮子里带回家

十、砍板凳仪式

砍板凳仪式，其得名主要是因为仪式过程中有这样一个情节，即做了一张小板凳，将它从中砍断。享酿吴光耀说，这是因为家先，即去世了的家人，经常来家里讨吃的，骚扰，致使家人生病，砍板凳，意思就是表示要和那位经常来家里骚扰的家先断绝关系，不再和他/她坐同一张板凳。

砍板凳仪式我在 2005 年 8 月 4 日同一天看了两次，都录了音，第一场仪式是在下午，在排烧大寨后面的排烧小寨，[①]我录了音也拍了照。第二场是在晚上，就在排烧大寨，我只录音，没有拍照，光线太差了。归档如下：

第一场砍板凳仪式图片：

2005080413 排烧苗族仪式砍板凳图片 1—53

第一场砍板凳仪式录音：

2005080413 排烧苗族仪式砍板凳录音 01

第二场砍板凳仪式录音：

2005080421 排烧苗族仪式砍板凳录音 01—02

以下介绍的是下午那场仪式的过程。

上午在吴祖培那里访谈了很长时间，中午去找吴光耀，正好碰见小

---

① 排烧小寨居住的是水族，但他们经常来大寨请苗族享酿为他们做仪式，仪式做法是一模一样的，仪式中念诵祭词也是用苗语。

第六章　民间信仰与祭仪

① 开始念神词交牲
② 砍断板凳
③ 向竹枝喷水
④ 再念一段神词
⑤ 给孩子的手脚套上绳子

寨的一个人来请他去帮做仪式，我也就跟着一起去看。

到了主人家后，享酿吴光耀开始准备仪式的用具，做一张很小很小的木板凳，这板凳有点怪，共六只腿。用几绺白纸和一根带谷穗的稻草绑在一根竹枝上，放在地上，白纸和稻草的一段放在小板凳上，小板凳上还放一个鸡蛋，和一截绑了一根线的小木棍。在这些东西的旁边，便是放祭品的簸箕，里面是三碗酒，一碗米，一碗饭，一碗炒肉，一块煮熟的肉和一碗蘸水。

享酿念完一段祭词，便用一把自带的刀将那张板凳砍断，一截只有两条腿，一截留有四条腿。这时主人帮着把祭品撤下，留那碗米。享酿将那边带有四条腿的小板凳也绑在竹枝上，再向竹枝喷一口水，让主人挂在墙壁上。享酿将留下的那碗米拿到生病的小孩旁边，再念一段神词。念完，用线将小孩的脖子、手、腿都套上，仪式便结束了。

十一、破胎仪式

破胎也是为小孩做的一种仪式。我观看破胎仪式是在2005年8月6日晚上。从外村来一个人，求吴光耀帮做仪式，之前已经和吴光耀商量过了。由于路远，就不有劳吴光耀前去，而是带来小孩的一件穿过的衣服，可以代替小孩本人在场，所以仪式就在吴光耀家举行。

和很多祭祀仪式一样，在一个簸箕里放三碗酒、一碗米、一碗饭和一碗肉，米里还插上几块钱。享酿吴光耀先交完牲，念完交牲神词。之后便开始杀鸡，破胎的杀鸡比较特殊，鸡杀死后要从身旁取出鸡的腰子，再拔下几根鸡毛放在簸箕边缘上，然后将鸡整个一起煮了。熟了之后再放到簸箕里，与原来的祭品一起再祭祀一遍，即上熟，念上熟神词。交牲、上熟的时候都要打卦，上完熟之后还要向簸箕里撒一把米。

破胎仪式只有录音与图片，没有录像：

20050806 排烧苗族仪式破胎录音 01—03
20050806 排烧苗族仪式破胎图片 01—18

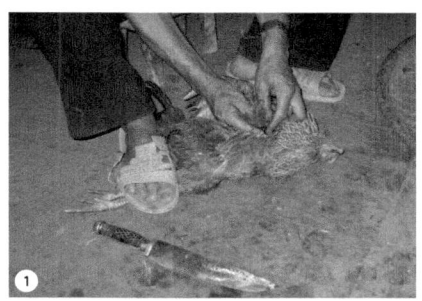

① 取出鸡腰子
② 将几根鸡毛放在簸箕边缘
③ 上熟时打卦

十二、祭娃娃神

娃娃神，顾名思义是掌管小孩的神灵。前文的小娘娘神（三晚娘娘神）也是掌管小孩的。我观看祭祀娃娃神仪式是在2005年8月8日，在吴祖明家。当时在场的人除了享酿吴光耀、主人吴祖明之外，还有吴祖明的儿子与弟弟。

上午10点钟，与吴光耀去吴祖明家，为他家儿子做祭娃娃神的仪式。排烧这里流传的一些仪式，祭祀情节基本相同，但又存在着一些小的差异。祭娃娃神仪式与其他仪式类似，一个簸箕里放三碗酒，一碗米，一碗饭，一碗道头肉，即只煮熟但没有放油盐也没有切的猪肉。特殊的地方在于这个仪式要在簸箕边上插一个小稻草人，小人用块黑布包着当衣服。

享酿开始念诵祭词，念一会儿又用竹棍碰一下小稻草人，让它摇晃，同时享酿还用竹管含在嘴里吹，学娃娃"呜哇——呜哇——"地哭。念完交牲祭词，享酿吴光耀随机让在场的三个人把那三碗酒喝了，交牲结束。

之后，抓来一只准备好的小黄狗，杀了，修理好，整个一起煮熟。煮的这段时间比较长，我利用机会访谈了吴祖明的父亲吴昌文，他80岁，但头脑特别清醒。狗煮熟之后，用盆盛了，放在簸箕里。簸箕里原来的那碗道头肉拿走了，重新添上酒，在酒碗上各放一双筷子。

准备好后，享酿吴光耀开始第二次念诵祭词。交牲时全都是坐着念，这次念的时候一开始是坐着的，后来便站了起来，手里拿了一根大芭茅草、一把匕首和一碗水，还要不时走动，用芭茅草将鬼驱赶出门，其间还要用嘴喷水。这一阶段是上熟。

仪式结束，才开始将小狗切了，按照平时做菜的方法把狗肉做了，大家一起吃完。

因为看这个仪式的时候我没有人帮忙,所以我只好用MP3录音笔放在享酿吴光耀旁边,录音的同时,一边拍照和录像。因为是一个人操作,没有用摄像机摄像,只是拍照的同时也用相机录了像。录音、图片和录像归档如下:

20050808 排烧苗族仪式祭娃娃神祭录音 01—02
20050808 排烧苗族仪式祭娃娃神祭录像 01—10
20050808 排烧苗族仪式祭娃娃神祭图片 01—23

① 交牲时用竹棍碰碰小稻草人让它摇晃
② 吹小竹管学娃娃哭
③ 用狗肉祭祀娃娃神
④ 用芭茅草驱鬼

十三、天河水仪式

2005年8月10日上午，我跟随吴光耀到本寨的吴祖文家看做仪式"天河水"。通过对祭词的翻译以及享酿吴光耀的解释，这个仪式是祭祀田螺姑娘的。在祭祀的神歌中，有这么几句："现在在这里，有个田螺姑娘，有个渔篓小伙。你们竖着耳朵听我讲，你们立着耳朵听我说。我没有空许诺，我没有乱应答。要送完美酒，要给尽佳酿。"吴光耀说仪式就是祭祀这个田螺姑娘的。吴光耀还解释说，这个仪式之所以叫天河水，是因为神词中说煮那只鸭子的时候是用天河水来煮的，天河水是最纯净的水。

像其他仪式那样，祭品放在一个簸箕里，三碗酒、一碗米、一碗饭和三条干鱼，簸箕旁边用鱼篓罩着一只鸭子，鱼篓上要用病人的一件衣服罩上，这件衣服一定要病人曾经穿过的，这样才留有他/她的一些信息。这些准备好了，享酿第一次念诵祭词，念完，在场人将三碗酒喝完，交牲结束。

喝完酒，把鸭子杀了。这次杀鸭子的是享酿吴光耀本人，主人也一起帮忙。为了好修理，吴光耀拔毛前从鸭脖子往里吹了气。鸭子掺和着一些菜煮熟后，将三碗酒改为三碗菜汤，上面皆放上筷子，整只鸭子放在簸箕旁的一个盆里，再由享酿念诵一遍上熟的祭词。在场人把菜汤喝了，祭祀便告结束。

这一仪式录了音，拍了图片，归档如下：

20050810排烧苗族仪式天河水录音01—02
20050810排烧苗族仪式天河水图片01—15

第六章　民间信仰与祭仪　　373

① 天河水仪式祭品要有鱼
② 用衣服披在鱼篓上
③ 天河水仪式要用鸭子祭祀
④ 天河水仪式的上熟

十四、移坟

移坟的原因有多种,笔者所看到的这一次是因为第一次埋葬的时候没能完全按照当地的习俗给去世的人杀牛,传说死者总是骚扰家人要吃的,比如传说他们家一小孩在离坟不远的地方爬树摔了。这次移坟,是主人家的经济条件有所改善,再来补办,但条件依然有限,并不杀牛,杀了一头猪代替。

这次移坟是在2005年1月27日。头一天我和协办人三都民族中学的老师李玉军一起在拍排烧对面的高寨看砍牛送祖,后来知道排烧有人要移坟,便走了两小时山路赶过来看,因为听说这是几十年也难得碰见的仪式。

移坟的整个过程都是在野外进行,不好录音,我便使用录像来代替,让随同我一起的李玉军帮我拍照,所以这个仪式有完整的录像以及图片,归档如下:

20050127排烧苗族仪式移坟录像01—06
20050127排烧苗族仪式移坟图片01—45

移坟首先要从原来的坟墓开始,原来的墓在排烧小学后面的山上。众人先来到那里,稍事割去老坟上的一些杂草,在坟前摆下三个碗,倒些酒,又切一点肉放在草上,由享酿吴光耀念诵神词。念完,开始挖坟,将死者的遗骨取出。这时,另有几个人先到新坟地去挖坑,取出后,众人在附近吃一顿饭。因是野外,大家都是站着,肉是在家里准备好了的,一大块煮熟了的猪肉,在一块木板上切成坨,大家各人从一个口袋里抓些饭团,夹一块肉,蘸点干辣椒粉,就着吃。吃完,出发去往离新坟不远的牛棚,主人家长期住在那里,很少在排烧大寨这边住。猪

第六章　民间信仰与祭仪

① 开挖旧坟前念神词
② 挖完后在野外吃饭
③ 用猪祭祀
④ 重新埋入前念诵神词
⑤ 从坟地回来后要做一个除凶仪式
⑥ 仪式中很多环节用到一只鸭子
⑦ 众人需躲在被单下

是在牛棚那边杀。杀猪之前，享酿也要念诵一段神词。杀完猪，拿了两块肉，去一些人到新坟那里，重新安葬死者的遗骨。这时享酿要先念诵祭词，安葬时用几块木板竖在四面，将骨头倒入坑里，用土埋上。坟上插了两炷香，四周撒了些纸钱。

仪式高潮部分是从新坟地回到牛棚处之后享酿所做的驱鬼仪式环节。在牛棚这边住的一共有三家，都是亲属，在这住的人全部都要出来到前面的稻田里，大家用举着的床单罩住头顶，只有享酿一个人站在外面，念诵驱鬼神词。享酿换上新的长袍，是蓝靛染的，紫色。头上包着白布，身后耷拉下来很长一截。右肩挎上两捆带着谷穗的稻草，右手拿一根大芭茅草，左手拿一个竹篮，里面放一碗米，米上插着几块钱，情形十分庄严，甚至有些恐怖。享酿念了一段之后，又把之前准备好的鸭子用绳子拖着，边念边绕着众人走。最后，他一人走到田边，将鸭子摔死，又用匕首将一根插在田边的竹子一节一节砍断，灌在竹子里的水流了出来。之后，又念了一会儿神词，便告结束。大家才从被单下出来，一起回屋聚餐。

这时已经是下午6点半，因是冬天，天已经全部黑下来了，我和李玉军要赶回县城，只简单吃了几口，便顺着一条小河的河床，一直走到都柳江边，李玉军叫来一位老头，将我俩用船渡过河，民中的老师平立豪在公路边接我们，我们三人一起骑一辆摩托回县城。

十五、驱山邪仪式

驱山邪，就是在野外山坡上中了邪，身体不适且经常犯迷糊，需要做法来解。

在排烧观看和拍摄驱山邪仪式，是在2020年8月5日。这是我第三次来排烧，只是为了做一些补充调研。

吃完午饭，享酿吴光耀的孙子吴德磊用摩托带吴光耀和我到离排烧几公里远的吴光远家，吴光远是吴光耀的弟弟，他常年在牛棚这边居住，吴光耀来给他做一个解怪的小仪式。仪式一结束，简单吃了点饭，我和吴光耀便往排烧回走。从小路走到公路处，有一个人在等我们，并用摩托车带我们回排烧。原来吴光耀又要赶回排烧做另一个仪式，即驱山邪仪式。

这个仪式的地点分两处，一处是在主人家的堂屋里，另一处是寨子边的一片竹林里。吴光耀先在堂屋里将一根竹子砍下一截来做了一幅竹卦，然后开始念诵神辞。这个环节所用东西比较简单，仅在地上放了半碗米，米上插有几块钱，还放有一点布条。这布条是患者的衣服上剪下来的，带有她的信息。吴光耀一边念诵神辞，一边时不时地撒一些米在地上，还时不时地打卦。念完，吴光耀把做竹卦剩下的竹棍用刀劈开，并拿去灶里烧了。

之后，主人家的人将做法事要用到的东西挑到寨子旁边的一片竹林里，这些东西包括一只小狗。人们砍了一些树枝垫在地上，然后在树枝上放了三碗酒，一碗肉，一碗饭，以及原来在家里念诵神辞时的那碗米。准备完备，吴光耀开始交牲，念诵了大概 6 分钟的神辞。念完，将肉、饭都分一点到地上，表示给神吃。

人们开始杀狗，并在附近有水的地方处理干净，然后埋锅烧水，将狗煮熟。[①]

狗肉煮熟之后，放在一片芭蕉叶上，吴光耀又念了十几分钟的神辞，这是仪式的上熟环节。

[①] 除了留下一条腿要送给享酿吴光耀之外，其余狗肉全部煮了。

上熟结束,众人将狗肉切细,就地吃完了,据说这肉不能剩下。

这个仪式有图片与录像两种资料,编号如下:

20200805 排烧苗族仪式驱山邪图片 01—60

20200805 排烧苗族仪式驱山邪录像 01—12

① 先在堂屋里念神辞降神

② 在寨边竹林里交牲

③ 狗肉煮熟之后再念诵上熟神辞

附录：资料归档编号与存档

本书的排烧苗寨口头传统调查资料有录音、录像与图片三种，这些资料做了编号，并保存在中国社会科学院民族文学研究所的中国少数民族文学资料库。

录音分两部分，其中一部分是访谈，另一部分是仪式时享酿的神词吟诵。两者都按时间、内容、文件三个元素来编号，比如2005年7月28日的访谈录音有两个，分别编号为"20050728排烧苗族口头文学访谈01"和"20050728排烧苗族口头文学访谈02"。2005年8月10日关于天河水仪式的录音有两个，分别为"20050810排烧苗族仪式天河水录音01"和"20050810排烧苗族仪式天河水录音02"。录像资料都是关于排烧苗寨仪式的，编号方式与录音同。图片资料也是按照同样的方式编号，因图片资料比较多，这里只附书中涉及到的内容。

一、访谈录音编号

2005年1月21日

20050121排烧苗族口头文学访谈01

2005年1月22日

20050122排烧苗族口头文学访谈01—10

2005年7月28日

20050728排烧苗族口头文学访谈01—02

2005年7月29日

20050729排烧苗族口头文学访谈01—02

2005年7月30日

20050730排烧苗族口头文学访谈01—07

2005年7月31日

20050731排烧苗族口头文学访谈01—12

2005年8月1日

20050801排烧苗族口头文学访谈01—14

2005年8月2日

20050802排烧苗族口头文学访谈01—10

2005年8月3日

20050803排烧苗族口头文学访谈01—07

2005年8月4日

20050804排烧苗族口头文学访谈01—22

2005年8月5日

20050805排烧苗族口头文学访谈01—10

2005年8月6日

20050806排烧苗族口头文学访谈01—13

2005年8月7日

20050807排烧苗族口头文学访谈01—04

2005年8月8日

20050808排烧苗族口头文学访谈01—23

2005年8月9日

20050809 排烧苗族口头文学访谈 01—14

2005 年 8 月 10 日

20050810 排烧苗族口头文学访谈 01—19

2005 年 8 月 11 日

20050811 排烧苗族口头文学访谈 01—19

2005 年 8 月 12 日

20050812 排烧苗族口头文学访谈 01—28

2005 年 8 月 13 日

20050813 排烧苗族口头文学访谈 01—15

二、祭词录音编号

2005 年 8 月 4 日

2005080413 排烧苗族仪式砍板凳录音 01[①]

2005080421 排烧苗族仪式砍板凳录音 01—02

2005 年 8 月 6 日

20050806 排烧苗族仪式引魂录音 01—02

2005 年 8 月 8 日

20050808 排烧苗族仪式祭娃娃神录音 01—02

2005 年 8 月 9 日

20050809 排烧苗族仪式祭搬家鬼录音 01—11

2005 年 8 月 10 日

2005081008 排烧苗族仪式天河水录音 01—02

---

① 有两次砍板凳仪式的录音,下午1点开始的一次,是吴光耀为排烧小寨的一户水族人家做的,只有一个录音文件;另一次在当天晚上9点开始,在排烧大寨为一户吴姓人家做的,有两个录音文件。

2005年8月10日

20050810排烧苗族仪式祭魂魄娘娘录音01—03

2005年8月12日

20050812排烧苗族祭猎神录音01—02

三、录像编号

2005年1月17日

20050117排烧苗族仪式祭买卖娘娘录像01—09

20050117排烧苗族仪式祭水井娘娘录像01—23

2005年1月27日

20050127排烧苗族仪式移坟摄像01—06

2005年8月8日

20050808排烧苗族仪式祭娃娃神录像01—10

2005年8月9日

20050809排烧苗族仪式祭搬家鬼录像01—11

2005年8月12日

20050812排烧苗族仪式祭猎神录像01—05

2020年8月5日

20200805排烧苗族仪式驱山邪录像01—12

四、图片编号

2005年1月17日

20050117排烧苗族仪式祭水井娘娘图片01—31

20050117排烧苗族仪式祭买卖娘娘图片01—43

2005年1月19日

20050119 排烧苗族仪式祭小娘娘神图片 01—29

2005年1月20日

20050120 排烧苗族仪式添命图片 01—12

2005年1月27日

20050127 排烧苗族仪式移坟图片 01—45

2005年8月4日

2005080413 排烧苗族仪式砍板凳图片 1—53

2005年8月6日

20050806 排烧苗族仪式引魂图片 01—56

20050806 排烧苗族仪式破胎图片 01—18

2005年8月8日

20050808 排烧苗族仪式祭娃娃神图片 01—23

2005年8月10日

2005081021 排烧苗族仪式祭魂魄娘娘图片 01—13

20050810 排烧苗族仪式天河水图片 01—15

2005年8月12日

20050812 排烧苗族仪式祭豆腐娘娘图片 01—05

20050812 排烧苗族仪式祭猎神图片 01—02

2020年8月5日

20200805 排烧苗族仪式驱山邪图片 01—60

后 记

当得知我想选一个苗寨调查民间文学的时候,当时在贵州省黔南州民族研究所工作的朋友吴正彪便推荐了贵州省黔南州三都水族自治县的排烧苗寨。排烧苗寨是黔南州最大的一个苗族聚居点,具有一定的人口规模,苗族文化保存得还算不错。吴正彪是三都的苗族,他在三都有两位热爱苗族文化的朋友,可以帮忙协助我调查。这两位苗族朋友当时都是三都县民族中学的老师,一位叫李玉军,一位叫平立豪。李玉军是排烧人,毕业于贵州民族大学,我在排烧调查期间就是住在他家,这给我的调查带来极大的便利。平立豪对本民族文化比较了解,也写过不少的文章,我三次到排烧调查他都曾陪同过我,并用自己的摩托车带我去那里,或接我回城。如果没有他们帮忙,调查一定不会那么顺利。在调查完成之后,我们也成了朋友,至今时常有联系。

因协力人有自己的工作,不可能一直陪伴我,在我稍微熟悉村子里的情况之后,他们就留下我在村子,自己回去上班了。在排烧调查期间,我主要是每天跟着亨酿吴光耀。他是一位亨酿,经常有人来请他去做仪式,有极好的人际关系网。我跟着他去帮人家做仪式,也就可以顺理成章地与不同的村民接触了。一边可以拍摄记录仪式过程,了解祭祀神词,一边也可以在休息的时候,或吃饭的时候请别人讲一些他们知道的神话等故事。以这种方式接触到村民，可以很快得到村民的信任，免去了自己一个人莽撞地去别人家引起的尴尬。另外，吴光耀本人就非常会讲故事，无论是在他家，在做仪式的人家里，还是去哪里的路上，他都十分乐意给我讲故事，从他那里了解到的神话、故事以及当地的其他民间知识是最多的。

看祭祀仪式是我所喜欢的。祭祀仪式往往与神话故事相关联，是同一观念的两种表达方式。有的仪式是神话故事所依存的生境，如果仪式消失了，神话故事便会失去依靠。记得头一次到达排烧的第二天清早，我们去找吴光耀，他出门不知去哪里了，于是我们去支书家坐了一会儿。再回头去找吴光耀的时候，他正在为别人测病因——何鬼作祟。在这过程中，就有好几人来找他去帮做仪式，他照例要用小石球测一下是何鬼作祟。从此，我经常跟着他去帮别人做仪式，看到他给人做得最多的是娘娘神系列的仪式：祭小娘娘神、祭水井娘娘神、祭大娘娘神、祭豆腐娘娘神、祭买卖娘娘神，另外还有天河水、砍板凳、祭冤家鬼等等。看做仪式我最怕的就是要喝酒，祭祀过程中，说是祭给神灵，实际上都是在场的人代喝了。虽然当地用的多是米酒，但几碗下来，便有点晕晕乎乎的了，拍摄、记录、访谈都会受到影响。

在吴光耀没有仪式可做的时候，我也会自己去找人访谈，毕竟只是一个村子，没有几天大家便都知道和认识我了，虽然我还不一定能认全大家。找的人不分年龄性别，只要能聊就可以。因为我正好想了解一个神话或故事在这个村子里的流传度，不仅需要了解像吴光耀这样善于讲故事的人知不知道，还需要了解十几岁的小孩知不知道，不仅要了解男人知不知道，还需要了解女人知不知道。当然，一个故事的流传度，不仅可以通过访谈能了解到，其实从某一次"摆古"的场合里也能感受到，受众有时会插话，会纠正，会询问，从这些也是可以做一些判断的。在众多的访谈过程中，接触比较多的有吴祖祥、石有高、罗鸿德、罗文先、罗运辉、石光全、吴祖松、吴祖帮等等，他们都给予了我极大的支持与帮助，现在想起来心里依然充满了感激。

  单纯搜集一个地方的神话故事，很短的时间便可以完成，但要体会这些神话故事怎样存在于当地人的生活之中，则需要更多的时间来慢慢观察与感受。从这个意义上说，我做得还很不够，看得还不多，问得还不够，感受得还不深。2020年8月初，我再次到排烧苗寨做了一个星期的补充调查，算是一点弥补。

2020年8月5日于排烧